ACERTO DE CONTAS

Acerto de contas

Treze histórias de crime & nova literatura latino-americana

Organização
Daniel Galera

Introdução
Júlio Pimentel Pinto

Tradução
Eduardo Brandão

COMPANHIA DAS LETRAS

Tradução do conto de Alejandro Zambra gentilmente cedida pela editora Cosac Naify e publicada originalmente na obra Meus documentos.

Grafia atualizada segundo o Acordo Ortográfico da Língua Portuguesa de 1990, que entrou em vigor no Brasil em 2009.

Este projeto foi criado com o apoio de RT/ Features

Título original
Latinoamérica criminal

Capa
Fido Nesti

Ilustração de capa
Fido Nesti

Preparação
Silvia Massimini Felix

Revisão
Nana Rodrigues
Renata Lopes Del Nero

Dados Internacionais de Catalogação na Publicação (CIP)
(Câmara Brasileira do Livro, SP, Brasil)

Acerto de contas : treze histórias de crime & nova literatura latino-americana / organização Daniel Galera ; introdução Júlio Pimentel Pinto ; tradução Eduardo Brandão. — 1ª ed. — São Paulo : Companhia das Letras, 2017.

Vários autores.
Título original: Latinoamérica criminal.
ISBN 978-85-359-2956-0

1. Contos latino-americanos 2. Ficção policial e de mistério (latino-americana) 3. Literatura latino-americana I. Galera, Daniel. II. Pinto, Júlio Pimentel.

17-05714 CDD-860.9

Índice para catálogo sistemático:
1. Ficção policial e de mistério : Literatura latino-americana 860.9

[2017]
Todos os direitos desta edição reservados à
EDITORA SCHWARCZ S.A.
Rua Bandeira Paulista, 702, cj. 32
04532-002 — São Paulo — SP
Telefone: (11) 3707-3500
www.companhiadasletras.com.br
www.blogdacompanhia.com.br
facebook.com/companhiadasletras
instagram.com/companhiadasletras
twitter.com/cialetras

Sumário

Introdução

JÚLIO PIMENTEL PINTO

No início de 1945, o grande crítico norte-americano Edmund Wilson sentenciou: "Os leitores de histórias policiais sentem culpa, estão sempre na defensiva, e toda a sua conversa sobre mistérios 'bem escritos' é apenas uma desculpa para seu vício — como os motivos que um alcoólatra sempre pode inventar para tomar um drinque".*

Wilson não estava sozinho em sua denúncia do caráter escapista e relativamente indigno dos contos e romances policiais. A crítica literária da época punha as histórias de mistério nas prateleiras mais rebaixadas da produção literária e as acusava de promover textos descartáveis, voltados ao mero entretenimento.

A sentença de Wilson hoje parece datada — assim como seu comentário, feito num ensaio de 1944,** de que o sucesso comer-

* Edmund Wilson, "Who Cares Who Killed Roger Ackroyd?". In: _____. *Classic and Commercials: A Literary Chronicle of the Forties*. Nova York: Farrar, Straus and Company, 1950. p. 263.
** Id. "Why Do People Read Detective Stories?". Ibid., p. 236.

cial do policial se devia ao cenário de medo, culpa, insegurança e desesperança do período de guerras. Mas há, nela, um detalhe que não pode ser negligenciado: a percepção de que as histórias de mistério dependem fortemente do leitor, esse personagem tão importante e muitas vezes esquecido.

Esqueçamos, portanto, a acusação de vício e nos concentremos na questão do leitor — essencial para que a narrativa policial se complete. É ele que se imiscui na trama, acompanha o investigador, pretende antecipar a solução e alcançar, antes dos personagens, a verdade. Borges — que percebeu precocemente que as histórias policiais não eram apenas brincadeira — chegava a afirmar que, mais do que um gênero literário, elas haviam provocado o surgimento de um novo tipo de leitor. Desconfiado e continuamente alerta, ele se interessa tanto pelas "histórias de raciocínio" de Edgar Allan Poe, decifradas no conforto de bibliotecas e salas elegantes, quanto pela sordidez das ruelas e bares sujos por onde andam os detetives de Dashiell Hammett ou Raymond Chandler.

O leitor habitual de histórias policiais — viciado ou não — talvez se surpreenda com os treze contos deste livro. Eles não se passam em ambientes requintados nem em becos escuros, evitam reiterar os clichês do gênero e revelam que a narrativa policial do início do século XXI é bastante plural e complexa. Nenhum dos autores é especialista em histórias policiais, mas todos percebem com agudeza que as matrizes do gênero há muito deixaram de ficar restritas aos volumes com capas estampadas por cenas brutais. A tensão, o suspense, a ocasional ação tomaram de assalto toda a literatura e ninguém mais se surpreende em encontrar caraterísticas da ficção de mistério combinadas com histórias, por exemplo, de forte preocupação psicológica ou social. Também nenhum leitor deixa de agir, diante de qualquer texto, sem a desconfiança que aprendeu nos relatos policiais.

A intimidade do leitor de *Acerto de contas* com o risco é reforçada pelo fato de os contos percorrerem a vizinhança continental: Argentina, Bolívia, Chile, Colômbia, Cuba, Guatemala, México, Peru, Uruguai e Venezuela — além, claro, do Brasil. De país para país, alteram-se enredos, personagens, narradores. Mas persistem pontos em comum que nos ajudam a pensar na ideia de América Latina — ideia que, mais de um século atrás, moveu José Martí e José Enrique Rodó, Sousândrade e Manoel Bomfim. Martí falou de "Nossa América", Sousândrade preferiu "Transamérica", Rodó defendeu a "latinização da América". Bomfim, por sua vez, valeu-se da expressão cunhada por Francisco Bilbao e José María Torres Caicedo e que em nossos dias é tão comum: América Latina.

O nome, porém, nem sempre correspondeu ao mesmo referente geográfico, cultural e até temporal. Para alguns, tratava-se de um sinônimo de América Espanhola — Brasil excluído. Para outros, um elo que atava definitivamente ao passado e ao antigo colonizador. Foi nos bosques da ficção e no decorrer dos anos 1960 que a conotação positiva de "América Latina" afinal prevaleceu: a expressão se difundiu e passou a significar uma comunidade de vontades, uma utopia generosa que precisávamos buscar e pela qual devíamos lutar. Ler Gabriel García Márquez, Mario Vargas Llosa ou Carlos Fuentes, entre tantos outros, era então uma maneira de frequentar esse território do desejo e sonhar com o futuro redentor do continente. Era também uma maneira de aprender que a noçao de conjunto nao implicava homogeneidade: da mesma forma que a literatura se revelava complexa e plural, o continente se mostrava bastante diverso em seus itinerários históricos e culturais.

Só que a utopia da década de 1960 não se cumpriu: as heranças do passado, o espectro da pobreza e do autoritarismo, as simplificações e os oportunismos intelectuais reduziram toda esperança. Avançaram os projetos políticos e sociais excludentes e a América Latina voltou a ser apenas um retrato dolorido na parede ou a expressão banalizada que autenticava acordos comerciais precários e alianças políticas suspeitas. O crime ganhou ares governamentais, impregnou as instituições legais e avançou por um brutal labirinto que envolve grandes corporações, políticos e empresários influentes, somas assustadoras de recursos públicos e privados, conglomerados transnacionais. A verdade, fetiche central das histórias policiais tradicionais, acabou estilhaçada em relatos diversos e contrapostos.

Os treze autores destes contos buscaram se situar nesta dupla encruzilhada: compreender o lugar atual da narrativa policial e a circunstância vivida pela América Latina.

É assim que acompanhamos a combinação de extrema violência com calculado prosaísmo que percorre as ações dos personagens caricaturais — a autoironia é outro elemento frequente da narrativa policial — de "A cara", de Santiago Roncagliolo. Conforme os depoimentos se encadeiam, outras vozes proliferam e a trama se constrói em meio a uma desconfortável naturalidade diante do crime e a marcas cifradas da cultura popular peruana.

Mariana Enriquez, em "O menino sujo", radiografa a decadência de um bairro antes aristocrático de Buenos Aires, visita formas de religiosidade popular e expõe a derrocada de um conjunto de valores sociais e humanistas, corroídos pela miséria e pela vertigem da cidade despersonalizada. Recupera e atualiza, assim, os primórdios da narrativa policial — as metrópoles e sua relação com a passagem do tempo.

Havana e, de forma mais geral, Cuba são as protagonistas de "Cadelas", conto de Jorge Enrique Lage, em que tudo é ambiguidade e deslocamento: dos edifícios em ruínas à busca pela sobrevivência, do prevalecimento de uma economia paralela à truculência das autoridades, da ironia diante do discurso oficial que elide os problemas aos personagens que não se ajustam aos padrões estabelecidos — política ou sexualmente.

As drogas e a violência sexual são o pano de fundo para que Alejandro Zambra reitere o caráter ficcional do conto "Tentar lembrar" e recorra aos clichês das histórias policiais e, por meio deles, ironize outros clichês, inclusive da crítica que trata da ficção latino-americana e a resume a meia dúzia de rótulos.

A sátira e a caricatura também sustentam "O sol dos cegos", de Joca Reiners Terron, com sua crueza manifesta nos cheiros, nas cores e texturas que simbolizam a violência extrema das chacinas, a presença ininterrupta das drogas, mortes, dos urubus e crimes no cotidiano de uma favela. Entre um sombrio campo de futebol e um polonês que confunde o Brasil com o Uruguai, desvela-se um país derrotado.

No fio da ironia já expressa no título do conto, os personagens de "América", de Juan Pablo Villalobos, não têm nome. Seu improvável protagonista, um "jornalista de merda", assiste a uma sequência de crimes acidentais ou brutais e se enreda numa trama de mentiras.

Uma história antiga move o conto de Andrés Felipe Solano, "White Flamingo", e conduz duas pessoas na direção de um acerto de contas consigo mesmas, com poderosos bandidos e, sobretudo, com um passado que insiste em se manifestar no presente.

"1986", de Rodrigo Rey Rosa, transcorre parcialmente num aflitivo ambiente de controle, incerteza, suspeição e medo, misto de prisão e sanatório em que as únicas formas possíveis de resistência são a dissimulação e a burla — mesmos caminhos a que o protagonista recorre quando afinal escapa das mãos dos "americanos".

O aparato do Estado é a grande ameaça em "Emunctórios", de Rodrigo Blanco Calderón. Um estado centralizado e autoritário, medularmente corrompido, associado ao crime organizado e destinado à vigilância, à censura, ao aprisionamento, à tortura e à morte.

Sexo, assédio, violência e crimes banais durante uma temporada num luxuoso local de veraneio no Uruguai compõem a rotina dos personagens endinheirados de "No corpo escuro da noite", de Andrés Ressia Colino, que se valem de uma justiça desigual e nada cega.

Bernardo Carvalho traz, em "Ciúmes", um monólogo ameaçador de uma alta autoridade — um secretário de segurança — que confronta um criminoso preso. Pela voz do político e pelos supostos gestos do encarcerado, constrói-se um duelo de poder e um triângulo de sedução que ainda envolve um terceiro personagem, "o advogado".

Histórias e vozes dissonantes se combinam em "Tanta água tão longe de casa", de Rodrigo Hasbún, que expõe o embate entre passado e presente, os desencontros e enganos que articulam as duas temporalidades e que, quase sempre, vedam o acesso ao futuro.

O narrador de "Cavalos na fumaça", de Carol Bensimon, projeta numa relação privada os protestos públicos de 2013 contra a realização da Copa no Brasil e a crueza da violência policial. Entre "estilhaços da memória", lança o leitor num abismo: os crimes são tantos e tão difusos que, embora óbvios, podem passar despercebidos.

No conjunto, as histórias ultrapassam suas aparentes limitações temáticas e regionais e desenham um panorama comum e sombrio, repleto de ambiguidades e deslocamentos, cifrado na onipresença das drogas e na atuação do crime organizado, que reorienta toda investigação e, muitas vezes, a inviabiliza. As marcas locais territorializam as narrativas e, mesmo quando parecem universais, indicam a singularidade da experiência vivida em cada país e em cada cidade.

O leitor transita pelas histórias e pelo continente em meio à presença orgânica da corrupção na política institucional e a um dramático panorama social, repleto de personagens marginalizados. Ele é forçado, então, a abandonar qualquer ilusão maniqueísta de que haja um lado dos bons e outro controlado pelos maus, e a reconhecer a impossibilidade de acesso à verdade, lançada numa zona cinzenta e encoberta por camadas de mistificações, inconsciência e interesses escusos.

E esse leitor — sempre desconfiado e às vezes viciado — percebe que a ficção continua a ser um poderoso sismógrafo das tensões e impasses que nos cercam e que a narrativa policial e a própria ideia de América Latina não podem ser resumidas a definições e rótulos prévios e esquemáticos.

Talvez até Edmund Wilson reconhecesse que não há nada de escapismo nestes contos, assim como não há mordomos ou restaurantes chineses suspeitos. Há a percepção dura de um mundo marcado por ações ilegítimas do ponto de vista legal ou moral. Há a atmosfera misteriosa, que mantém leitores em suspenso. Há o medo e a insegurança de que falava Wilson, só que ambos estão perigosamente próximos do leitor. E ele percebe, com um olho na ficção e outro na história, que a América Latina continua a se reinventar, continua a se mostrar complexa, ambígua, diversificada. Que toda identidade — nacional, supranacional ou de gênero literário — é porosa e instável. Que a ficçao policial não é feita de modelos fixos, não é fuga do mundo real, não é entretenimento; é um diagnóstico terrível que pode até ajudar a criar, em tempos sombrios, alguma consciência.

Júlio Pimentel Pinto é crítico, especialista em literatura latino-americana e professor no Departamento de História da USP.

A cara

SANTIAGO RONCAGLIOLO

— É ela ou não é?

— Não sei, doutor. Poderia ser qualquer uma.

O procurador Félix Chacaltana franziu o cenho. Ao longo da sua carreira havia sido responsável pela identificação de todo tipo de cadáveres: mortos conhecidos e desconhecidos, muitos deles sem documentos, alguns em avançado estado de decomposição. Quase sempre havia sido possível identificá-los com a ajuda de algum parente ou amigo. Mas para o reconhecimento era preciso que o corpo tivesse uma cara. E este não tinha.

— Tomara que não seja ela — disse o agente Basurto, movendo a cabeça com preocupação. — Cantava bem bonito, doutor.

— "Canta", agente. No presente. Até que não se ateste o óbito por escrito, ela está oficialmente viva.

— E então quem é esta?

O procurador deu de ombros. Dentro do trailer não dava para ficar em pé, e os dois funcionários estavam sentados diante do corpo inerte, cada um de um lado de uma mesinha de café, como num almoço campestre. Voltaram a olhar para a massa sanguinolenta, uma mescla informe de cabelos, pele e ossos. No lugar daquele muco vermelho, horas antes havia um rosto.

— Com que bateram nela? — perguntou em seguida o policial. — Uma pedra?

— Não creio. Uma pedra é difícil de manejar. E a vítima deve ter se defendido. Para fazer isso é preciso um martelo.

Chacaltana imaginou a ponta do martelo afundando na carne, penetrando nos globos oculares, quebrando os ossos do crânio. Mas sua mente se voltou rápido para o problema principal: o procedimento de identificação do cadáver. Não se lembrava de nenhuma especificação no regulamento para um caso como aquele. E sem identificação, não poderia fechar o relatório. Odiava deixar os procedimentos administrativos pela metade.

— Será que não está com um documento de identidade em algum bolso? — perguntou.

— Só que a roupa não tem bolsos, doutor — riu Basurto, que de procedimentos não entendia patavina, mas devia ser uma autoridade em vestuário folclórico.

Os olhos do procurador Chacaltana pousaram no majestoso vestido da vítima: a blusa de flores rosa e verde, a saia gigantesca e o lenço amarelo amarrado nos ombros. Depois de matá-la, o assassino tinha se dado ao trabalho de lhe pôr seu chapéu andino. Assim, à parte a cara destroçada a bordoadas, a mulher estava muito apresentável.

— A gente tem que andar sempre com o documento de identidade — recriminou o procurador. — Eu sempre ando com o meu, para facilitar o trabalho das autoridades no caso de ser vítima de homicídio, seja culposo, seja doloso.

— A-hã — confirmou o policial, e os dois guardaram silêncio por um momento e olharam pela janela, para o terreno cheio de garrafas vazias e pontas de cigarro.

No fundo, o cenário continuava instalado, mas sem luzes nem músicos, nem instrumentos, parecia nu. Isso lembrou algo ao procurador.

— As mulheres às vezes guardam coisas na roupa de baixo. E se ela pôs a carteira de identidade aí?

— Pode ser.

— E se você verificar?

— Eu?

— Claro. Você não é um policial?

— Suboficial de terceira classe, doutor.

— Pois é. Olhe.

— Quer que eu manuseie uma morta?

Os dois se viraram para a dita-cuja, como se ela os houvesse pegado falando mal dela. Tinha um ar plácido, e o procurador esteve a ponto de lhe pedir desculpas.

— Quero que cumpra com seu dever — murmurou.

— Doutor, com todo o respeito que merece sua pessoa no aspecto profissional e humano, permita lhe lembrar que a morta aqui presente tem a compleição física da sra. Casilda Martínez Vilcas, veste o traje da sra. Casilda Martínez Vilcas, foi achada no trailer-camarim da sra. Casilda Martínez Vilcas, a cem metros de onde a sra. Casilda Martínez Vilcas deu um show horas antes. Não podemos deduzir que se trata efetivamente da sra. Casilda Martínez Vilcas?

— Olhe, você não está aqui para deduzir. Está aqui para investigar. E se o assassino quiser nos fazer acreditar nisso para nos confundir? E se a sra. Martínez Vilcas estiver viva?

— Tomara, doutor. Porque era uma mulher muito boa. E cantava muito bonito.

— "Canta", suboficial. E agora reviste.

O policial se resignou. Procurou não olhar nos olhos do cadáver, ou para onde estiveram seus olhos, e lentamente aproximou as mãos do busto e as introduziu na blusa, aproveitando-se das amplas e vaporosas mangas. Ficou revirando por um bom momento, esquadrinhando a região do antepeitoral, até que exclamou:

— A-ha!

Tirou as mãos e olhou para o procurador Chacaltana com olhos triunfais.

— Olhe, doutor, uma nota de cem soles. Com isso podemos ir almoçar.

A terrível morte de Casilda Martínez Vilcas comoveu o Peru inteiro. Correu a história de que havia sido violentada e assassinada por ladrões selvagens. Lima é um lugar violento, e nem mesmo a Princesinha de Huancayo estava a salvo. Assistiram a seu enterro milhares de fãs chorosos, muitos deles crianças. As personalidades da música a recordaram como uma mulher com um coração de ouro. Os vendedores ambulantes lançaram uma linha de decalques com sua figura, com asinhas de anjo nas costas. Uma associação católica de Huaraz pediu ao Vaticano que a declarasse santa.

A imagem da cantora, sempre vestindo o traje típico da sua região centro-andina, se multiplicou nas capas dos jornais populares. Suas tristes canções de amor e dor inundaram as rádios. O procurador Chacaltana nunca tinha ouvido essas canções antes, mas agora elas se gravaram na sua memória. Chamou sua atenção sobretudo o *huaino* "El mentiroso", cujo estribilho dizia: "*Nas engañado, sinvergüenza, se te debería caer la cara*".

O único que não parecia comovido era o suboficial de terceira classe Basurto, cuja penosa investigação não contemplava os requisitos mínimos da sua profissão. Conseguira confirmar a identidade do cadáver com a ajuda do marido. A vítima era sem sombra de dúvida Casilda Martínez Vilcas. Mas, à parte isso, não havia progresso. Chacaltana não parava de telefonar para o policial reclamando relatórios para poder dar curso aos procedimentos de rigor. Mas Basurto ou não estava, ou não tinha nada a relatar. O temperamento de Félix Chacaltana estava mais para o reservado e tímido, mas a inépcia do policial o tirava do sério.

— Como é que não realizou nenhuma diligência, Basurto?

— É, doutor. Por ora as coisas estão estáveis.

— Agente, as coisas não têm que ficar estáveis. Têm que avançar.

— O senhor tem muita pressa, doutor — respondia Basurto com evidente impaciência. — Eu lhe pediria um pouquinho de respeito para com a autoridade que represento.

O procurador ficava sabendo de mais detalhes pela imprensa amarela do que pelos canais oficiais. O sindicato dos professores de Huancayo e o Ministério da Cultura prestavam homenagens à artista que nos havia deixado prematuramente. Mas Basurto não dedicava a ela nem meia hora diária. Demorou semanas para remeter à procuradoria as declarações das testemunhas. Eram apenas três, cheias de contradições, lacunas e erratas. Além do mais, nenhum depoimento trazia a assinatura do depoente.

— Basurto, esses relatórios não servem para nada! — disse-lhe Chacaltana por telefone naquela tarde, fora de si.

— O senhor é detalhista demais, doutor.

— Não é um detalhe! A testemunha tem que assinar, ora. Se não, como é que eu vou saber se não foi você que inventou os relatórios?

— Eh, não seja maldoso assim — ofendeu-se o policial. — E eu lá ia inventar?

— É uma hipótese.

— Eu não sou nenhuma prótese. Nem sou nenhum mentiroso, doutor. Sou um policial honesto.

— Você não entende...

— Agora está me chamando de burro?

— Basurto, não...

— Sabe de uma coisa, senhor procurador? Quer depoimentos? Procure o senhor mesmo.

E o policial bateu o telefone. Chacaltana ficou com o aparelho na mão. Não sabia ao certo se devia se desculpar ou exigir desculpas. Sem dúvida, Basurto dizia a verdade: não podia inventar os relatórios. Esse trabalho requereria uma inteligência que o suboficial simplesmente não tinha.

O procurador aumentou o volume do rádio. No programa de música, o locutor falava justo da Princesinha de Huancayo. Com o tom meloso e solene, dizia que o Peru ainda chorava a morte de uma das suas artistas mais queridas, a rainha do sentimento andino, que uns ladrões desgraçados haviam matado. Depois tocou uma música, e o procurador Chacaltana voltou a ouvir aquela letra, que não parava de lhe ecoar na cabeça:

"*Nas engañado, sinvergüenza, se te debería caer la cara.*"

— Bom dia. Meu nome é Félix Chacaltana e represento o Ministério Público. Venho cumprir devidamente um procedimento administrativo.

— Ah?

O homem que abrira a porta era gordo e tinha a boca grande, como um sapo gigante. Devia ter acabado de acordar, porque seus olhos remelentos tardaram vários segundos para se fixar no rosto de Chacaltana. O funcionário quis imprimir certo rigor à situação, de modo que explicou:

— Sou procurador.

— Ui, caceta... Eu não sei de nada, chefe. Hã?

Chacaltana trazia no rosto um sorriso amável e tranquilizador, mas não funcionou. A tez escura de seu anfitrião adquiriu certo tom amarelo, e seus olhos, agora sim, se abriram nervosos e começaram a olhar para todos os lados. O procurador leu os dados da declaração:

— O senhor é Elmer Cachay, trinta e seis anos, tez acobreada, primo da sra. Casilda Martínez Vilcas?

O outro murmurou um "sim", o mais fraco que pôde. Depois guardou silêncio. O procurador perguntou:

— Posso entrar?

— Por quê?

— É sobre seu depoimento à polícia, com respeito ao falecimento da sua prima. Encontrei algumas irregularidades que requerem minha intervenção...

— Ui, caceta — repetiu Cachay.

Seus olhos continuavam se movendo de um lado para o outro, como um pêndulo. Mas deixou o procurador entrar.

A casinha, no distrito de Ate-Vitarte, estava parcialmente construída. A sala onde Chacaltana sentou estava terminada, inclusive com grades nas janelas. Mas as escadas de cimento ainda sem pintar levavam a um segundo andar onde apareciam tijolos nus e vergalhões sem parede. Chacaltana escolheu sentar-se de costas para a escada, em frente a uma mesa com toalha de plástico. Cachay sentou-se diante dele.

— Pelo que entendi o senhor atuava como... — Chacaltana revisou seus papéis, para não falhar em nenhuma qualificação, e leu: — ... guitarrista, compositor, empresário, chofer, chefe de segurança, assessor de imprensa e encarregado da venda de cervejas nos shows da vítima.

— De quem?

— Da sua prima.

— Ah. Também vendo os cadernos escolares com a cara

dela. E as lapiseiras "Princesinha de Huancayo". Casilda é a rainha dos colégios. Seus shows estão cheios de adolescentes.

— Compreendo. — Chacaltana tinha posto os óculos e, armado de uma velha caneta, tomava notas num bloco quadriculado. — E se exercia todas essas responsabilidades, como é que havia abandonado o local quando a senhora faleceu? Deixou-a sozinha no trailer?

— Ui, caceta... — repetiu o homem coçando a cabeça. Na parede, às suas costas, estava pendurada uma foto da Princesinha de Huancayo perto de uma lhama, que parecia fuçar nos cabelos de Cachay. — Não quer uma cervejinha?

O procurador fitou-o por cima dos óculos e respondeu:

— São dez da manhã.

— Um pisco?

Sem esperar resposta, abriu uma garrafinha de metal que descansava em cima da mesa. Tomou um trago rápido e voltou a fechá-la. Agora parecia mais aturdido do que um minuto antes. O procurador tratou de continuar:

— Sr. Cachay, repassei seus antecedentes. O senhor recebeu condenações por roubo, tráfico de entorpecentes, falsificação de moeda e fraude documental. Me chama a atenção que trabalhe como "chefe de segurança".

— Pois é — disse o outro. — É que falta trabalho, chefe.

— Não sou seu chefe.

Não disse aquilo num tom duro. Limitou-se a constatar um fato. Mas o outro se calou. O tempo se arrastou pesadamente ao seu lado. No relógio de parede, o ponteiro dos segundos marcava uma longa marcha fúnebre.

— Olhe, chefe — anunciou por fim o dono da casa. — Posso lhe contar o que sei, mas não tenho nada a ver com o presunto, viu?

— Eu lhe agradeço se se referir com um nome mais respeitoso à sra. Martínez Vilcas, que descanse em paz.

— Em paz não creio que descanse — cortou Cachay num tom seco.

— Pode se explicar, por favor?

O anfitrião suspirou. Enquanto organizava os pensamentos, seus olhos avermelhados se viraram para cima, como se lesse a verdade no teto.

— Quer saber de uma coisa, chefe? É muito caro ter um grupo que excursiona. É preciso pagar hotéis, locais, luzes e som, transporte. E nosso público é popular. Não podem pagar caro a entrada. De modo que a bilheteria mais os concursos pagam os gastos fixos. O lucro está na venda de acréscimos.

— Acréscimos?

— Cerveja, cigarros, sanduíches...

— Compreendo. Cadernos escolares, lapiseiras...

— Camisetas da Princesinha de Huancayo...

— Fotos autografadas.

— Coca...

O procurador ficou paralisado. Levou alguns instantes para confirmar que tinha ouvido bem. Pensou nos decalques da Princesinha vestida de anjo. E na associação de católicos que queria canonizá-la.

— A sra. Casilda estava a par de que incorria no tráfico de entorpecentes com agravante?

— A par? Estava feliz. Adorava a brincadeira! — Cachay riu, mas amansou diante da cara inexpressiva de Chacaltana. — Os bancos do trailer eram cheios de sacolas. Como o grupo viaja por todo o Peru, vamos distribuindo. Trazemos da selva e entregamos na costa. Eu cuido da microvenda nos shows, mas o verdadeiro chefe dos negócios é o marido de Casilda, o Ajipanca. Ele faz as vendas gordas, inclusive durante os shows.

— E poderiam tê-la matado por isso?

Cachay tomou outro gole de pisco e deu de ombros.

— A única coisa que sei é que havia uns fornecedores bem zangados com Ajipanca. Acho que tinha passado a perna neles, mas nesses casos é melhor não perguntar. Na noite do show continuavam ali, paradões. O Ajipanca me disse: "Tranca tudo e leva as pessoas. Tenho que fechar um negócio". E eu obedeci. Não posso lhe contar mais, porque não sei.

"Ajipanca" era o apelido de Teddy Quispe Malpica, cinquenta anos, tez morena, ocupação: esposo da vítima. O supracitado havia reconhecido o cadáver pessoalmente por várias marcas na pele, e sua dor parecera sempre sincera, ou pelo menos isso dizia o relatório do suboficial Basurto. Embora o relatório só tivesse dois parágrafos e sua conclusão fosse a mesma que em todos os depoimentos: "Depoente ausente do lugar dos fatos na hora da incidência".

No caminho, Chacaltana parou para tomar um *emoliente** num carrinho de Barrios Altos. O vendedor estava com o rádio ligado. Nas notícias, uma mãe dizia que a Princesinha de Huancayo fizera um milagre para ela. Havia curado sua filha. Ela tinha pólio, mas ao ouvir "Paisano mío" se levantara da cadeira de rodas. Os fregueses do carrinho comemoraram a bondade de Casilda Martínez Vilcas. Chamaram-na de "a cantora do povo". O procurador seguiu seu caminho.

Quando Quispe Malpica abriu a porta, o procurador compreendeu a razão do seu apelido: tinha a cara enrugada e curva, quase torcida, como uma pimenta *ají panca*. Era uma cara que

* Bebida quente à base de cevada, linhaça, boldo e outros ingredientes. (N. T.)

não combinava com um nome suave como Teddy. E de um lado, junto da orelha, havia um telefone celular que ele afastou um pouco para interrogar com o olhar sua visita. Chacaltana se explicou:

— Sr. Quispe Malpica? Venho da procuradoria a respeito do seu depoimento sobre a noite do passamento da senhora sua esposa.

Só de ouvi-lo, o Ajipanca arregalou uns olhos negros cheios de ilusão.

— Já sabe quem foi o filho da puta que fez isso com ela?

— Estamos procurando saber, senhor.

O homem assentiu, sem especial pesar, e continuou falando ao telefone enquanto voltava para dentro da casa. Chacaltana se deu por convidado e o seguiu.

A casa de Casilda Martínez Vilcas era mais bem mobiliada do que a do seu empregado de Ate-Vitarte, embora a decoração fosse um tanto carregada para o gosto do procurador: almofadas cor-de-rosa, tapetes azul-cobalto e uma nutrida coleção de estatuetas de porcelana: cupidos, cantores vernaculares e bichinhos. Quispe Malpica continuava falando ao telefone, dando ordens a alguém:

— Que a gente deixe sua oferenda e pronto, aí mesmo, no túmulo. E em troca lhes damos um presentinho. Ainda temos fotos que tiramos para promover *O engano da vida*... Sim... Sim... Mas que não deixem qualquer oferenda, viu? Nada de galinhas vivas ou porcos. Se começarmos assim, acabaremos precisando de um sítio. É melhor deixarem dinheiro vivo.

A conversa girou por uns dez minutos em torno das oferendas fúnebres e seus possíveis valores de troca. Depois de desligar, Quispe Malpica lembrou que tinha se esquecido do procurador no sofá. E se virou para fitá-lo.

— Me desculpe. O povo gosta muito da Princesinha de

Huancayo. Estão visitando em massa seus restos mortais. Pelo menos, minha senhora se vai rodeada da sua gente, do seu povo. Não é mesmo?

— Suponho que sim — concordou o procurador.

— Em que posso ajudá-lo?

— Só queria confirmar alguns detalhes do seu depoimento. E pedir que o assine.

— Diga então.

Ao contrário do caráter fugidio de Elmer Cachay, Quispe Malpica tinha o ar seguro de um empresário, um homem acostumado a lidar com as pessoas. O procurador abriu seu caderninho e começou as averiguações.

— O senhor reconheceu o corpo da sua senhora. É verdade?

O rosto apimentado do empresário se torceu mais do que de costume. Um olhar carregado de vinagre assomou nas suas pupilas.

— Não tinha nariz — lembrou-se secamente. — Não tinha nada. Arrebentaram ela, senhor... Com um martelo, acha possível?

O procurador negou com a cabeça. Assaltou-o a lembrança daquele rosto moído. Quispe suspirou com uma exalação seca.

— Esses miseráveis. Como puderam fazer isso com ela?

Chacaltana viu naquilo uma ocasião para continuar suas perguntas. Lamentava a dor do viúvo, mas isso não devia distraí-lo do procedimento.

— É estranho que o senhor não tenha estado presente no lugar dos fatos. É estranho que ninguém tenha estado presente. Ela desceu do palco e ficou sozinha no trailer? Por acaso pensava em dormir lá?

— Senhor procurador — respondeu Quispe Malpica, com um sorriso indulgente, como para um analfabeto —, é que Casilda era uma mulher muito espiritual, muito religiosa. Às vezes exigia ficar sozinha nos lugares mais esquisitos, a fim de passar a noite orando e agradecendo ao Senhor por tudo o que Ele fez por ela e por nós.

O procurador anotou a resposta, depois passou um instante revisando seu caderninho, antes de perguntar:

— Quer dizer que o assassinato não teve nada a ver com os vinte quilos de cocaína que vocês transportavam no trailer?

Agora o rosto de Quispe se estirou numa careta pálida, como uma banana. Seu olhar esfriou. Guardou silêncio. Chacaltana o informou:

— O primo da sra. Casilda, que em paz descanse...

— O babaca do Elmer.

— O sr. Elmer Cachay admitirá perante o juiz o carregamento para demonstrar que não tem nada a ver com o homicídio. E disse que naquela noite houve um encontro entre os senhores e outros... bom, outros...

Delinquentes? Traficantes? Chacaltana não queria pressupor nada. Por fim se decidiu:

— Fornecedores.

O celular do empresário começou a tocar, com a música de "Tristeza de mi alma". Ele o silenciou, mas o aparelho continuou vibrando. Quispe parecia a ponto de atacar o procurador com uma furadeira.

— Os... fornecedores... — começou medindo as palavras — ... fizeram seus negócios e se foram. Tranquilamente como sempre.

— O senhor não brigou com eles?

— Todos temos desacordos de negócios às vezes, mas é melhor para todos nos entendermos bem.

— Mas o senhor mandou embora toda a equipe do show para ficar a sós com esses senhores.

— Mandei os fornecedores embora também. E depois eu mesmo fui embora.

— Sem sua senhora?

De repente, o rosto e o corpo de Quispe se amansaram. Ele se transformou num Teddy de verdade, desprotegido e assustado. Abandonou o celular em cima da mesa como quem deixa um revólver. Ao falar, sua voz era cortada pela dor:

— Casilda e eu já não éramos... Estávamos casados mas ela... — O homem se deteve por alguns instantes. Recobrou forças e declarou: — Eu a amava, senhor. Eu a amava com toda a minha alma. De verdade. No início subia ao palco mais animada, e então ficava festejando a noite toda. Depois as ressacas eram insuportáveis. No final, as festas começaram a durar dias. E cada vez chegava um pessoal mais estranho. E faziam umas coisas mais esquisitas. Fazia cinco meses que eu já não ficava nas festas. Fazia três que não dormia com Casilda.

— Por que simplesmente não pararam de traficar?

Ao ouvir o verbo "traficar", Quispe teve um estremecimento. Revirou-se incomodado em sua almofada cor-de-rosa. Chacaltana lembrou-lhe:

— Seus negócios não me importam, sr. Quispe. Vim investigar um assassinato.

O anfitrião voltou a acusar a dor. E cedeu:

— Não podíamos parar de comerciar tudo que era possível. É preciso manter famílias grandes, a de Casilda e a minha: primos, cunhados, enteados, tios. Todos os dias chegam mais parentes querendo trabalho. Não se pode dizer não para eles. Se você puder lhes dar um trabalho, tem que lhes dar um trabalho. Se não, o que eles vão fazer? Alguns desses babacas espalham merda por tudo que é lugar que passam. Você tem que resolver os problemas deles. Mas a vida é assim.

— Houve festa aquela noite no camarim da sra. Casilda? Por isso o senhor despachou todo mundo e se foi?

— Acho que sim. Eu também não queria cuidar dessas coisas, entende? Eu também fui embora porque me disseram para ir.

— Quem disse?

— Mercy. Sobrinha e assistente pessoal de Casilda. Ela organizava as festas privadas, convidava os participantes e nos dizia quando devíamos cair fora. Ela me disse aquela noite para ir embora. E é a única pessoa que vi ficar.

"Sobrinha" era uma excelente palavra para descrever Mercy Gálvez Pinchi, vinte e um anos, um metro e cinquenta e nove. Era uma mulher tão miúda e com um aspecto tão infantil que parecia ter nascido para ser sobrinha de alguém. Suas maneiras muito suaves e sua voz baixa contrastavam com a rudeza dos parentes homens. Mesmo em seu próprio apartamento se movia como se temesse quebrar alguma coisa. Deslocava-se com a delicadeza de um fantasma.

E era o lugar adequado para ser um fantasma, porque a residência de Mercy Gálvez Pinchi era quase um santuário dedicado à Princesinha de Huancayo. Os cartazes da cantora cobriam as paredes e o teto. Objetos promocionais com seu rosto se amontoavam em todas as mesas. Até os móveis estavam forrados com lembranças das suas canções, como uma poltrona que trazia bordada a letra de "La hora de tu partida".

— Posso lhe oferecer um chá, senhor procurador? — perguntou a jovem, chamando Félix Chacaltana de "senhor procurador", e não de "chefe" ou "doutor", pela primeira vez naquele dia.

Chacaltana aceitou, e ela lhe deu as costas, indo pôr água para ferver numa chaleira elétrica. Sua comprida trança negra permanecia rígida, como uma segunda coluna vertebral. O procurador olhou à sua volta, àquele templo dedicado à Princesinha de Huancayo, e comentou:

— Vejo que a senhorita admira muito sua tia, a sra. Casilda...

Mercy se virou para vê-lo. Tinha os olhos arregalados como dois pratos de sopa, e pronunciou as palavras devagar, como se tivesse que lhe explicar uma lição muito óbvia:

— Todo o Peru a admira! Mas eu não a chamo de Casilda. Para mim, ela é a Princesinha de Huancayo o dia todo, desde que se levanta até se deitar.

O procurador notou que a moça falava no presente. Às vezes, pensou, levamos um tempo para nos acostumar com os que já não estão mais entre nós. Continuamos falando deles como vivos.

— Era uma cantora muito boa — confirmou, recebendo seu chá. — Tocava a alma da gente.

— É a cantora do povo — a mulher insistiu no presente, sempre com aquela voz como um suspiro.

Às suas costas, Casilda Martínez Vilcas a observava atentamente num cartaz publicitário. Até a xícara do procurador fazia parte de um jogo de chá Princesinha de Huancayo, com desenhos andinos e o rosto da defunta. O procurador a devolveu a seu pires e acreditou ter chegado o momento de trabalhar.

— Srta. Gálvez Pinchi...

— Mercy, por favor.

— ... Mercy. Pelo que soube, na noite do último show a senhorita ficou com a sra. Casilda até o fim, inclusive depois que o marido dela saiu do local. É verdade?

— Claro. Ninguém sabe cuidar da Princesinha como eu. Ela precisa de mim. Eu tenho que tirar seu traje de cena, a maquiagem, vestir-lhe o penhoar, fazer-lhe massagem nos pés porque dançou muito tempo, e rezar com ela, porque sempre agradece a Nosso Senhor pelo sucesso dos seus shows. Depois é preciso lhe aplicar a máscara de abacate para manter sua pele fresca e lhe fazer companhia até que durma, caso necessite de alguma coisa.

A moça recitou todas as suas atividades de cor e com orgulho. O procurador sentiu-se incomodado. Perguntou-se como pronunciaria a palavra "cocaína" em frente a uma senhorita tão doce.

— Olhe, Mercy — começou, com toda a amabilidade de que era capaz —, não precisa me esconder nada. Elmer Cachay e Teddy Quispe já me confessaram suas atividades ilícitas... E também me falaram das... festas.

— Como?

A jovem lhe fez a pergunta imperturbável, como se na realidade não ouvisse. O procurador limpou a garganta e explicou, sem levantar a vista do chão:

— Estou a par das propensões da sra. Casilda em matéria de substâncias controladas e de relações extramatrimoniais.

Os mansos olhos negros de Mercy permaneceram inalterados. Até então, Chacaltana havia pensado que eles o fixavam. Então prestou mais atenção: ela olhava para algum ponto perdido no horizonte, vários centímetros à direita do seu crânio.

— Isso que o senhor disse é uma bobagem. A Princesinha é uma mulher decente com um coração que não lhe cabe no peito. Todo mundo sabe. Ligue a televisão e verá como todos falam dela. Gostam dela porque ela é boa.

— Então o que aconteceu naquela noite? A do último show. O que aconteceu quando a senhorita ficou a sós com ela?

No rosto de Mercy Gálvez Pinchi se formou a última coisa que o procurador esperava: um sorriso.

— Já lhe disse. Fiz meu trabalho: tirar seu traje de cena, a maquiagem, vestir-lhe o penhoar, fazer-lhe massagem nos pés e rezar com ela, porque sempre agradece a Nosso Senhor pelo sucesso dos seus shows. Depois tive de aplicar a máscara de abacate para manter sua pele fresca e lhe fazer companhia até dormir. Aquela noite ela queria dormir com o traje do show, e eu a vesti. Eu lhe pus até o chapéu. Estava linda.

— E a senhorita continuava lá quando a assassinaram?

— Quando o quê?

— Espero não ser mal-educado demais. Compreendo que minhas perguntas podem soar…

— Ela não está morta.

— Desculpe?

— Eu já disse. Ligue a TV. Ligue o rádio. Todo mundo está falando da Princesinha de Huancayo. De como ela é na realidade. Meus tios contaram ao senhor todas essas mentiras porque têm inveja dela. A Casilda que eles descrevem não é a de verdade. A Princesinha real está na TV. O tempo todo.

O procurador Chacaltana esquadrinhou aquele rosto à espera de um sinal de ironia, ou de que suas palavras fossem uma forma de falar, uma licença poética. Mas só encontrou nele a mesma expressão plana de antes. Foi ela quem perguntou:

— Mais chá?

O procurador negou com um gesto. Mal havia tocado na xícara. Tratou de continuar a diligência, apesar das palavras de Mercy lhe parecerem confusas. Ela dava respostas a perguntas que ele não havia feito e vice-versa.

— A senhorita nunca viu sua tia… incorrer em excessos… ou em negócios dúbios?

— Seria impossível — respondeu ela com a maior naturalidade. — Iria contra o mais importante que ela tem: sua música. Isso a transformaria numa mentirosa. O senhor sabe o que ela cantava do mentiroso?

— *"Se te debería caer la cara"* — sussurrou, quase cantarolando, Chacaltana.

Mercy presenteou-o então com uma expressão beatífica, como se a houvesse aspergido com água-benta.

— O senhor sabe! Essa é a música mais bonita da Princesinha. E ela é fiel ao seu público e às suas canções. Compreende agora? Como ia ela, justamente ela, ter duas caras? Não é possível.

Chacaltana passeou seu olhar pelos cartazes das paredes. Sentiu-se vigiado por um exército de Princesinhas de Huancayo. Todas com a mesma cara. Pelo menos nessas fotos ela tinha uma.

— Posso usar o banheiro?

— No fundo à esquerda.

O corredor era muito curto, e o apartamento só tinha um quarto. O procurador calculou que poderia proceder a uma revista em poucos minutos.

— Sabe o que eu lhe pediria, Mercy? Um cafezinho, por favor. Tem?

— Tenho que passar. Mas tem, sim.

Ela se enfiou na pequena cozinha, e o procurador pôs-se a esquadrinhar. O corredor, inclusive o banheiro, mantinha a multidão de fotos e pôsteres da Princesinha de Huancayo. Procurando não olhar a cantora nos olhos, algo quase impossível, Chacaltana revistou o armário de remédios, a cesta de lixo do banheiro, a caixa d'água do sanitário, depois passou ao quarto: apalpou a superfície da cama, levantou um pouco o tapete e abriu as gavetas.

Na penúltima, encontrou o que procurava.

Um martelo. Mercy nem o lavara. Quase todo o cabo estava manchado de vermelho-escuro, mas também havia algumas marcas de cores indefinidas e esverdeadas, sobretudo na cabeça.

Saiu e foi encontrar Mercy na cozinha. Antes de falar com

ela, teve o cuidado de se postar numa posição intermediária entre a mulher e as facas.

— Mercy, você guarda um martelo no seu quarto?

Ela estava passando o café. Nem hesitou em responder:

— Não é um martelo. É uma arma de Deus. Serve para eliminar a mentira e o mal.

— Claro... Eeehh, posso dar um telefonema?

Ela deu de ombros. Sem sair do lugar, o procurador digitou o número de Basurto.

— Boa tarde, suboficial.

— Por que ligou para mim, doutor? Encontrou algum erro de pontuação nos meus relatórios?

— Não, ao contrário... Preciso que dê um pulo no domicílio de uma das testemunhas: Mercy Gálvez Pinchi.

Ao ouvir seu nome, ela lhe dedicou um sorriso de amabilidade. Ele tentou retribuí-lo.

— Doutor, tenho o que fazer. Agora mesmo estou com o caso do taxista.

Chacaltana suspirou fundo. Contou mentalmente até dez antes para soar tranquilo ao responder:

— Basurto, é muito importante que venha aqui. E venha rápido, por favor.

— Está bem, mas primeiro vou comer um sanduíche, doutor. Não almocei.

— O quanto antes, Basurto.

— Quer que lhe leve alguma coisa?

Um computador, pensou o procurador. Para ensinar-lhe a redigir um relatório de verdade. Mas só repetiu:

— O quanto antes, Basurto.

Quando desligou, Mercy já havia depositado diante dele uma fumegante xícara de café comemorativa do disco *Todos os sucessos da Princesinha*. Os dois voltaram para a sala, mas dessa vez ele sentou na cadeira perto da porta, a mais próxima das facas e do martelo.

— Espero que não esteja com pressa — disse à sua anfitriã.

— Só se a Princesinha me ligar. O senhor sabe que devo estar pronta para acompanhá-la vinte e quatro horas por dia.

— Claro, é normal.

Enquanto esperavam Basurto, ela pôs um CD da sua idolatrada tia, a única cantora da sua coleção de música. Os alto-falantes anunciaram os primeiros compassos de "Para ti, cholita".

— Uma vez ela me dedicou essa canção num show — comentou Mercy, orgulhosa.

— É muito boa — respondeu o procurador, cortês.

— Oh, sim. Ela é a melhor mulher do mundo.

O menino sujo

MARIANA ENRIQUEZ

1

Minha família acha que estou louca porque decidi viver na casa familiar do bairro de Constitución, a casa dos meus avós paternos, uma massa de pedra e portas de ferro pintadas de verde na Calle Virreyes, com detalhes art déco e velhos mosaicos no chão, tão gastos que, se me ocorresse encerar o assoalho, eu poderia abrir uma pista de patinação. Mas sempre fui apaixonada por essa casa e, ainda menina, quando um escritório de advocacia a alugou, lembro do meu mau humor, ao sentir saudade daqueles cômodos de janelas altas e do pátio interno que parecia um jardim secreto, e da minha frustração, porque quando passava pela porta já não podia entrar livremente. Não sentia tanta saudade do meu avô, um homem calado que mal sorria e nunca brincava. Nem chorei quando ele morreu, chorei muito mais quando, depois da sua morte, perdemos a casa, pelo menos por alguns anos.

Depois dos advogados chegou uma equipe de odontologistas; e, por fim, o imóvel foi alugado para uma revista de viagens que fechou em menos de dois anos. A casa era bonita e cômoda, e estava em ótimas condições levando-se em conta sua idade; mas ninguém mais, ou muito poucos, queria se estabelecer no bairro. A revista de viagens o fez somente porque o aluguel, àquela altura, era muito barato. Mas nem isso a salvou da rápida bancarrota e com certeza o fato de que roubassem seus escritórios não ajudou: levaram todos os computadores, um forno de micro-ondas e até uma fotocopiadora pesada. Constitución é o bairro da estação dos trens que vêm do sul até a cidade. No século XIX, era a zona onde a aristocracia portenha vivia, por isso existem essas casas, como a da minha família — e há muitas outras mansões convertidas em hotéis ou asilos de velhos ou sendo derrubadas do outro lado da estação, em Barracas. Em 1887, as famílias aristocráticas fugiram para o norte da cidade, escapando da febre amarela. Poucas voltaram, quase nenhuma. Com os anos, famílias de comerciantes ricos, como meu avô, puderam comprar as casas de pedra com gárgulas e aldravas de bronze. Mas o bairro ficou marcado pela fuga, pelo abandono, pela condição de indesejado.

E está cada vez pior.

Contudo, se você sabe se movimentar, se entende as dinâmicas, os horários, não é perigoso. Ou é menos perigoso. Sei que sexta-feira à noite, se eu me aproximar da Plaza Garay, posso ser pega em alguma briga entre vários contendores: os mininarcos da Calle Ceballos, que defendem seu território de outros ocupantes e perseguem os perpétuos devedores; os dependentes que, descerebrados, se ofendem por qualquer coisa e reagem atacando com garrafas; as travestis bêbadas e cansadas que também defendem seu chão. Também sei que, se eu voltar para casa caminhando pela avenida, estou mais exposta a um roubo do que se vier pela Calle Solís, e isso apesar de a avenida ser bem iluminada e a Solís ser escura, porque as lâmpadas são poucas e muitas estão quebradas: é preciso conhecer o bairro para aprender essa estratégia. Duas vezes me roubaram na avenida, as duas foram meninos que passaram correndo, arrancaram minha bolsa e me jogaram no chão. Da primeira vez, dei queixa à polícia; da segunda, já sabia que era inútil, que a polícia deixava que eles roubassem na avenida, tendo como limite o viaduto da rodovia — três quarteirões livres —, em troca de outros favores que os adolescentes lhes prestavam. Há alguns macetes para poder se movimentar com tranquilidade nesse bairro e eu os utilizo perfeitamente, muito embora, claro, o imprevisível sempre possa acontecer. É uma questão de não ter medo, de fazer alguns amigos-chave, de cumprimentar os moradores, mesmo que sejam delinquentes — sobretudo se forem delinquentes —, de andar de cabeça erguida, prestando atenção.

Gosto do bairro. Ninguém entende por quê. Eu sim: ele me faz sentir precisa e audaciosa, atenta. Não restam muitos lugares como Constitución na cidade, que, tirando as vilas da periferia, está mais rica, mais amável, intensa e enorme, porém mais fácil para viver. Constitución não é fácil e é bonita, com todos esses cantos que um dia foram luxuosos, como um templo abandonado e reocupado por infiéis que nem mesmo sabem que, entre aquelas paredes, um dia se ouviram louvações a velhos deuses.

Também mora muita gente na rua. Não tanta como na Plaza Congreso, a alguns quilômetros da minha porta; ali há um verdadeiro acampamento, bem em frente aos edifícios legislativos, esmeradamente ignorado mas ao mesmo tempo tão visível que, todas as noites, há grupos de voluntários que levam comida para eles, checam a saúde das crianças, distribuem cobertores no inverno e água fresca no verão. Em Constitución a gente da rua é mais abandonada, poucas vezes chega ajuda organizada. Em frente à minha casa, numa esquina que um dia foi um empório e agora é um imóvel tapado para que ninguém possa ocupá-lo, com portas e janelas bloqueadas com tijolos, mora uma mulher com o filho. Está grávida de poucos meses — mas nunca se sabe, em se tratando das mães narcodependentes do bairro, tão magras. O filho deve ter uns cinco anos, não vai à escola e passa o dia no metrô, pedindo dinheiro em troca de imagens de santo Expedito. Sei disso porque certa noite, quando voltava para casa vinda do centro, eu o vi no vagão. Tem um método muito inquietante: depois de oferecer o santinho aos passageiros obriga-os a lhe apertar a mão, um aperto breve e sujo. Os passageiros contêm a pena e o nojo: o menino é imundo e fede, mas nunca vi ninguém suficientemente compassivo para tirá-lo do metrô, levá-lo para casa, dar-lhe um banho, chamar assistentes sociais. As pessoas o ajudam, compram um santinho. Ele tem o cenho sempre franzido e, quando fala, a voz soa gasta; costuma estar resfriado e às vezes fuma com outros meninos do metrô.

Uma noite caminhamos juntos da estação até minha casa. Ele não falou comigo, mas nos acompanhamos. Perguntei-lhe algumas bobagens, sua idade, seu nome, mas ele não me respondeu. Não era um menino doce nem meigo. Quando cheguei à porta da minha casa, no entanto, me cumprimentou.

— Tchau, vizinha — me disse.

— Tchau, vizinho — respondi.

O menino sujo e sua mãe dormem sobre três colchões, tão gastos que, empilhados, têm a mesma altura de um somiê comum. A mãe guarda a pouca roupa em vários sacos pretos de lixo e tem uma mochila cheia de outras coisas que nunca consigo distinguir. Ela não sai da esquina e ali pede dinheiro com uma voz lúgubre e monótona. A mãe não me agrada. Não só pela irresponsabilidade, porque fuma crack e a cinza queima sua barriga de grávida, ou porque nunca a vi tratando com amabilidade seu filho, o menino sujo. Há algo mais que não me agrada.

Eu dizia isso à minha amiga Lala enquanto ela cortava meu cabelo na sua casa, no feriado da última segunda-feira. Lala é cabeleireira, mas faz um tempo que não trabalha num salão: não gosta dos chefes, diz ela. Ganha mais dinheiro e tem mais sossego no seu apartamento. Como salão de cabeleireiro, o apartamento de Lala tem alguns problemas. A água quente, por exemplo, chega de maneira intermitente porque o aquecedor funciona muito mal e, às vezes, quando ela está lavando meu cabelo depois da tintura, recebo um jorro de água fria na cabeça que me faz gritar de surpresa. Ela revira os olhos e explica que todos os encanadores a enganam, cobram mais, nunca voltam. Acredito nela.

— Essa mulher é um monstro, menina — grita, enquanto quase me queima o couro cabeludo com seu secador velho e me acomoda as mechas com os dedos grossos.

Faz muitos anos que Lala decidiu ser mulher e brasileira, mas nasceu homem e uruguaio. Agora é a melhor cabeleireira travesti do bairro e já não se prostitui; fingir o sotaque brasileiro era muito útil para seduzir homens quando era puta de rua, mas agora não tem mais sentido. Mesmo assim, está tão acostumada que às vezes fala ao telefone em português e reclama por vingança ou piedade com a Pombajira, seu exu pessoal, para a qual tem um pequeno altar no canto da sala onde corta cabelo, bem ao lado do computador, que fica ligado perpetuamente num chat.

— Você também acha que ela parece um monstro, então.

— Me dá calafrios, *mami*. É como se estivesse amaldiçoada, não sei.

— Por que diz isso?

— Eu não digo nada. Mas aqui no bairro dizem que faz qualquer coisa por dinheiro, que até vai a reuniões de bruxos.

— Ai, Lala, que bruxos o quê, aqui não existem bruxos, não acredite em qualquer coisa.

Ela me deu um puxão no cabelo que pareceu intencional, mas pediu desculpas. Foi intencional.

— Você lá sabe o que acontece de verdade por aqui, *mamita*. Você vive aqui, mas é de outro mundo.

Lala tem um pouco de razão, mas me incomoda ouvir a coisa assim, me incomoda que ela, tão sincera, me ponha em meu devido lugar, a mulher de classe média que acredita ser desafiadora porque resolveu morar no bairro mais perigoso de Buenos Aires. Suspiro.

— Tem razão, Lala. Mas quero dizer, mora em frente à minha casa e está sempre lá, em cima dos colchões. Nem se mexe.

— Você trabalha muitas horas, não sabe o que ela faz nem a controla de noite. A gente deste bairro, *mami*, é muito... como se diz? Você mal percebe, já te atacaram.

— Furtiva?

— Isso. Você tem um vocabulário que dá inveja, não é, Sarita? Moça fina, ela.

Sarita está esperando que Lala termine meu cabelo faz uns quinze minutos, mas não se incomoda em esperar. Folheia as revistas. Sarita é uma travesti jovem, que se prostitui na Calle Solís, e é muito bonita.

— Conte para ela, Sarita, conte o que contou para mim.

Mas Sarita franze os lábios como uma diva de cinema mudo e não tem vontade de me contar nada. Melhor. Não quero ouvir as histórias de terror do bairro, que são todas inverossímeis e críveis ao mesmo tempo e que não me dão medo, pelo menos de dia. De noite, quando me dedico a terminar trabalhos atrasados e fico acordada e em silêncio para poder me concentrar, às vezes me lembro das histórias ditas em voz baixa. E verifico se a porta da rua está bem trancada e também a da sacada, e às vezes fico olhando para a rua, em especial para a esquina onde o menino sujo e sua mãe dormem, totalmente quietos, como mortos sem nome.

2

Certa noite, depois do jantar, soou a campainha. Estranho: quase ninguém me visita a essa hora. Salvo Lala, às vezes, quando se sente sozinha, e então ficamos juntas ouvindo rancheiras tristes e tomando uísque. Quando olhei pela janela para ver quem era — ninguém abre a porta sem pensar neste bairro se a campainha toca por volta da meia-noite —, vi que era o menino sujo. Fui correndo pegar as chaves e o deixei entrar. Havia chorado, dava para notar os sulcos mais claros que as lágrimas abriam na sua cara imunda. Entrou correndo, mas se deteve antes de chegar à porta da sala de jantar, como se necessitasse da minha licença. Ou como se tivesse medo de ir em frente.

— O que aconteceu? — perguntei.

— Minha mãe não voltou — disse ele.

Tinha a voz menos áspera, mas não parecida com a de um menino de cinco anos.

— Deixou você sozinho?

Sim, com a cabeça.

— Está com medo?

— Estou com fome — respondeu.

Também estava com medo, mas já estava suficientemente endurecido para não reconhecer diante de um estranho que, além do mais, tinha uma casa, uma casa linda e enorme, bem em frente à sua desgraça.

— Bom — disse a ele. — Entre.

Estava descalço. A última vez que eu o vira calçava um par

de tênis novos. Teria tirado por causa do calor? Ou alguém os roubara durante a noite? Não quis lhe perguntar. Fiz que sentasse numa cadeira da cozinha e pus no forno um pouco de arroz com frango. Para a espera, passei queijo num pão caseiro apetitoso. Comeu olhando-me nos olhos, muito sério, e com tranquilidade. Estava com fome, mas não famélico.

— Aonde foi sua mãe?

Encolheu os ombros.

— Ela sai muito?

Outra vez encolheu os ombros. Tive vontade de sacudi-lo e logo me envergonhei. Precisava de ajuda; não tinha por que saciar minha curiosidade mórbida. No entanto, algo no seu silêncio me irritava. Eu queria que fosse um menino amável e encantador, não esse menino rude e sujo que comia o arroz com frango devagar, saboreando cada bocado, e arrotava depois de terminar seu copo de coca-cola. Não tinha nada para lhe servir de sobremesa, mas eu sabia que a sorveteria da avenida devia estar aberta, no verão costumava ficar aberta depois da meia-noite. Perguntei se queria ir e ele me disse que sim, com um sorriso que lhe mudava a cara por completo, tinha dentes miudinhos e um, de baixo, estava para cair.

Eu tinha um pouco de medo de sair tão tarde e ainda por cima ir para a avenida, mas a sorveteria costumava ser um território neutro, quase nunca havia roubos ou brigas por ali. Não levei a bolsa e guardei um pouco de dinheiro no bolso da calça. Na rua, o menino sujo me deu a mão e não o fez com a indiferença com que cumprimentava os compradores de santinhos no metrô. Agarrou-a bem forte: vai ver que ainda estava assustado. Atravessamos a rua: o colchão no qual dormia com a mãe ainda estava vazio. A mochila também não estava lá.

Tínhamos que andar três quarteirões até a sorveteria e escolhi a Calle Ceballos, uma rua estranha, que podia ser silenciosa e tranquila algumas noites. Certas travestis, as menos esculturais, as mais gordinhas ou as mais velhas, costumavam escolher essa rua para trabalhar. Lamentei não ter tênis para calçar no menino sujo: nas calçadas podia haver restos de vidro, de garrafas quebradas, e eu não queria que ele se machucasse. Ele andava descalço com grande segurança, estava acostumado.

Naquela noite, os três quarteirões estavam quase vazios de travestis, mas estavam cheios de altares. Lembrei-me do que celebravam: era 8 de janeiro, dia do Gauchito Gil. Um santo popular da província de Corrientes que é venerado em todo o país, sobretudo nos bairros pobres. Antonio Gil, contam, foi assassinado como desertor em fins do século XIX: um policial o pendurou numa árvore e se dispunha a degolá-lo quando o *gaucho* desertor lhe disse: "Se você quiser que seu filho se cure, tem de rezar por mim".

Depois de decapitá-lo, o policial fez o que ele disse, porque seu filho estava muito doente. O menino sarou. Então o policial tirou Antonio Gil da árvore, sepultou-o, e no lugar em que ele sangrou se ergueu um santuário, que existe até hoje e que todos os verões recebe milhões de pessoas. Eu me vi contando a história do *gaucho* milagroso ao menino sujo, e paramos diante de um dos altares. Lá estava o santo de gesso com a camisa azul-celeste e o lenço vermelho no pescoço — uma faixa de cabelo vermelha também —, e uma cruz nas costas, também vermelha. Havia vários panos vermelhos e uma ou outra bandeira pequena, vermelha: a cor do sangue, a lembrança da injustiça e a degola. Mas nada era macabro ou sinistro. O *gaucho* dá sorte, cura, ajuda e não pede muito em troca, apenas que lhe façam essas homenagens e às vezes um pouquinho de álcool. Ou a peregrinação ao santuário de Mercedes, em Corrientes, com um calor de cinquenta graus e os devotos que chegam a pé, de ônibus, a cavalo, e de todas as partes, até da Patagônia. As velas ao redor o faziam pestanejar na semiescuridão. Reavivei uma das que tinham se apagado e com a chama acendi um cigarro.

O menino sujo parecia inquieto.

— Já vamos chegar à sorveteria — disse a ele. Mas não era isso.

— O *gaucho* é bom — falou. — Mas o outro não.

Disse aquilo em voz baixa, olhando para as velas.

— Que outro? — perguntei.

— O esqueleto — me disse. — Lá atrás tem esqueletos.

Lá atrás. No bairro, "lá atrás" é uma referência ao outro lado da estação, passando as plataformas, lá onde as vias férreas e seus aterros se perdem em direção ao sul. Lá costumam aparecer altares para santos menos amáveis que o Gauchito Gil. Sei que Lala leva ao aterro — sempre de dia, porque pode ser perigoso — suas oferendas à Pombajira, seus pratos coloridos e seus frangos comprados no supermercado, porque não se anima a matar uma galinha. Ela me contou que há um monte de sãos Morte *lá atrás*, o santinho esqueleto com suas velas vermelhas e pretas.

Mas não é um santo mau, disse ao menino sujo, que me olhou com os olhos bem arregalados, como se eu estivesse dizendo uma loucura. É um santo que pode fazer mal se lhe pedirem, mas a maioria das pessoas não pede coisas ruins: pede proteção.

— Sua mãe te leva lá atrás? — perguntei.

— Leva, mas às vezes eu vou sozinho — respondeu.

E depois me deu um puxão no braço para que continuássemos até a sorveteria. Fazia muito calor. A calçada da sorveteria estava grudenta, de tantos sorvetes que deviam ter pingado, pensei nos pés descalços do menino sujo, agora com toda essa nova sujeira. Ele entrou correndo e pediu, com sua voz velha, um grande de doce de leite e de chocolate. Não pedi nada. O calor me tirava a fome e eu não sabia o que fazer com o menino se sua mãe não aparecesse. Levá-lo para a delegacia? Para um hospital?

Fazer que ficasse em casa até ela voltar? Existia algo como serviços sociais nesta cidade? Existia, sim, um número para ligar durante o inverno, para avisar se alguma pessoa que vivia na rua estava passando muito frio. Porém eu não sabia muito mais. Eu me dava conta, enquanto o menino sujo lambia os dedos respingados, de como me importava pouco com as pessoas, de quão natural eram para mim essas vidas infelizes.

Quando terminou o sorvete, o menino sujo se levantou do banco e saiu caminhando para a esquina onde morava com a mãe, sem prestar muita atenção em mim. Eu o segui. A rua estava muito escura, tinham cortado a luz, costumava acontecer nas noites de muito calor. De qualquer modo eu o enxergava bem, graças às luzes dos carros; também o iluminavam, a ele e a seus pés já completamente negros, as velas dos altares improvisados. Chegamos à esquina sem que ele voltasse a me dar a mão.

Sua mãe estava no colchão. Como todos os dependentes, não tinha noção da temperatura e vestia um abrigo de moletom com o capuz posto, como se chovesse. A barriga, enorme, estava desnuda, a camiseta curta demais não podia cobri-la. O menino sujo a cumprimentou e sentou no colchão. Não disse nada.

Ela estava furiosa. Aproximou-se de mim rugindo, não há outra forma de descrever o som, me lembrou o da minha cadela quando quebrou a anca e ficou enlouquecida de dor, mas havia parado de se queixar e só grunhia.

— Aonde você o levou, sua filha da puta? O que quer fazer com ele, hein, hein? Nem pense em tocar no meu filho!

Estava tão perto que eu via cada um de seus dentes, como suas gengivas sangravam, os lábios queimados pelo cachimbo, o cheiro de alcatrão no hálito.

— Comprei um sorvete para ele — gritei, e retrocedi, quando vi que ela tinha uma garrafa quebrada na mão.

— Cai fora ou eu te corto, sua filha da puta!

O menino sujo olhava para o chão, como se não estivesse acontecendo nada, como se não nos conhecesse, nem à sua mãe nem a mim. Fiquei brava com ele. Que mal-agradecido, esse panaca, pensei, e saí correndo. Entrei em casa o mais depressa que pude, apesar das mãos tremerem e de ter demorado para encontrar a chave. Acendi todas as luzes, no meu quarteirão não haviam cortado a eletricidade, por sorte: tinha medo de que a mãe mandasse alguém me pegar, me bater, não sabia o que podia passar pela sua cabeça, não sabia que amigos ela tinha no quarteirão, não sabia nada dela. Depois de um instante, subi ao primeiro andar e a espiei da sacada. Ela estava deitada, de barriga para cima, fumando um cigarro. O menino sujo parecia dormir a seu lado. Fui para a cama com um livro e um copo d'água, mas não conseguia ler nem prestar atenção à televisão; o calor parecia mais intenso com o ventilador ligado, que só revolvia o ar quente e atenuava os ruídos da rua.

De manhã me obriguei a tomar o café da manhã antes de sair para trabalhar. O calor já era sufocante, e o sol mal acabava de sair. Quando fechei a porta, a primeira coisa que notei foi a ausência do colchão na esquina em frente. Não restava nada do menino sujo nem da sua mãe, não haviam deixado para trás nem um saco, nem uma mancha, nem uma ponta de cigarro. Nada. Como se nunca houvessem estado ali.

O corpo apareceu uma semana depois do desaparecimento do menino sujo e da mãe. Quando voltei do trabalho, com os pés inchados pelo calor e sonhando com o frescor da minha casa de tetos altos e cômodos amplos, que nem o verão mais infernal podia esquentar totalmente, encontrei o quarteirão enlouquecido, com três patrulheiros da polícia, a faixa amarela que isola as zonas onde ocorreu o delito e um monte de gente aglomerada logo depois do perímetro. Não me custou reconhecer Lala, com seus sapatos brancos de salto e seu coque dourado; estava tão nervosa que se esquecera de pôr os cílios postiços do olho esquerdo e sua cara parecia assimétrica, quase paralisada de um lado.

— O que aconteceu?

— Encontraram uma pessoa.

— Morta?

— Claro. Degolada! Tem TV a cabo, meu amor?

Tinham cortado havia meses a conexão de Lala por falta de pagamento. Entramos em casa, deitamos na cama para ver televisão com o ventilador de teto dando giros perigosos de tão rápidos e a janela da sacada aberta, caso ouvíssemos algo da rua que valesse a pena. Em cima da cama, numa bandeja, pus um jarro de suco de laranja gelado, e Lala reinou sobre o controle remoto. Era estranho ver nosso bairro na tela, ouvir pela janela os jornalistas correndo, assomar a ela e ver as caminhonetes dos diversos canais. Era estranha a decisão de esperar os detalhes do crime pela TV, mas nós duas conhecíamos bem a dinâmica do bairro: ninguém ia falar, não a verdade, pelo menos nos primeiros dias. Primeiro o silêncio, caso algum dos envolvidos no crime merecesse lealdade. Mesmo que fosse o crime horrível contra um menino. Primeiro, a boca calada. Dentro de umas semanas começariam as histórias. Ainda não. Agora era hora da televisão.

Cedo, por volta das oito da noite, quando Lala e eu iniciamos uma longa noite que começou com suco de laranja, continuou com pizza e cerveja e terminou com uísque (abri uma garrafa que meu pai tinha me dado), a informação era sucinta: no estacionamento desativado da Calle Solís havia aparecido um menino morto. Degolado. Tinham encontrado a cabeça ao lado do corpo.

Às dez, sabia-se que a cabeça estava raspada até o osso e que não havia sido encontrado cabelo por perto. Também que as pálpebras estavam costuradas e a língua mordida, não se sabia se pelo próprio menino morto ou — e isso arrancou um grito de Lala — pelos dentes de outra pessoa.

Os programas noticiosos continuaram informando até altas horas, trocando jornalistas, cobrindo ao vivo da rua. Os policiais, como de costume, não diziam nada na frente das câmaras, mas forneciam constantemente informação à imprensa.

Por volta da meia-noite, ninguém ainda reclamara o corpo. Também se sabia que ele havia sido torturado: o torso estava coberto de queimaduras de cigarro. Suspeitavam de um ataque sexual, que foi confirmado por volta das duas da manhã, quando saiu o primeiro informe da perícia médica.

E até essa hora ninguém reclamava o corpo. Nem um familiar. Nem mãe nem pai nem irmãos nem tios nem primos nem moradores do bairro nem conhecidos. Ninguém.

O menino decapitado, dizia a televisão, tinha entre cinco e sete anos, era difícil calcular porque, em vida, fora mal alimentado.

— Gostaria de vê-lo — disse a Lala.

— Não seja louca! Como vão mostrar um menino decapitado! Para que quer vê-lo? Que macabra você é. Sempre foi exibidinha, a condessa mórbida do palácio da Calle Virreyes.

— É que acho que o conheço, Lala.

— Conhece quem, o menino?

Disse que sim e me pus a chorar. Estava bêbada mas também tinha certeza de que o menino sujo era agora o menino decapitado. Contei a Lala o encontro, naquela noite em que tocou minha campainha. Por que não cuidei dele, por que não apurei como tirá-lo da mãe, por que pelo menos não lhe dei um banho! Se tenho uma linda banheira antiga, grande, que mal uso, na qual tomo chuveiradas rápidas sozinha, que muito de vez em quando desfruto um banho de imersão, por que pelo menos não tirei a sujeira dele? E, sei lá, não comprei um patinho e aqueles canudos de fazer bolhas para que ele brincasse. Tranquilamente poderia ter lhe dado um banho e depois ido tomar o sorvete. E, sim, era tarde, mas na cidade há hipermercados que não fecham nunca, e vendem tênis, e eu poderia ter lhe comprado um par, como o deixei andar descalço, de noite, por aquelas ruas escuras? Não devia tê-lo deixado voltar para a mãe. Quando ela me ameaçou com a garrafa, deveria ter chamado a polícia para que a prendessem e ficado com o menino, ou ajudar que fosse adotado por uma família que o quisesse. Mas não. Irritei-me com ele por ser mal-agradecido, por não ter me defendido da sua mãe! Irritei-me com um menino aterrorizado, filho de uma mãe drogada, um menino de cinco anos que vive na rua! Que vivia na rua, porque agora está morto, degolado!

Lala me ajudou a vomitar na privada, e depois foi comprar uns comprimidos para minha dor de cabeça. Eu vomitava de bêbada e de assustada que estava, e também porque tinha certeza de que era ele, o menino sujo, violentado e degolado num estacionamento.

Por que fizeram isso com ele, Lala, perguntei-lhe, aconchegada nos seus braços fortes, outra vez na cama, nós duas fumando lentamente nossos cigarros da madrugada.

— Minha princesa, não sei se é o seu menino que mataram, mas quando der a hora vamos à procuradoria, assim você fica sossegada.

— Você me acompanha.

— Claro.

— Mas por quê, Lala, por que fizeram uma coisa dessas.

Lala apagou o cigarro num prato ao lado da cama e serviu outro copo de uísque. Misturou-o com coca-cola e mexeu o gelo com o dedo.

— Não acho que seja seu menino. Esse que mataram... Se excederam. É uma mensagem para alguém.

— É uma vingança narco?

— Só os narcos matam assim.

Ficamos caladas. Tive medo. Havia narcos assim em Constitución? Como os que me surpreendiam quando eu lia sobre o México, dez cadáveres sem cabeça pendurados numa ponte, seis cabeças atiradas de um carro na escadaria de uma casa legislativa, uma fossa comum com setenta e três mortos, alguns decapitados, outros sem braços? Lala fumou em silêncio e acertou o despertador. Decidi faltar ao trabalho para ir direto à procuradoria.

De manhã, ainda com dor de cabeça, preparei café para as duas, para Lala e para mim. Ela pediu para usar o banheiro, ouvi o chuveiro e soube que ia passar pelo menos uma hora lá dentro. Liguei outra vez a TV: o jornal não trazia nenhuma informação nova. Nem ia encontrá-la na internet, que seria sobretudo um caldeirão de boatos e de loucura.

O noticiário da manhã dizia que aparecera uma mulher reclamando o filho decapitado. Uma mulher chamada Nora, que havia chegado ao necrotério com um bebê recém-nascido nos braços e alguns familiares. Quando ouvi falar no "bebê recém-nascido", meu coração deu uma pancada no peito. Era definitivamente o menino sujo, então. A mãe não tinha ido buscar o corpo antes porque — que casualidade mais espantosa — a noite do crime havia sido a noite do parto. Fazia sentido. O menino sujo tinha ficado sozinho enquanto sua mãe paria, e então... Então o quê? Se era uma mensagem, se era uma vingança, não podia ser dirigida a essa pobre mulher que havia dormido em frente à minha casa tantas noites, essa moça viciada que devia ter pouco mais de vinte anos. Só se fosse o pai: isso, o pai. Quem seria o pai do menino sujo? Mas aí as câmaras enlouqueceram, os cameramen corriam, os comentaristas ficavam sem fôlego, todos se atiravam sobre a mulher que saía da procuradoria e gritavam "Nora, Nora, quem você acha que fez isso com o Nachito?".

— Ele se chamava Nacho — sussurrei.

E de repente lá estava Nora, na tela, num primeiro plano do seu pranto e dos seus gritos, e não era a mãe do menino sujo. Era uma mulher completamente diferente. Uma mulher de uns trinta anos, já grisalha, morena e muito gorda, os quilos que havia ganhado na gravidez, decerto. Quase o contrário da mãe do menino sujo.

Não se entendia o que gritava. Caía, alguém a amparava por trás, com certeza uma irmã. Mudei de canal, mas todos mostravam aquela mulher gritando, até que um policial se interpôs entre os microfones e os gritos, e apareceu um patrulheiro para levá-la. Havia muitas novidades. Contei-as a Lala sentada no vaso sanitário, enquanto ela se barbeava, arranjava a maquiagem, prendia o cabelo num coque prolixo.

— O menino se chama Ignacio. Nachito. E a família deu parte do seu desaparecimento domingo, mas quando viram na televisão o que acontecia acharam que era o filho deles porque esse menino, Nachito, desapareceu em Castelar. São de Castelar.

— Mas é longe demais! Como veio parar aqui? Ai, princesa, que incrível tudo isso. Vou cancelar todas as minhas clientes, já decidi. Não dá para cortar cabelo depois disso.

— Está com o umbigo costurado também.

— Quem, o menino?

— Sim. Parece que lhe arrancaram as orelhas.

— Rainha, neste bairro ninguém mais vai dormir, é o que te digo. Aqui somos delinquentes, mas isso é satânico.

— É o que estão dizendo. Que é satânico. Não; satânico, não. Dizem que foi um sacrifício, uma oferenda a são Morte.

— Salve a Pombajira, salve Maria Padilha!

— Ontem à noite te contei que o menino me falou de são Morte. Não é ele, Lala, mas ele sabia.

Lala se ajoelhou à minha frente e cravou em mim seus enormes olhos escuros.

— A senhora, princesa, não vai decidir nada disso. Nada. Nem na procuradoria nem nada. Ontem à noite eu estava louca para te deixar ir falar com a juíza. Não, não, não, somos um túmulo, com o perdão da palavra.

Eu a escutei. Ela estava certa. Eu não tinha nada a dizer, nada a contar. Apenas uma caminhada noturna com um menino de rua que havia desaparecido, como costumam desaparecer os meninos de rua. Seus pais se mudam de bairro e os levam junto. Unem-se a um bando de crianças ladras ou de lavadores de vidro na avenida ou de mulas de droga; quando os usam para vender droga, têm que mudá-los várias vezes de bairro. Acampam numa estação de metrô. Os meninos de rua nunca ficam no mesmo lugar; podem demorar um tempo, mas sempre se vão. Também fogem dos pais. Ou vão embora porque aparece um tio distante que se compadece e o leva para casa, longe, no Sul, uma casa numa rua de terra, para compartilhar um quarto com cinco irmãos, mas pelo menos está sob um teto. Não era nem um pouco estranho que mãe e filho houvessem desaparecido de um dia para o outro. O estacionamento onde o menino decapitado aparecera não ficava no percurso que o menino sujo e eu havíamos feito naquela noite. E aquela história de são Morte? Casualidade. Lala dizia que o bairro estava cheio de devotos de são Morte, todos os imigrantes paraguaios e o pessoal de Corrientes eram fiéis do santinho, mas isso não os transformava em assassinos; ela era devota da Pombajira, que tem o aspecto de uma mulher demônio, com chifres e tridente, e por acaso isso fazia dela uma assassina satânica?

Claro que não.

— Quero que fique uns dias comigo, Lala.

— Óbvio, princesa, eu mesma arrumo meus aposentos.

Lala adorava minha casa. Ela gostava de pôr música bem alto e descer as escadas lentamente, com seu turbante e um cigarro, uma mulher fatal negra, "sou Josephine Baker", dizia, e depois se lamentava por ser a única travesti de Constitución que tinha alguma ideia de quem era Josephine Baker. "Você não tem a menor ideia de como essas meninas novas são toscas, ignorantes e ocas como um cano d'água. Cada vez piores. O mundo está perdido."

Para mim, era difícil andar pelo bairro com a segurança de antes do crime. O assassinato de Nachito havia exercido um efeito quase narcótico nessa parte de Constitución. De noite não se ouviam brigas, os dealers tinham se mudado para alguns quarteirões mais ao sul. Havia polícia demais tomando conta do lugar onde o corpo fora encontrado, que, diziam os jornais e os investigadores, não tinha sido a cena do crime. Alguém o depositara, já morto, no velho estacionamento.

Na esquina onde o menino sujo e sua mãe costumavam dormir, os moradores fizeram um altar para o Degoladinho, como o chamavam. E puseram uma foto que dizia "Justiça para Nachito". Apesar das aparentes boas intenções, os investigadores não acreditavam muito na comoção do bairro. Ao contrário: pensavam que poderiam estar encobrindo alguém. Por isso a procuradoria havia mandado interrogar muitos moradores.

Também me chamaram para depor. Não avisei Lala, para que não ficasse desesperada. Ela não recebera nenhuma notificação. Foi uma entrevista bem curta, e eu não disse nada que pudesse ajudá-los.

Naquela noite dormi profundamente.

Não, não ouvi nada.

Há vários meninos de rua no bairro, sim.

Mostraram-me a foto de Nachito. Neguei tê-lo visto. Não mentia. Era completamente diferente dos meninos do bairro: um gorducho de covinhas e cabelo bem penteado. Eu nunca havia visto um menino assim (e sorridente!) em Constitución.

Não, nunca vi altares de magia negra na rua ou em alguma casa. Somente do Gauchito Gil. Na Calle Ceballos.

Se eu sabia que o Gauchito Gil morrera degolado?

Sim, todo o país conhece o mito. Não creio que tenha a ver com o Gauchito, vocês sim?

Não, claro que não têm de me responder nada. Bom, seja como for, não creio, mas não sei nada sobre rituais.

Trabalho como designer gráfica. Para um jornal. Para o suplemento de *Moda & Mulher*. Por que moro em Constitución? O imóvel é da minha família e é uma casa bonita, podem ver quando forem ao bairro.

Claro que aviso se ouvir alguma coisa, não há dúvida, estou a seu dispor. Sim, demoro para dormir, como todos. Estamos com muito medo.

É claro que não desconfiavam de mim, mas tinham que falar com os moradores. Voltei para casa de ônibus, a fim de evitar os cinco quarteirões que tinha de percorrer se fosse de metrô.

Desde o crime, eu preferia não pegar o metrô porque não queria encontrar o menino sujo. E, ao mesmo tempo, queria voltar de uma maneira obsessiva, doentia, a vê-lo. Apesar das fotos, apesar das provas — inclusive das fotos do cadáver, que um jornal havia publicado, para falso escândalo e horror público, e que esgotou várias edições com o menino decapitado na primeira página —, eu continuava acreditando que o menino sujo era o morto.

Ou que seria o próximo morto. Não era uma ideia racional. Disse isso a Lala no salão, na tarde em que resolvi voltar a tingir as pontas de rosa, um trabalho de horas. Agora ninguém folheava revistas nem pintava as unhas nem enviava mensagens de texto quando tinha de esperar sua vez no salão de Lala. Agora só se falava do Degoladinho. O tempo de silêncio prudencial tinha se esgotado, mas eu ainda não ouvira dizer que alguém houvesse apontado um suspeito, senão de maneira geral. Sarita contava que no seu povoado, no Chaco, tinha acontecido algo parecido, mas com uma menina.

— Encontraram-na com a cabeça ao lado, também, e muito violentada, pobre alminha, estava toda cagadinha.

— Sarita, por favor! — disse Lala.

— Mas se foi assim, o que você quer que te conte? São coisas de bruxos.

— A polícia acha que são os narcos — disse eu.

— Está cheio de narcos bruxos — disse Sarita. — Lá no Chaco você não imagina como é. Fazem rituais para pedir proteção. Por isso cortaram a cabeça dela e a puseram do lado esquerdo. Acreditam que se fizerem essas oferendas a polícia não os pega, porque as cabeças têm poder. Não são apenas narcos, também estão envolvidos na venda de mulheres.

— Mas você acha que tem disso aqui em Constitución?

— Estão em toda parte — disse Sarita.

Naquela noite, sonhei com o menino sujo. Eu saía à sacada e ele estava no meio da rua. Eu lhe fazia sinais com a mão para que se mexesse, porque vinha um caminhão em disparada. Mas o menino sujo continuava olhando para cima, olhando para mim e para a sacada, sorrindo, os dentes sujos e miúdos. E o caminhão o atropelava e eu não podia evitar ver como a roda arrebentava a barriga dele como se fosse uma bola de futebol e arrastava seus intestinos até a esquina. Mas a cabeça do menino sujo, ainda sorridente e com os olhos abertos, permanecia no meio da rua. Acordei suando, tremendo. Da rua chegava uma música preguiçosa. Pouco a pouco voltavam alguns sons do bairro, as brigas de bêbados, a música, as motos com o escapamento aberto para fazer barulho, coisa que os adolescentes adoravam. A investigação corria sob sigilo sumário, uma maneira de dizer que a desorientação era total. Visitei várias vezes minha mãe e, quando me pediu que mudasse para a casa dela, ao menos por um tempo, eu disse que não. Ela me chamou de louca e discutimos aos berros, como nunca.

Naquela noite eu voltava tarde porque, depois do trabalho, fui ao aniversário de uma colega. Era uma das últimas noites de verão. Voltei de ônibus e desci antes, para caminhar pelo bairro, sozinha. Já sabia me movimentar novamente. Se você sabe se movimentar, Constitución é bastante fácil. Ia fumando. Então a vi.

A mãe do menino sujo era magra, sempre foi magra, inclusive quando grávida. Por trás, ninguém teria adivinhado seu barrigão. É o físico típico das dependentes: as cadeiras continuam estreitas como se resistissem a deixar espaço para o bebê, o corpo não produz gordura, as coxas não se alargam, aos nove meses as pernas são dois palitos frágeis que sustentam uma bola de basquete, uma mulher que engoliu uma bola de basquete. Agora, sem a barriga, a mãe do menino sujo parecia mais do que nunca uma adolescente, encostada numa árvore, tentando acender seu pequeno cachimbo de crack à luz do poste, sem se incomodar com a polícia — que rondava muito mais o bairro depois do crime do Degoladinho — nem com os outros viciados, nem com nada.

Aproximei-me devagarinho e, quando ela me viu, houve um

reconhecimento imediato nos seus olhos. Imediato! Os olhos se estreitaram, se estreitaram: quis sair correndo, mas alguma coisa a deteve. Um enjoo, talvez. Esses segundos de hesitação me bastaram para impedir sua passagem, parar em frente dela, obrigá-la a falar. Empurrei-a contra a árvore e a mantive ali. Ela não tinha força suficiente para resistir.

— Onde está seu filho.

— Que filho. Me larga.

As duas falávamos baixo.

— Seu filho. Você sabe muito bem do que estou falando.

A mãe do menino sujo abriu a boca e fiquei nauseada com seu hálito de fome, doce e podre como uma fruta ao sol, misturado ao cheiro medicinal da droga e àquele fedor de queimado permanente; os drogados fedem a borracha fumegante, fábrica tóxica, água poluída, morte química.

— Não tenho filhos.

Apertei-a mais contra a árvore, agarrei-a pelo pescoço. Não sei se ela sentia dor, mas cravei as unhas nela. Tanto fazia, não ia mesmo se lembrar de mim dentro de algumas horas. Eu também não tinha medo da polícia. Além do mais, não iam se preocupar muito com uma briga entre mulheres.

— Vai me dizer a verdade. Até outro dia você estava grávida.

A mãe do menino sujo quis me queimar com o isqueiro, mas pude perceber sua intenção, a mão fina que queria aproximar a chama do meu cabelo, queria me tocar fogo, a filha da puta. Apertei seu pulso com tanta força que o isqueiro caiu na calçada. Parou de resistir.

— EU NÃO TENHO FILHOS! — gritou, e o grito da sua voz grossa demais, doente, me despertou.

O que eu estava fazendo? Estrangulando uma adolescente moribunda em frente à minha casa? Vai ver que minha mãe tinha razão. Vai ver que eu tinha mesmo que me mudar. Vai ver, como me dissera, que eu tinha uma fixação pela casa porque me permitia viver isolada, porque ali ninguém me visitava, porque estava deprimida e inventava histórias românticas sobre um bairro que, na verdade, era uma merda, uma merda, uma merda. Foi o que minha mãe gritou e eu jurei não voltar a falar com ela, mas agora, com o pescoço da mocinha dependente entre as mãos, pensei que ela podia ter alguma razão.

Que eu não era a princesa no castelo, mas a louca trancada na torre.

A moça viciada se soltou da minha mão e pôs-se a correr, devagar: estava meio sufocada. Mas quando chegou à metade do quarteirão, justo onde o poste principal a iluminava, se virou. Ria e a luz deixava ver que suas gengivas sangravam.

— Eu o dei! — gritou.

O grito foi para mim, olhava nos meus olhos, com aquele horrível reconhecimento.

Depois acariciou o ventre vazio com as mãos e disse, bem alto e claro:

— Este também eu dei. Prometi os dois.

Corri atrás dela, mas era rápida. Ou tinha se tornado rápida de repente, não sei. Atravessou a Plaza Garay como um gato e consegui segui-la, mas quando os carros arrancaram na avenida ela conseguiu atravessar entre eles, eu não. Eu mal respirava. Minhas pernas tremiam. Alguém se aproximou para me perguntar se a garota tinha me roubado e eu disse que sim, com esperança de que a perseguissem. Mas não: só me perguntaram se eu estava bem, se queria tomar um táxi, o que tinham me roubado.

Um táxi, sim, falei. Parei um e pedi que me levasse para casa, somente cinco quarteirões. O taxista não se queixou. Estava acostumado a esse tipo de corridas breves naquele bairro. Ou vai ver que não estava a fim de resmungar. Era tarde. Devia ser sua última corrida antes de voltar para casa.

Quando fechei a porta de casa não senti o alívio dos cômodos frescos, da escada de madeira, do pátio interno, dos azulejos antigos, dos tetos altos. Acendi a luz, e a lâmpada piscou. Vai queimar, pensei, vou ficar no escuro, mas por fim se estabilizou. Embora desse uma luz amarelada, antiga, de baixa tensão. Sentei no chão, com o ombro encostado na porta. Esperava a batida suave da mão pegajosa do menino sujo ou o barulho da sua cabeça rolando escada abaixo. Esperava o menino sujo que ia me pedir, outra vez, que o deixasse entrar.

Cadelas

JORGE ENRIQUE LAGE

Não sei o que estou fazendo neste lugar, me disse Amy Winehouse. É verdade que sofro de depressão, sou um pouco anoréxica, um pouco bulímica, não estou cem por cento bem, mas não creio que nenhuma mulher cubana esteja.

Uma enfermeira passou diante de nós empurrando um carrinho.

Conhece alguma mulher que não tenha seus problemas aqui em cima?, me perguntou Amy Winehouse com um sorriso, batendo na têmpora com o indicador.

Minha resposta foi sorrir também. Pensava em quantas mulheres ela teria conhecido. E, sobretudo, que tipo de mulheres.

Olhe, disse ela, esta é a minha mãe.

Me mostrou uma foto. Uma mulata jovem e alegre posava na entrada de uma casa de madeira. Ao lado dela, abraçada à sua cintura, havia um menino.

Minha casa, lá em Baracoa, disse Amy, e acariciou com uma unha comprida, esmaltada de vermelho, a cabecinha do menino da foto. Este sou eu. Tinha sete anos.

Olhei mais atentamente, e sim, era ela sem dúvida, vinte anos mais moça e com muitos hormônios a menos, olhei e a imagem ficou impressa na minha memória. Tempos depois, voltaria a meus olhos, como um flash, quando a mulata jovem e alegre apareceu na porta da minha casa subitamente envelhecida e com os olhos cansados pelo pranto.

Perguntei a ela se tinha ido à polícia. A mulher fez que sim:

— Me disseram que iam cuidar do assunto, me garantiram que fariam todo o possível... Mas já passaram três dias e eu sem ter notícias... Estou desesperada. Hoje voltei à unidade, perguntei, falei com outros funcionários, falei com os superiores, e todos me disseram para não me preocupar, que meu filho já era um adulto responsável, que vai ver tinha ido para os Estados Unidos, que com certeza eu logo ia saber dele...

Ofereci-lhe um copo d'água. Continuou entre soluços:

— Ele não iria para lugar nenhum, tenho certeza.... Vim porque ele me chamou, queria que eu viesse visitá-lo, queria que conversássemos, sentia-se muito sozinho... Até me disse que quem sabe voltava comigo para Baracoa, porque não suportava mais Havana...

— Contou isso à polícia, suponho — insisti.

— Sim, tudo, tudo. Dei a eles seu nome, sua descrição, umas fotografias velhas que eu tenho... Mas hoje não pareciam mais interessados no caso, me trataram como se eu fosse uma mãe histérica inventando uma tragédia.

Olhou suplicante para mim, talvez tentando descobrir se eu era da mesma opinião. Pensei que a maior tragédia era como aquilo tudo soava lógico.

— No hospital me sugeriram que fosse vê-lo, me deram seu

endereço — esclareceu. — No último dia que meu filho esteve lá o viram muito com você... Eram amigos?

— Bom, na verdade...

— Qualquer coisa que souber, por favor, qualquer coisa que me ajude a encontrar meu menino... Ficarei eternamente agradecida.

O que eu podia dizer? Que voltasse no mesmo trem em que havia vindo? Que fosse para o outro extremo da ilha contemplar o oceano dos nossos desaparecidos?

Me perguntei o que teria dito o Autista numa situação semelhante.

Se você tivesse me visto no dia em que cheguei a Havana, me disse Amy Winehouse. Esse esplêndido corpo era outra coisa. Eu parecia um cabo de vassoura com roupa de homem.

Ainda não havia sacudido a poeira da província de Guantánamo quando conheceu o amor da sua vida. O cara a levou para morar com ele, instalou-a com todo o conforto a seu alcance num quartinho perto do Malecón. Ali sonharam projetos e viveram agarradinhos, em permanente lua de mel.

Não podíamos nos casar, disse Amy, mas ele era meu marido. Um dia me deu de presente um vestido curto, sapatos, uma bolsa cheia de todo tipo de maquiagem... E uma peruca lindíssima. Nessa noite eu me vesti para ele, e saímos. Encontramos com vários estrangeiros que ele já conhecia. Um deles me levou para um hotel e depois de se deitar comigo me deu oitenta dólares. Foi incrível. Oitenta dólares! Nunca na vida tinha tido tanto dinheiro nas mãos. Nunca tinha me sentido tão bem. Meu marido e eu comemoramos em grande estilo. Comemos, trepamos, tomamos rum... Passados dois dias, voltei à carga; dessa vez cobrei cem euros. Era como se eu estivesse tocando o céu com as mãos. Comecei a me vestir três, quatro vezes por semana. Choveu dinheiro. Meu marido me comprava as melhores roupas, os sapatos mais caros. "Vou fazer de você uma diva, *mami*", me sussurrava no ouvido, e eu repetia: "Te amo, *papi*, te amo". Continuamos trepando como animais, mas agora em vez de rum aspergíamos a goela com litros e litros de uísque. Eu estava tomando os hormônios que ele me arranjava, um vidro depois do outro. Uns hormônios ótimos, claro, fabricados na Inglaterra. Eu me olhava no espelho e me achava linda, divina, estava vivendo dentro de um sonho. Até que... ele desapareceu.

Passei uma semana sem saber do meu marido, chorando e tremendo de medo. Por fim ligou. Estava em Miami. Tinha ido num desses barcos ilegais. Ele me disse: "Sinto muito, *mami*, não podia te dizer nada ou a coisa complicava pra mim". Gritei, esperneei, arranhei as paredes, e ele me acalmou dizendo que assim que pudesse viria me buscar, que íamos nos encontrar logo na gringa. Lembro que, quando desliguei o telefone, caí na cama sem forças pra me levantar. Estendi o braço, peguei uma garrafa e enchi a cara até perder os sentidos. Quis me matar. Queria que o álcool me matasse. Falando sério, eu estava um lixo. Mas então, depois da ressaca mais horrível da minha vida, eu disse a mim mesma que tinha de olhar para a frente. Tinha de seguir meu caminho. Porque eu não tinha vindo para a capital pra desmoronar como um dos seus velhos edifícios, mas sim para triunfar... Não estou te chateando com minha história, né?

Claro que não, disse a ela cortesmente.

Ela acendeu um cigarro e ficou pensativa, olhando para o céu por uma das janelas do hospital psiquiátrico. Intuí que seu relato ia ter um tom de náusea, de inferno, um tom de música popular que não se escuta no rádio.

Amy Winehouse, *guajira guantanamera*, pensei estupidamente.

* * *

Me encontrei com o Autista num dos novos cafés de El Vedado. O Lateral. Sabia que ia encontrá-lo ali. Estava sentado perto do balcão, vendo na TV uma partida de futebol da Premier League. Levou alguns segundos para me reconhecer.

— Londres, Londres — falou. — A bola roda até aqui, mas aqui não sabemos chutá-la. Que fazer? A pergunta de Lênin. Os que se sentam num café e decidem fazer isso ou aquilo não têm futuro. As circunstâncias históricas é que decidem.

O Autista deve esse apelido a uma singular conjunção: sua carência de expressões faciais e sua estranha maneira de falar. Amiúde dizia coisas que só ele entendia, como se estivesse falando consigo mesmo, ou metido dentro de si mesmo: uma linguagem privada.

A partida acabou. Tottenham e Arsenal empataram por dois a dois.

— Lembra de tudo o que eu te disse da Winehouse? — fui direto ao assunto. — Pois acho que alguma coisa aconteceu. A mãe dela veio me ver. Me acompanhe numas investigações que vou fazer e pelo caminho te conto.

O Autista olhou para mim com sua cara desprovida de expressão e disse:

— É sempre a mesma coisa neste país. Você, eu e uma mulher morta.

A primeira decisão que tomei foi fazer uma tatuagem, me disse Amy Winehouse. Creio que foi uma maneira de adquirir mais controle sobre meu próprio corpo. Gravei o nome do meu marido entre os peitos, acima do coração, e ao lado pus uma lágrima negra como símbolo da minha tristeza por estar longe dele. Senti que minha dor ia clareando, como a tinta, na dor que a agulha na pele me provocava. Isso me agradou. Tornei-me viciada nessa dor. Sou assim: me vicio facilmente. Continuei me tatuando sem parar, como você pode ver. Não sei quantas tatuagens eu fiz. Perdi a conta.

Eu tentava contar suas tatuagens visíveis, as que ostentava nos braços e nas pernas: figuras humanas, figuras muito femininas. Bonequinhas pin-up, algumas com os peitões à mostra. Ícones *old school*: Betty Boop, Jessica Rabbit...

Amy Winehouse enxugou algumas lágrimas. Eu me perguntei se era a lembrança de velhas agulhas na pele que a tinha feito chorar. Mas se recuperou no mesmo instante: depois de esfregar os olhos remexeu na bolsa, pegou uns óculos e os pôs. Agora seus olhos eram verdes e brilhavam num lamaçal de delineador escorrido.

Eu criei um novo look pra mim com esses olhos e esse cabelo, que é meu natural, sabe?, não é peruca, disse apontando para o penteado afro que se erguia sobre sua cabeça. Tinha que sair para conquistar a noite, lutar pelo dinheiro... Mas quando você está sozinha tudo é mais difícil. Eu era nova nas ruas, e as velhas travestis de Centro Havana começaram a me ver como uma ameaça. Não me queriam nos seus domínios. Defendiam suas esquinas, seus parques mal iluminados, seus cantos imundos entre as ruínas como se eu fosse tomá-los delas... Elas tinham é inveja! Eu era toda glamour e elas pareciam uns palhaços de salto alto. Quando eu me aproximava de um grupinho, ouvia coisas como: "Olhe quem está passando, a cabeluda que caiu do palco, hahaha". Cadelas invejosas... Ah, mas não sabiam com quem estavam se metendo. Uma noite respondi às provocações. "Quer ver como te corto o pau e enfio no teu cu?", disparei para uma delas. A partir daí as coisas foram de mal a pior. A primeira com quem saí na porrada terminou com a cabeça careca dentro de uma sarjeta. Esvaziei no nariz de uma outra a caneca de rum que eu sempre levava comigo, escondida na bolsa. Eu também recebia meus sopapos, claro, mas não ligava. Fui ganhando respeito nessas brigas de rua, que muitas vezes terminaram no posto policial...

E então Amy começou a se dar conta de que as outras eram soltas em poucas horas, mas ela, ela deixavam até um dia inteiro no xadrez. E que em certas ocasiões faziam-na entrar sem mais nem menos no carro patrulha, algemada. E que quase sempre era o mesmo carro com os mesmos dois caras.

Certo dia, essa patrulha para em frente de mim, disse. Eu estava andando, ia sozinha, não estava fazendo nada. Um dos agentes desce e me manda entrar no carro. "O que foi dessa vez, menino?", pergunto a ele. "Estou violando alguma lei?" Ele sorri e aponta para a porta de trás. Eu entro. Arrancamos. O que dirige pergunta meu nome. "Amy", respondo. "Vamos dar uma voltinha, Amy", ele me diz. Quando a patrulha pegou a Zanja, pensei que estavam me levando de novo para o posto de polícia. Mas não.

A caminho do posto na esquina da Zanja com a Dragones, ou Unidade Municipal da PNR — a Polícia Nacional Revolucionária —, o Autista tapou os ouvidos com seus fones. Parecia decidido a aumentar seu isolamento.

— O que você está ouvindo? Quer dizer, se é que está ouvindo alguma coisa.

— Jazz — respondeu.

— Desde quando gosta de jazz?

Entramos no velho quartel e nos dirigimos à mesa de atendimento.

— Bom dia, em que posso ajudá-lo? — me perguntou uma oficial jovem.

— Gostaria de falar com dois patrulheiros, mas não tenho a placa do carro.

— Sabe o nome deles?

Hesitei. Os nomes que eu tinha certamente eram falsos.

— Sombras chinesas — disse o Autista. — Afinal de contas, detrás de cada camada de cebola há outra camada de cebola, e uns tantos fetos, demônios nacionalistas…

— Cale a boca — pedi em voz baixa. A jovem policial começava a olhar para mim com ar preocupado. — Olhe, acontece que…

— Algum problema, companheiro? Quer apresentar uma queixa por maus-tratos? Uso indevido da força? É isso?

— Não… Não exatamente. Eu… — Percebi que vários uniformes azuis retardavam seus passos, parando perto da mesa para ouvir a mim e ao Autista. — Pelo que sei, eles detiveram várias vezes um jovem travesti que agora está desaparecido. A mãe dele veio me contar faz uns dias. Quero escrever alguma coisa sobre ele.

— Sobre o rapaz que foi de barco para os Estados Unidos? — disse um homem atrás de nós. Ao me virar, observei nos seus ombros a patente de major. — Pobre mulher. O filho dela tinha problemas, sabe? Com o álcool, com as drogas… Você é jornalista?

— Não. Só quero escrever uma história baseada em fatos reais.

— Mas se a imaginação é o melhor que há! — Ele me deu um tapa afetuoso no ombro e se dirigiu a outro recém-chegado, um oficial grisalho e sorridente. — Não é, Santiesteban?

Quando fomos embora, o Autista me disse:

— Essa paisagem cáustica é a nova época, com suas muitas

postagens, suas muitas falhas de sistema e suas muitas peças de reposição... Mas pelo menos continuamos sendo inocentes.

Em nenhum momento tinha tirado os fones de ouvido.

Já estavam de olho em mim, estavam me caçando, me disse Amy Winehouse. Eram dois negros grandes e fortes. Eu me lembro como se fosse hoje. Primeiro quiseram saber de onde eu era. Disse-lhes que tinha nascido em Baracoa, mas que vivia em Havana fazia muitos anos. "Que coisa", disse um deles, "você não perdeu o sotaque." "Nem a vozinha de homem", disse o que dirigia, o mais moço. "Não se meta com ela, compadre", disse o outro. "Vai ver que esteve guardada em casa, como uma boa menina, até que resolveu sair para exercer a prostituição. Por isso não a tínhamos visto antes." Disse-lhes que mais putas eram suas respectivas mães, que eles não tinham me pegado fazendo nada disso, não tinham provas. Eles me disseram que era verdade, que até agora só haviam me pegado agredindo outras putas, mas que sempre me soltaram apesar de poderem apresentar acusações de ofensa à ordem pública e periculosidade pré-delitiva. O que estava ao lado do motorista esticou a mão para trás, apertou minha coxa e disse: "Então você não cobra? Faz grátis?". Fiquei calada olhando pela janela. Ele prosseguiu: "Fique sossegada, se bem entendi, você precisa do dinheiro para comprar comida, roupa, esse aspecto de roqueira sensual...", e eu comecei a me lembrar de todos esses filmes americanos em que a polícia sempre te diz que você tem direito a permanecer em silêncio porque tudo o que disser vai ser usado contra você. Estava morta de medo, mas ao mesmo tempo estava me excitando... O motorista acrescentou: "E para o aluguel também, tenente", e o tenente tirou a mão suada de cima de mim e disse que sim, que os aluguéis estavam nas nuvens, por isso eles se viam no dever de me ajudar, e então me prometeram que iam falar com um amigo, Angelón, para ver se ele podia me emprestar o quarto que tinha vago no seu apartamento. Eu não ia ter que pagar nada ao Angelón. Disse a eles: "Não, obrigada", embora a oferta fosse tentadora. Já era de noite. Pararam a patrulha na esquina mais escura que encontraram. O motorista abriu a porta e, quando eu estava descendo, levantou meu vestido bruscamente e me... me acariciou o volume entre as pernas. Soltei-lhe um murro de que ele esquivou, rindo como um depravado. "Suas bichas!", gritei. "Vocês não passam de um par de bichas. Vou denunciar vocês por estarem me bolinando!" E o outro disse: "Isso, vá à unidade para ver se acreditam em você. Este é o sargento Yasmani, vulgo Micha,* e eu sou o tenente Alexander, mais conhecido como Chacal. Gravou?". Me afastei o mais depressa que pude, quem dera pudesse ter corrido com os malditos saltos altos. E ainda, quando passaram a meu lado, o sargento diminuiu a velocidade, pôs a cabeça para fora da janela e soltou: "Não se sinta mal pelo que eu te disse, *mami*. Você tem uma voz linda. Devia ser cantora".

O apartamento ficava no bairro chinês. Um cachorro começou a latir quando tocamos a campainha. "Cala a boca, Ministro!", gritou uma voz, e em seguida assomou na porta um gordo imenso, sem camisa, que parecia um Buda.

— Sim, a mãe veio à procura dela outro dia... — disse Angelón quando lhe explicamos o motivo da visita. — Vou te dizer a mesma coisa que disse a ela. Para mim, seu filho... ou sua filha

* El Micha, cantor cubano de reggae. (N. T.)

se mandou para Miami atrás do tal marido que tinha. Falava disso o tempo todo.

O apartamento era pequeno, mas luxuoso. Numa tela plana do tamanho de um cinema se via um especial da Telesur sobre Hugo Chávez. Ministro, um robusto pastor-alemão, tentava me farejar do canto onde estava acorrentado.

— Por que ela veio morar aqui? — perguntei.

— Por que não? O quarto é cômodo, e eu alugo barato.

— Fiz uma contagem de cabeças ocas e cabeças cortadas — disse o Autista. — Sem dúvida há mais cabeças cortadas. Embora na eternidade elas se confundam.

Contive o impulso de interrompê-lo. Por isso lhe pedi que viesse, ponderei. Por essas coisas que ele diz. A seu lado eu me sinto racional e efetivo. A seu lado sou um cara em pleno contato com a realidade.

— Ela se prostituía?

— Não posso lhe dizer com certeza... — respondeu Angelón olhando para o caderno que eu havia tirado do bolso para aparentar que tomava notas. — Quase sempre saía à noite e voltava ao amanhecer, bêbada, e inclusive às vezes um pouco doida, sei lá, como se estivesse drogada...

— Alguma vez veio com droga? O senhor a viu consumir drogas aqui?

— Eu não a revistava, meu irmão, nem andava atrás dela vigiando-a... Olhe, não tenho preconceito contra os travestis. Alguns são pessoas decentes, trabalham nos seus shows, essas coisas. Mas este dava para ver a léguas que era problemático. Cheio de tatuagens, com uma tremenda pinta de delinquente... Não sei se em prostituição, mas com certeza andava metido em alguma coisa ruim. Se o aceitei como inquilino é porque sou um anjo, gosto de ajudar as pessoas.

— Ou seja, não vinha ninguém aqui ficar com ela — precisei eu. — Estrangeiros, por exemplo.

— Não, claro que não. — O rosto de Angelón começava a se endurecer. — Nesta casa tudo é legal. Eu pago meus impostos.

— O senhor tem amigos na polícia?

Olhou para mim por uns instantes, hesitando, antes de relaxar as feições.

— Está falando por causa do cachorro, não é?

Olhei para o Ministro, que estava latindo outra vez, furioso.

— Claro — falei —, que mais poderia ser.

— Você tem bons olhos. Sim, é um cachorro policial. Trabalhava na brigada canina do município. Agora está aposentado. Eu o adotei, mas já estou me arrependendo, porque é um cachorro muito mal-acostumado, imagine, a única coisa que come é carne... Já vou, Ministro, para de encher o saco!

Entre latidos que ricocheteavam na parede, vi Angelón tirar um bife fibroso de uma geladeira que imaginei repleta da melhor carne. Descongelou-o no micro-ondas e depois o passou várias vezes de um lado e de outro numa frigideira.

— Tenho que lhe dar de comer a todo instante, está sempre faminto — queixou-se. — Creio que é pela ansiedade, a mudança de estilo de vida. Desse jeito vai terminar mais estufado que eu.

Num segundo, o filé voou da cozinha para os caninos do pastor-alemão.

O Autista me devolveu o caderno. Ele o pegara sem que eu me desse conta. Escreveu: DESTRUA SUAS FRASES LIVRES.

— Escute, a croniquinha que você está fazendo... — disse Angelón, quando já estávamos indo embora —, acha que posso lê-la?

Duas noites depois tornaram a me interceptar, me disse Amy Winehouse. Como havia gente nos arredores, Yasmani fingiu que pedia meus documentos antes de me enfiar na patrulha. Quando arrancamos, perguntei quanto tempo iam me perseguir, porque eu gostava de pegar homens, mas não que os homens me pegassem... "E que os homens te agarrem? Disso sim você gosta, hein?", me disse Alexander se fazendo de engraçadinho. "Babaca", repliquei. "Você não me conhece." Então ele disse que era verdade, que não me conhecia, mas que mesmo assim estava me ajudando. Porque eles já tinham falado com Angelón e este havia aceitado me hospedar na sua casa, grátis, todo o tempo que eu quisesse. "E o que acontece se eu não quiser?", perguntei a eles, e Alexander me disse: "Menina, você quer voltar deportada para Guantánamo? Não é que a parte oriental seja ruim, viu, eu sou de Holguín, e o sargento é de Bayamo, mas vê-se que você gosta pacas de Havana, não é verdade?". Fiquei pensando. Estávamos perto do terminal de trens. Yasmani entrou num beco solitário e parou a patrulha, desligando o motor. Perguntei se era a sério o tal quarto grátis. Alexander aproximou a cara de mim e disse que os orientais estavam aí para se ajudarem. Yasmani já tinha posto o pau para fora... Mantinha-o de pé... Era enorme... Ai, não sei se devo te contar isso...

Me contou tudo. Porque, embora não confiasse muito nas terapias, disse, sabia que o principal, o mais importante, o mais difícil, era *se abrir*.

Apartou as nádegas e sentou-se em cima da ereção de Alexander, que tinha passado para o banco de trás. Começou a se mexer em cima do tenente enquanto Yasmani a puxava pelo pescoço até enfiar-lhe a pica na boca. Depois foi o sargento que a pôs de barriga para baixo e a comeu, enquanto dava bundadas e lhe dizia "Que gostoso, puta, isso, assim...". Os dois no chão da patrulha. Terminou toda amarrotada e com o cabelo que era um desastre.

Me senti uma merda, disse Amy. Sempre me sinto assim, uma merda da cabeça aos pés. Mas não posso te negar que havia tido minhas fantasias a respeito... Negrões, caras fardados... Enfim, agora não quero nem me lembrar disso. Me deixaram estirada na rua com o endereço do tal do Angelón escrito num pedaço de papel. E antes de irem embora, me enfiaram na bolsa um pacote para levar pra ele. Um saquinho com erva.

Maconha?, perguntei.

Fala baixo, menino, que estamos num hospital.

A patrulha surgiu do nada, de entre as gretas e o torpor do asfalto. Os dois agentes desceram do veículo e nos fizeram sinais. Eram eles.

— Você é que foi à unidade perguntar por nós? — perguntou Micha.

— Tenho uns tênis que foram fabricados com plástico duro demais — disse o Autista. — Quando ando na minha velocidade máxima, é doloroso.

Essas coisas surgiam da sua cabeça como um ricochete, um eco, como letras de canções lascadas, como restos de alguma ameaça intraduzível...

— Como me encontraram? — perguntei.

— Não se preocupe, somos policiais — disse o Chacal. Os dois sorriram, mas sem tirar a máscara de rigidez. — De que se trata?

Repeti o que eles já esperavam.

Micha perguntou a seu colega:

— Não era aquele travesti das tatuagens e do penteado extravagante?

— Sim, agora me lembro — disse o Chacal. — Tremenda cabeleira. Parecia que tinha uma colmeia de vespas em cima da cabeça.

— E parecia uma mulher de verdade, confundia qualquer um — acrescentou Micha. — Uma mulatona de olhos verdes, alta, bonita, embora um pouco malvestida.

— Nós nos vimos na obrigação de detê-lo algumas vezes e lavrar um auto de advertência — disse o Chacal, ficando sério. — A prostituição é punida pela lei.

— Além do mais, agia com deliberada e injustificável violência — recitou Micha. — Principalmente sob a influência do álcool e outras substâncias nocivas.

— Eu diria que era um rapaz submetido a más influências, muitas influências estrangeiras. Um jovem que errou de caminho, apesar de todas as possibilidades que o socialismo lhe propiciou — resumiu o Chacal. — Faz tempo que não o vemos nestes bairros. Tomara que tenha mudado seu estilo de vida.

— Te deixamos em algum lugar? — me perguntou Micha na porta do carro, nos convidando a entrar.

Olhei para o Autista: estava com os olhos fechados e dizia que não, que não, que não, meneando a cabeça de um lado para o outro sem parar.

Este é o único jazz que deve estar soando agora nos seus ouvidos, pensei.

Depois que me mudei tudo começou a ficar mais fácil, me disse Amy Winehouse. Angelón estava na jogada, claro. Na primeira noite que me viu vestida para sair, me disse: "Não vá para a rua agora, meu amor, que vêm uns amigos". Vieram dois italianos. Tomamos uns tragos, fumamos erva, depois fui para a cama com os dois. Na manhã seguinte Angelón me entregou duzentos euros, me perguntando se estava bom. Pulei na sua barriga e enchi sua carinha de beijos. Aquilo foi só o começo. Combinamos que eu estabelecia um certo número de noites por mês e ele se ocupava de me trazer clientes para a casa. Decorei o quarto a meu gosto e por ele passaram espanhóis, canadenses, franceses, alemães, suecos, russos... Meus favoritos eram os britânicos, com aquele sotaque tão lindo do inglês, mas eu mimava a todos, fazia com que todos se sentissem como reis. Quem não gosta de dinheiro? Angelón estava mais do que feliz. Tornou o apartamento como que novo. Comprou uma televisão de tela plana, imensa. Me disse que a geladeira sempre estaria cheia de carne para mim, porque eu tinha de me alimentar bem. Também tratava de manter a casa abastecida com o melhor álcool, para mim e para os clientes... Eu? O que posso te dizer. Já me sentia em outro nível. Principalmente depois de pôr silicone nos peitos, uma operação caríssima no mercado negro, um sonho transformado em realidade. Só me lembrava dos meus dias na rua quando ia me reportar a Yasmani e Alexander.

"Reportar-se" significava servir de avião. Ir aos encontros noturnos com os dois policiais, que a esperavam em locais previamente combinados para lhe entregar os pacotes. Supunha-se que ela era a pessoa indicada para não levantar suspeitas. Os sacos de erva logo se misturaram com os sacos de cocaína.

A princípio tinha curiosidade, disse. Eu pensava que empoar o nariz, como se diz, ia ser uma coisa difícil e incômoda. Mas não, quando você tem uma boa nota enrolada, de preferência uma nota de cem dólares, pode tragar todas aquelas linhas brancas como se não fosse nada, como se em vez de pó você estivesse aspirando ar puro.

Ao lembrar disso, estremeceu.

— Mais cedo ou mais tarde tudo vai mudar — ia dizendo o Autista. — E só espero que a burguesia tenha tempo para se lembrar dos meus carbúnculos...

Na falta de boas ideias, pensamos em nos postar numa esquina da rua para vigiar a entrada do edifício.

Vimos chegar uma mulher cinquentona puxando a correia de um pastor-alemão de focinheira. Subiu as escadas e desceu poucos minutos depois, sem o cachorro, para se dirigir à vendinha imunda do outro lado da rua.

Fomos ao seu encontro.

— Desculpe, aquele pastor-alemão que a senhora levava é seu?

— Quisera eu. — A mulher sorriu com descaramento, devia ser tagarela. — Mas não, é o cachorro do meu vizinho, um cachorro policial que lhe deram faz pouco. Chama-se Ministro.

— Primeiro-ministro, devia se chamar — falei. — É um animal bonito.

— Não é? Gosto muito dele. Por isso peço ao meu vizinho que me deixe levá-lo para passear de vez em quando, gosto de caminhar ao lado dele. Este bairro está cheio de vira-latas que não param de latir e são tremendamente encrenqueiros, e de cães de briga raivosos, desses que os homens criam para rinhas... Mas se você visse, quando o Ministro passa todos põem o rabo entre as pernas, baixam o focinho e se escondem. Parece que se dão conta de que é um desses líderes de manada... como se diz?

— Machos alfa.

— Isso mesmo, um macho alfa. Grande, forte, que impõe respeito e é feroz quando necessário. Meu vizinho diz que nem se preocupa mais em trancar a porta à chave. Porque sabe que o Ministro salta no pescoço do primeiro que entrar... Você faz o quê? Compra cachorros de raça para reprodução ou algo assim? Vai ter que falar com o dono, Ángel Chang, naquele edifício no primeiro andar, eu moro no apartamento em frente...

— Não. O que estou procurando é um aluguel, algum quartinho barato. Mas me disseram que por aqui tem muito negócio clandestino de putas de estrangeiro e proxenetas.

Foi como se o semblante da mulher houvesse recebido uma descarga elétrica. Manteve o sorriso, mas seus lábios estavam definitivamente selados.

— Ah, disso eu não sei nada — falou.

Eu era uma estrela, me disse Amy Winehouse. Eu era o mais exclusivo de Havana. Você não imagina quantos ricaços pervertidos iam várias vezes à casa, à minha cama, para repetir a dose. Sem falar nos que apareciam de vez em quando com o rosto coberto por uma máscara. Não sei, vai ver eram celebridades, diplomatas, empresários importantes...

Iam comê-la, ou ela é que os comia. Iam querendo fazer transas sadomasoquistas, bater nela e amarrá-la, ou que ela batesse neles, que os amarrasse e lhes cruzasse as costas com chicotadas. Alguns tiravam fotos dela, que depois punham na internet: Amy vestindo látex e conjuntos fetichistas; Amy em todo tipo de poses, com vibradores, se masturbando, de quatro, uma explosão selvagem de silicone e juba caribenha e tatuagens, em branco e preto e em cores. Também foi a protagonista de vídeos amadores, filmes que Angelón avaliava no pequeno cine pornô que tinha montado na sala, aquela tela grande onde ela brilhava olhando para o espectador com uma expressão aureolada por tanto sêmen jorrante... Uma expressão que revelava plenitude mas ao mesmo tempo escuridão, porque dessas sessões maratônicas de sexo profissional, filmadas ou não, ela só se lembrava de momentos avulsos, detalhes dispersos, todas as noites começaram a se confundir dentro da sua cabeça numa só e longa noite de cortes e lacunas de inconsciência. A única coisa de que se lembrava com clareza eram as intermináveis carreiras de cocaína e uma sede que a impulsionava a beber o tempo todo. Bebia e se drogava quando estava com os clientes, bebia e se drogava sozinha, e chegou a um ponto em que até o dinheiro que ganhava na cama, seu combustível original, começou a desaparecer na névoa que sujava seus óculos verdes.

Menti a você no início, disse. Estava mentindo a mim mesma mais uma vez. Agora você já sabe a razão pela qual estou aqui. Não sou dessas mulheres boas. Tenho uma parte autodestrutiva que sempre mantive sob controle. Mas o controle, igual ao amor, é um jogo que se perde. Quem dera eu nunca tivesse jogado esse jogo.

Estávamos nos afastando do bairro chinês quando os patrulheiros apareceram outra vez. A porta de trás tornou a se abrir, como um convite.

— Não — eu disse a eles. — Não, obrigado.

— Sim — me disseram. — Hoje você vai entrar.

Resisti, tentei escapar. Reflexos inúteis. Terminei metido de cabeça na patrulha e com as mãos algemadas nas costas.

Um grupo de pessoas me observava sem o menor assomo de escândalo. Vi o Autista se afastar correndo. Compreendi na hora que era a última vez que o veria.

Agora sim, pensei. Já não há como voltar. Esse é o buraco negro da realidade cubana. Essa é a intempérie onde estamos sós e perdidos.

— Por que você faz isso, escritor? — protestou Micha. — Se a única coisa que queremos é te ajudar, te levar para casa...

A patrulha saiu em disparada pelo Malecón.

O Chacal disse:

— Pegamos Amy aqui uma vez, lembra? Parecia um trapo. De pé em cima da mureta, cambaleando, bêbada...

— Claro que me lembro — confirmou Micha. — Ela estava urinando ali, de pé. Tinha posto o pau para fora e mirava o mar com seu jorro... Com certeza estava pensando no seu marido, lá no Norte. Quem sabe se também queria bater uma punheta.

— Era uma louca, uma doente... Tinha a cabeça cheia de merda.

Pela janela vi passar esquinas cheias de lixo, mendigos, anúncios de novas lojas colados em paredes rachadas pelo salitre, em sacadas a ponto de cair. O desfile de ruínas começava a parecer interminável.

— Agora você está muito calado — me disse o Chacal —, e no entanto sabemos que você gosta de sair por aí fazendo perguntas, falando com as pessoas...

— E até te vimos falando sozinho — acrescentou Micha. — Viu? Te seguimos e você nem se deu conta...

— O que é, precisa de companhia? Porque podemos te dar um cachorro. Um pastor-alemão treinado. Vem cá, que nome você daria a ele?

Os dois caíram na risada.

Deixamos para trás Centro Havana. Paramos.

— Tome cuidado — me avisou o Chacal quando abria minhas algemas. — As ruas estão muito ruins, há muita delinquência. Qualquer um pode te dar uma porrada muito mais forte do que essa que você tem na cara.

Em seguida Micha me deu um soco.

Cuspi sangue no meio-fio e olhei para a patrulha que se afastava.

Tomei uma decisão, me disse Amy Winehouse. Acordei agora há pouco e decidi que já bastava. Como sempre, não tinha a menor ideia do que havia acontecido no dia anterior. Vi no espelho como estava ficando magra, vi a crosta de sangue debaixo do meu nariz, senti na garganta o sabor já familiar do vômito e disse a mim mesma: você está se matando, Amy, você tem que parar, tem que buscar ajuda... E então, sem dizer nada a Angelón, fui à policlínica. Ali me mandaram para este hospital, onde dizem que estão os melhores especialistas. Liguei para minha mãe, chorando, e disse a ela que pensava em ir a uma consulta semanal no psiquiatra por um problema de depressão e transtornos alimentares. O que eu podia lhe dizer? Que seu filhinho lindo era uma puta viciada e alcoólatra? Se bem que, para ser sincera com você, não creio que nenhum tratamento vá funcionar comigo. A intoxicação que tenho é mais forte que eu, eu sei, mas creio que também é mais forte que todas essas terapias, mais forte que o Ministério da Saúde Pública inteiro. Na semana passada me sentei num grupo onde todos deviam compartilhar suas experiências. Não disse nada. Você pode imaginar? Se eu abrisse a boca, vai ver me internavam, me davam comprimidos para eu me calar... Não, ainda não estou louca. Aí me dei conta de uma coisa: quando você vem de onde venho, quando você vem com a história equivocada, um lugar como esse não tem nada a te ensinar.

E por que veio falar comigo?, perguntei.

Amy Winehouse acendeu outro cigarro.

Não estou certa. Te vi olhando à sua volta e achei que você era diferente de todos os que estão nesta sala. Como se você tivesse visto coisas que os outros não podiam ou não queriam ver. Por isso. Você acha que estou louca ou acha que o que te contei é verdade?

Achar ou não achar não é importante agora, eu disse por dizer.

Ela assentiu. Ficamos em silêncio alguns minutos.

Mas ainda não te contei tudo, falou.

O tenente-coronel Santiesteban se lembrava bem de mim. Me levou a seu escritório e escutou atentamente minha narração dos fatos: brutalidade policial, sequestro, agressão etc. Anotou a placa da patrulha, levantou-se para dar uns telefonemas e depois disse:

— É curioso. Os que se apresentam aqui com esse tipo de queixa são sempre os dissidentes. Eles acham que todos nós, funcionários do Ministério do Interior, somos uns esbirros. Não entendem que estamos a serviço do povo. Manipulam tudo. Exageram, inventam...

— Desculpe, o senhor ouviu alguma palavra do que lhe disse?

— Claro. Mas vou lhe pedir que ponha essas palavras por escrito. É estranho que ainda não tenha feito isso, para ser sincero. Vocês, jornalistas independentes...

— Já disse que não sou jornalista — interrompi-o. — Isso não tem nada a ver com jornalismo.

— Bom, tem a ver com escrever coisas contrarrevolucionárias. Não é mesmo?

Os olhos do tenente-coronel Santiesteban brilhavam. Ele estava sorrindo. Eu também. Pensava nas vozes, nos ecos que o Autista transcreveu no meu falso caderno de notas. Onde estaria o Autista agora?

Levantei-me e fui embora.

Foi há duas noites, me disse Amy Winehouse. Eu tinha que me encontrar com Yasmani e Alexander, mas disse a Angelón que não, que não ia, que não contassem mais comigo para trazer essa merda, que já tinha me inscrito num programa de reabilitação e não queria nem tocar na droga. Também disse que para mim dava no mesmo ir presa ou voltar para Guantánamo, porque quem sabe era justamente disso que eu precisava, uma mudança, e que se eles não gostassem, problema deles, por mim podiam ir os três pro caralho... Ele ficou mudo. Eu me tranquei no quarto batendo a porta, me vesti, e depois saí para caminhar. Desci até o Malecón. Precisava relaxar, respirar um pouco de brisa marinha. Sem me dar conta terminei passeando pela rua onde vivi com meu marido. E ali, de repente, quando mais distraída eu estava, uma sombra avançou para mim vinda do escuro. A única coisa que consegui ver foi uma mão que segurava uma pistola. Senti um golpe fortíssimo na cabeça e depois tudo ficou preto. Caí numa espécie de limbo intermitente. Lembro de uma dor como de aguilhoadas, a sensação de estar amordaçada sem poder gritar... Lembro de risos e uma voz que dizia "Vamos ver se gosta mesmo de tatuagens", ou algo assim. Não me lembro de mais nada. Era como se estivesse adormecida e aquilo tudo não fosse mais que um pesadelo confuso. Quando abri os olhos, no dia seguinte, estava de volta à minha cama. Tinha o corpo dolorido e cheio de hematomas. Me meti debaixo do chuveiro e depois, ao me olhar no espelho, descobri o que tinham me feito, o que haviam tatuado: "PNR". Ali estavam essas três letras em maiúsculas, fresquinhas e sangrando... PNR em cada nádega, em cada coxa... PNR nos meus peitos, em torno dos mamilos... Uma longa linha PNR-PNR-PNR que descia pelo meu púbis e chegava até a ponta do meu... do meu pênis...

Com mãos trêmulas, com tremores que não eram causados por nenhuma abstinência, Amy Winehouse enxugou umas lágrimas em que havia um desespero mais eloquente e mais comprido que as siglas da Polícia Nacional Revolucionária gravadas na sua pele.

Esperei na esquina até que vi Angelón sair. Sozinho.

Subi ao apartamento.

Levava comigo o relato que havia escrito: minha fracassada tentativa de escarafunchar na voz grave, profunda e entrecortada de Amy. Demasiados lugares-comuns gravitando ao redor de uma presa demasiado fácil.

Enfiei as folhas por debaixo da porta. Duas cópias grampeadas e com a mesma dedicatória: uma para ele e outra para a polícia.

Ouvi os latidos estrondosos.

Por que não?, pensei e levei a mão à maçaneta.

Abri a porta devagar. O pastor-alemão rugia diante de mim. Soltou as folhas que tinha meio mastigadas na boca para me mostrar melhor seus caninos.

Olhei-o fixamente enquanto me agachava diante dele. Fitei-o como ninguém nunca havia feito. Fitei-o de uma maneira não tão ameaçadora quanto enlouquecida ou até desumana. O Autista me ensinara esse olhar. Tinha seus momentos.

Em vez de me atacar, o Ministro baixou a cabeça com um suave gemido.

— Bom rapaz — sussurrei. — Agora vou revistar um pouco sua casa... Mas com certeza você está com fome.

Fui até a geladeira e a encontrei praticamente vazia. Restava apenas um pedaço de carne, que descongelei no micro-ondas sob a ansiosa supervisão do Ministro. Depois transpassei-a com uma faca e vi tudo de golpe:

No naco de carne, grosso e mal cortado, havia um pedaço da pele do animal.

E nessa pele havia uns traços de tinta, parte do desenho de uma bonequinha pin-up.

Peitos grandes, bunda desafiadora, pernas compridas e sinuosas. O look fatal que ela homenageava, e a que talvez aspirasse.

Senti um enjoo, um cansaço imenso. Deixei-me cair no chão.

— Aposto que você pode comê-la crua — disse ao cachorro.

Ele comeu, claro, com tatuagem e tudo. Depois limpou o focinho com a língua e veio se pôr a meu lado, corpulento e saciado. Me pareceu que no fundo tinha medo de mim. Acariciei seu lombo e seu ventre, e surpreso apalpei duas fileiras de tetas.

Em parte alguma havia genitais que contradissessem aquele achado.

O pastor-alemão começou a ficar, não adormecido, mas *adormecida*. O Ministro era fêmea.

— Todo mundo está cego? — perguntei a ela, fechando eu também os olhos.

Lá embaixo, na rua, soava uma sirene policial. Não sei por quê, soube de imediato que não se tratava da PNR. Aquela era uma patrulha da Segurança do Estado.

Mas não fui verificar. Não tinha forças para me levantar.

Mas hoje mesmo me ligaram, me disse Amy Winehouse, mais serena, avaliando os restos da sua maquiagem num espelhinho. Hoje mesmo falei com Alexander e ele me pediu desculpa. Soava bastante sincero. Estava quase me suplicando por telefone. Me disse que tudo havia começado como uma piada e depois perderam a mão, se deixaram levar... Enfim, que estavam muito arrependidos do que fizeram comigo e queriam me dar uma coisa em compensação pelo dano e em sinal de amizade, por tudo o que havíamos lutado juntos. "Uma boa quantidade de verdinhas", me adiantou Alexander. "Para que você possa ir para a gringa ou aonde quer que queira." E ficamos de nos ver esta mesma noite.

Então você acredita nele, falei. Vai vê-los de novo.

Por que não? Eles não são uns monstros, uns animais... Olhe, aqui ouvi falar desse método famoso que chamam de Doze Passos. Acho que são passos demais. Nem sei se me restam forças para ficar em pé nuns saltos altos. Além do mais, por onde estaria caminhando? Por onde eles querem que eu caminhe? Pode ser que o que eu tenha que dar é só um passo, um passo *para fora*. O passo definitivo. Fugir, desaparecer...

Num salão do fundo, um grupo de pessoas começava a arrumar algumas cadeiras.

Não vou entrar, me disse Amy Winehouse. Já tive minha última sessão falando com você. Obrigada por sua paciência. Obrigada por me ouvir.

Nos despedimos. Ela me jogou um beijo, antes de se perder pelo corredor. O mesmo corredor pelo qual voltava a enfermeira empurrando seu carrinho, em companhia do Autista.

Aqui estão seus comprimidos, me disse, e ficou parada à minha frente para comprovar que eu os tomava. A água tinha o sabor do copinho de plástico descartável.

Quando a enfermeira se foi, o Autista me fitou com sua cara desprovida de expressão e disse uma coisa que não entendi, como sempre. Depois, em questão de minutos, parei de vê-lo: tinha se esfumado por completo no ar.

Não importa, pensei, volto a encontrá-lo.

Tentar lembrar*

ALEJANDRO ZAMBRA

Yasna atirou no peito de seu pai e depois o asfixiou com o travesseiro. Ele era professor de educação física, ela não era nada, não era ninguém. Mas agora sim: agora é alguém que matou outra pessoa, alguém que está na cadeia. Alguém que espera sua ração de comida e se lembra do sangue de seu pai, tão escuro, tão espesso. Mas não escreve sobre isso. Só escreve cartas de amor.

"Só cartas de amor", como se fosse pouco.

Mas não é verdade que tenha matado o pai. Esse crime não aconteceu. E tampouco escreve cartas de amor, nunca o fez, talvez porque não saiba nada sobre o amor, e não goste do que sabe, pois o que sabe é monstruoso. Quem escreve é outra pessoa, alguém que se lembra dela com urgência, mas não por ter

* Tradução de Miguel Del Castillo, publicada no livro *Meus documentos*, de Alejandro Zambra. São Paulo: Cosac Naify, 2015.

saudades dela ou por querer vê-la, não é bem isso, a questão é que, há alguns meses, pediram-lhe um conto policial, de preferência ambientado no Chile, e no mesmo instante pensou nela, em Yasna, e naquele crime que não aconteceu, e embora tivesse dezenas de histórias para escolher, várias delas mais fáceis, mais simples de serem transformadas em contos policiais, ele pensou que a história de Yasna merecia ser contada, ou que conseguiria contá-la, que não seria difícil contá-la.

Fez algumas anotações, mas depois precisou se concentrar em outras encomendas, e as semanas passaram voando: resta-lhe apenas um dia para escrever.

A parte inocente da história, a que menos tem serventia, a que não contaria, ou pelo menos não dessa maneira, a parte que ele nem sequer lembra por inteiro — porque seu trabalho consiste, também, em esquecer, ou em fingir que se lembra do que esqueceu — começa num verão, no fim dos anos 80, quando os dois tinham catorze anos e ele mal se interessava por literatura, a verdade é que na época a única coisa que realmente o interessava era perseguir algumas mulheres, com pudor mas também com persistência. É um exagero, entretanto, chamá-las de mulheres, porque ainda não o eram, do mesmo modo que ele não era um homem, embora em comparação Yasna fosse muito mais mulher do que ele era homem.

Yasna passava o tempo num jardim malcuidado, cheio de rosas, arbustos de arruda e cortadeiras, sentada num banquinho, com um caderno de desenho apoiado nas pernas — o que você está desenhando?, perguntou a ela uma tarde, do outro lado da grade, todo machão, e ela sorriu, mas não porque queria sorrir, foi mais um reflexo. Como resposta ela mostrou o bloco, e à distância ele pensou que no papel havia o esboço de um rosto, não soube se de um homem ou de uma mulher, mas julgou ter visto um rosto ali.

Não ficaram muito amigos, mas continuaram se falando a cada tanto. Dois meses depois, ela o convidou para seu aniversário e ele, feliz da vida, na tentativa de uma jogada de mestre, comprou-lhe um globo terrestre na papelaria da praça. Na noite da festa saiu pontualmente de casa, mas encontrou Danilo, que fumava um baseado com outro amigo na esquina, estavam com muita erva, tinham começado a plantar fazia um tempo, mas ainda não haviam resolvido vendê-la. Deu quatro ou cinco tapinhas profundos e sentiu de imediato o começo do efeito, que conhecia bem, embora não fumasse com frequência. O que você está levando aí?, perguntou Danilo, e ele esperava essa pergunta, estava escondendo a sacola justamente para que o indagassem: o mundo, respondeu, alegre. Desataram com cuidado a embalagem de celofane e passaram um tempo procurando países. Danilo queria encontrar a Suécia, mas não conseguiu. Que gigante este país, disse, apontando para a União Soviética, e terminaram o baseado antes de se separar.

Yasna parecia ser a única que estava levando a festa a sério, com seu vestido azul até os joelhos, os olhos delineados, os cílios crespos e escurecidos, e as pálpebras sombreadas com um azul-celeste tímido. Ouviam-se os dois lados de uma fita cassete que não estava mais na moda, ou que ainda estava somente para os mais ou menos quinze convidados que enchiam a sala. Dava para perceber que eram muito amigos entre eles, porque mudavam de par no meio das músicas que cantavam em coro, com entusiasmo, mesmo não sabendo nada de inglês.

Ele estava se sentindo um peixe fora d'água, mas Yasna olhava para ele a cada dois minutos, a cada cinco minutos, e o ritmo desses olhares competia com a letargia da erva. Depois de virar dois copos altos de Kem Piña, sentou-se em frente à mesa de jantar, enquanto começava a tocar Duran Duran, também a fita inteira: "*No-no-notorious*". Dançavam de um jeito estranho, como se fosse uma polca ou uma dança daqueles antigos salões de baile. Para ele tudo parecia muito ridículo, mas não teria se negado a participar, dançaria bem, pensou de repente, com um leve e inexplicável ressentimento, e depois se concentrou nas batatas fritas, no salgadinho, no queijo cortado em cubos desiguais, nas nozes, nas dezenas de bolinhas crocantes e multicoloridas que lhe pareceram, sabe-se lá por quê, interessantes.

Não lembra bem os detalhes, a não ser a repentina chegada da fome, o vazio da fome: a larica. Teve de se esforçar para comer numa velocidade normal, mas quando Yasna chegou com os nachos e um pote enorme de guacamole, perdeu o controle. Nachos com guacamole eram novidade no Chile, ele nunca tinha provado, nem sabia que se chamavam assim, mas depois de prová-los não conseguia parar, mesmo sabendo que olhavam para ele, era como se as pessoas se revezassem para olhá-lo. Em seus dedos havia restos de abacate e de tomate e a gordura dos nachos, sua boca doía, sentia pedaços de comida nos molares e tentava com afinco recuperá-los com a língua. Comeu quase sozinho o pote inteiro, foi um escândalo. E queria continuar comendo.

Nisso abriram a porta da cozinha e ele foi ofuscado por uma luz branca. Surgiu um homem gordo, porém forte e robusto, com uma linha bem demarcada na cabeça que dividia o cabelo penteado com gel em duas metades idênticas. Era o pai de Yasna, e havia a seu lado alguém mais jovem, boa-pinta, diriam, a não ser por uma marca de lábio leporino, embora talvez essa imperfeição o deixasse mais atraente. Aqui termina, quem sabe, a parte inocente da história: quando o pegam pelo braço, apertando forte, e ele tenta continuar comendo, desesperado, e a seguir, depois de uma longa e confusa série de olhares ríspidos e frases entrecortadas, de esbarrões e empurrões, quando sente um chute na coxa direita seguido por dezenas de chutes na bunda, nos tornozelos, nas costas: está no chão, tentando aguentar a dor, e ao fundo ouve o choro de Yasna e gritos ininteligíveis: quer se defender, mas só consegue proteger a virilha. Quem bate nele é o outro homem, a quem depois Yasna chamará de *o ajudante*. O pai da menina também presencia a cena e ri, como as pessoas más riem nos filmes ruins e às vezes também na vida real.

Embora nada disso, em essência, interesse para seu conto, ele tenta se lembrar se naquela noite fazia frio (não), se havia lua (minguante), se era sexta ou sábado (era sábado), se alguém tentou, no meio da confusão, defendê-lo (não). São sete e meia, o inverno já está em sua plenitude, de modo que veste a roupa por cima do pijama, e, ao dirigir até o posto de gasolina para comprar querosene, pensa com segurança, com otimismo, que tem a manhã inteira para trabalhar em suas notas e que à tarde escreverá ininterruptamente por quatro ou cinco horas, e sobrará tempo inclusive para ir conhecer, de noite, com algum amigo, o restaurante peruano que inaugurou no bairro. Acaba de encher os galões, agora está na loja de conveniência tomando café, mastigando um sanduíche de presunto e queijo e folheando o jornal que vinha junto na promoção do café com sanduíche. O que querem é apenas uma sangrenta história latino-americana, pensa, e anota nas bordas das notícias uma série de decisões que surgem de forma harmoniosa, natural, como a promessa de uma jornada de trabalho tranquila: o pai vai se chamar Feliciano e ela, Joana, o ajudante e Danilo não servem para ele, a maconha também não, talvez uma droga pesada, e embora não lhe pareça uma boa, por ser um lugar-comum, transformar

Feliciano num traficante de drogas, pensa que é necessário, sim, baixar os protagonistas de classe, porque a classe média — pensa isso sem ironia — é um problema quando se quer escrever literatura latino-americana. Precisa de um lugar em Santiago onde não seja raro ver adolescentes fumando crack ou cheirando cola nas praças.

Tampouco lhe serve o fato de Feliciano ser professor de educação física. Prefere imaginá-lo desempregado, humilhado, dispensado, no começo dos anos 80, ou depois, sobrevivendo nos programas da ditadura, varrendo invariavelmente um mesmo trecho de calçada, ou até se tornando um dedo-duro que denuncia os movimentos suspeitos na vizinhança, ou talvez esfaqueando alguém no chão. Ou como um soldado de guarda que chega tarde em casa, gritando para pedir comida à mulher, não hesitando em ameaçar a filha com o mesmo cassetete com que reprimiu manifestantes de dia.

Fica com algumas dúvidas a essa altura, mas nada grave, nada é tão grave, pensa: trata-se de um conto de dez páginas, quinze no máximo, não tem tempo para se demorar em enfadonhas composições de cenário, e duas ou três frases sonoras, alguns adjetivos bem colocados resolvem qualquer coisa. Estaciona, tira os galões da mala e em seguida, enquanto enche o tanque do aquecedor, imagina Joana cobrindo a casa inteira com querosene, seu pai lá dentro — pensa que seria espetaculoso demais, prefere uma pistola, talvez porque lembra que havia uma arma na casa de Yasna, que quando ela disse que mataria o pai mencionou que em sua casa havia uma arma.

Havia uma arma, é claro, mas era um rifle de chumbinho, que jazia há muitos anos no armário, como testemunho de um tempo em que o homem ia ao campo com seus amigos caçar perdizes e coelhos. Yasna viu o pai dispará-lo apenas uma vez, quando tinha sete anos, num domingo de primavera, ao voltar da igreja. Estava no pátio, tomando uma cerveja e apontando, com o pulso firme, para umas pipas no céu. Atirou quatro vezes na branca: as pipas começavam a oscilar e caíam lentamente no chão, sem que os donos entendessem o que estava acontecendo. Yasna pensou nos pais e filhos das outras vilas, desconcertados, mas não disse nada. Depois lhe perguntou se dava para matar alguém com aquele rifle, e ele respondeu que não, que só servia para caçar, "mas se você apontar bem perto da cabeça", seu pai logo retificou, "dá para fazer um estrago e deixar a pessoa meio tantã".

Depois da festa, o escritor — que naquela época sequer sonhava em ser escritor, sonhava com muitas coisas, quase todas melhores que se tornar escritor — ficou muito assustado e não fez nenhum esforço para ver Yasna de novo, inclusive evitava o caminho que levava à casa dela, todas as ruas que conduzissem àquela casa, e também não foi à igreja, pois sabia que ela ia à igreja, o que em todo caso não demandava esforço algum, porque então já havia deixado de acreditar em Deus. Passaram-se seis anos até voltarem a se encontrar, por acaso; no centro da cidade. Yasna estava com o cabelo mais liso e comprido, trajava o uniforme de duas peças de seu trabalho, enquanto ele, como se quisesse exemplificar a moda da época, ou a parte da moda que correspondia a um estudante de letras, estava com uma camisa xadrez, o cabelo bagunçado e calçava botas. Já era um escritor, para sermos justos: já havia escrito alguns contos, e um escritor é alguém que escreve, bem ou mal mas escreve, pouco ou muito mas escreve, assim como um assassino é alguém que mata, uma ou várias pessoas, um desconhecido ou o próprio pai, mas mata. E não é justo dizer que ela não era nada, que não era ninguém, porque era caixa de um banco, não gostava do trabalho mas também não pensava — nem pensa hoje — que pudesse existir algum trabalho do qual gostasse.

Enquanto tomavam Nescafé numa lanchonete, falaram sobre a surra e ela tentou explicar o que tinha acontecido, mas dizia que também não se lembrava muito bem. Depois falou um pouco mais sobre a infância, em especial sobre a morte da mãe, num acidente de carro, quase não a conhecera, e mencionou também o ajudante, foi dessa maneira que o pai o apresentou a ela, os dois envernizando umas cadeiras de vime no pátio, embora dias ou talvez semanas mais tarde tenha lhe esclarecido, como se não fosse algo importante, que na verdade o ajudante era filho de um amigo que havia morrido, que não tinha para onde ir, e por isso moraria com eles por um tempo. Na época o ajudante tinha vinte e quatro anos, dormia quase a manhã toda, não trabalhava nem estudava, mas às vezes ficava com a menina, sobretudo às terças, quando o pai de Yasna chegava à meia-noite depois de treinar com o time de basquete, e aos sábados, quando o homem tinha partidas e depois ia com os jogadores tomar uma cerveja. O escritor não entendia por que ela estava contando tudo isso, como se não soubesse — e talvez não soubesse mesmo, embora naquele tempo já quisesse ser escritor, e um escritor deveria sabê-lo — que é desse jeito que as pessoas se conhecem, contando coisas que não se contam, despejando palavras alegremente, irresponsavelmente, até chegar a territórios perigosos, a lugares em que as palavras precisam do verniz do silêncio.

Embora a conversa não tivesse terminado, ele pediu o telefone dela, e se poderiam voltar a se ver, porque tinha que ir para uma festa. Yasna encolheu os ombros, talvez esperando que ele a convidasse para a festa, mesmo sabendo que de qualquer modo não poderia ir, mas ele não a convidou, e ela não quis mais dar seu telefone, proibiu-o de aparecer em sua casa, ainda que o ajudante não morasse mais lá. Então como vamos voltar a nos ver?, ele disse de novo, e ela, de novo, encolheu os ombros.

Mas havia mencionado o nome do banco em que trabalhava, e que tinha apenas três agências, de modo que ele conseguiu encontrá-la uma semana depois, e começaram a estabelecer uma rotina de almoços, quase sempre num estabelecimento de frangos empanados na Calle Bandera, ou num boteco na Teatinos, ou também, quando um dos dois estava com mais grana, no El Naturista. Ele continuava querendo algo a mais, mas ela se esquivava, falando de um namorado tão generoso e compreensivo que qualquer um teria achado que era inventado. Às vezes, por longos minutos, ele ficava olhando a garota falar, mas não a escutava, olhava sobretudo para a boca dela, os dentes perfeitos exceto pelas manchas que o cigarro deixava em seus incisivos. Olhava-a falando, sem nada escutar, até que ela subia ou baixava o tom, ou soltava uma informação inesperada, como aconteceu quando disse uma frase que, mesmo que ele não tivesse a menor ideia do que ela estava dizendo, respondeu de imediato, embora ela não a tivesse dito em tom de confissão: pelo contrário, disse a frase sem nenhum drama, como se fosse uma piada, como se fosse possível que uma frase como aquela fosse uma piada. "Eu não fui feliz na infância", foi a frase que disse, e ele não entendeu o que deveria ter entendido, o que qualquer um hoje em dia entenderia, mas ouvi-la dizer aquilo mexeu com ele, ou ao menos o despertou.

Teria ela realmente usado essa palavra tão formal, tão literária — "infância"? Talvez tenha dito "quando pequena", "quando criança". Seja como for, anos atrás, dez ou quinze, trinta anos atrás certamente, precisaria ter contado a história inteira, cultivando certo sentido de mistério, esmerando-se nos efeitos dramáticos, buscando uma emoção gradual, arrebatadora. Os bons escritores e também os escritores ruins sabiam fazer isso, e não achavam que fosse algo imoral, inclusive desfrutavam disso, na medida em que dar forma a uma história sempre proporciona algum tipo de prazer. Para que serviria agora aquele mistério, que tipo de prazer se poderia obter quando a frase que dizia tudo já tinha escapado?, porque há frases que conquistaram sua liberdade: aprendemos a ouvir, a ler, a escrever. Quinze, trinta anos atrás, os bons escritores, e também os ruins, confiavam numa frase desse tipo para impulsionar um mistério que só revelariam perto do final, a cena do pai dormindo e o ajudante no quarto tocando os mamilos de uma menina de dez anos, que fica surpresa, mas, como se fosse um exercício de simetria ou um jogo de imitação, mete a mão por debaixo da camiseta do ajudante e, completamente inocente, toca nos dele de volta.

E a outra cena, dois dias mais tarde, quando o pai estava no basquete e o ajudante a chama, fecha a porta, tira-lhe a roupa, e a menina não resiste, fica trancada ali, procura entre as roupas dele que ainda estavam nas malas, como se o ajudante, que morava ali havia meses, tivesse acabado de chegar, ou como se estivesse prestes a ir embora — a menina experimenta um casaco esportivo e uns jeans enormes, e morre de vontade de se olhar no espelho, mas no quarto do ajudante não há espelho, de modo que liga uma pequena televisão em preto e branco que há na cômoda, está passando novela, que não é a que ela assiste, e o botão de sintonizar está virado, mas mesmo assim fica envolvida, e está nisso quando ouve vozes na sala — o ajudante entra com dois sujeitos e tira a roupa dela, ameaça-a com a garrafa de cerveja Escudo que segura na mão esquerda, ela chora e os três riem, bêbados, jogados no chão. Um deles diz "mas ela ainda não tem peito nem pentelhos, seu idiota", e o outro responde "mas tem dois buracos".

Contudo, o ajudante não deixou que eles a tocassem. "É só minha", disse, e os mandou embora. Depois colocou uma música grotesca, algo de Pachuco ou semelhante, e mandou que ela dançasse. A menina chorava, sentada no chão, como se estivesse fazendo birra. “Me perdoa”, ele a consolou mais tarde, enquanto percorria as costas nuas da menina, sua bunda ainda sem forma, suas pernas que eram dois palitos brancos. Metia os dedos nela e parava, acariciava-a e a insultava com palavras que ela nunca tinha ouvido. Depois começou, com uma eficácia brutal e pedagógica, a explicar a maneira correta de chupá-lo, e ao sentir um movimento perigoso e involuntário advertiu-a de que, caso o mordesse, ele a mataria. “Da próxima vez você vai ter que engolir”, disse depois, com uma voz aguda que alguns homens chilenos têm, tentando parecer misericordioso.

Nunca ejaculou dentro dela, preferia gozar em seu rosto, e depois, quando o corpo de Yasna começou a tomar forma, fazia isso em seus peitos, em sua bunda. Não ficava claro se ele apreciava aquelas mudanças, e em todo caso, durante os cinco anos em que a violou, várias vezes perdeu o interesse ou a vontade. Yasna agradecia pelas tréguas, mas seus sentimentos eram ambíguos, desordenados, talvez por, de algum modo, pensar que pertencia ao ajudante, o qual nem se dava mais ao trabalho de fazê-la prometer que não contaria nada a ninguém. O pai chegava do trabalho, preparava um chá, dava um oi para a filha e para o ajudante, depois perguntava se precisavam de alguma coisa, dava mil pesos para ele e quinhentos para ela, e se trancava por horas vendo novelas, noticiários, o horário nobre, de novo o noticiário, e a série *Cheers*, no fim da programação, que ele adorava, e às vezes escutava ruídos, e quando os ruídos ficaram altos demais arrumou uns fones de ouvido e os conectou à TV.

Foi justamente o ajudante que incentivou Yasna a fazer sua festa de quinze anos (“você merece, você é uma menina legal e normal”, disse). Na época andava desinteressado fazia alguns meses, tocava-a apenas de vez em quando. Aquela noite, no entanto, depois da surra no escritor, quando estava quase amanhecendo, bêbado e mordido de ciúmes, disse, num inequívoco tom de ordem, que dali em diante os dois dormiriam no mesmo quarto, que agora agiriam como marido e mulher, e só então o pai, que também estava completamente bêbado, disse-lhe que aquilo não era possível, que ele não podia continuar enrabando a irmã — o ajudante se defendeu dizendo que eram apenas meios-irmãos, e foi assim que ela soube do parentesco. Totalmente descontrolado, com ódio nos olhos, o ajudante começou a bater no pai de Yasna, que, como sempre soubera, era também seu próprio pai, e deu ainda um soco no lado esquerdo da cabeça de Yasna antes de ir embora.

Disse que estava indo embora para sempre, e no fim das contas cumpriu sua palavra, mas durante os meses seguintes ela continuava temendo que ele voltasse, e às vezes também queria que ele voltasse. Uma noite sentiu medo e dormiu vestida, ao lado do pai. Duas noites. Na terceira dormiram abraçados, e também na quarta, e na quinta noite. Na noite de número seis, de madrugada, ainda adormecida, sentiu o polegar do pai tateando sua bunda. Talvez tenha vertido uma lágrima quando recebeu a investida do pênis gordo do pai, mas não desatou a chorar, porque não chorava mais, do mesmo modo que não mais sorria quando queria sorrir: o que seria um sorriso, o que fazia quando sentia vontade de sorrir, era outra coisa, executada de outro jeito, com outra parte do corpo, ou apenas mentalmente, em sua imaginação. O sexo voltou a ser o que para ela sempre havia sido: algo mecânico e árduo, grosseiro, mas sobretudo mecânico.

O escritor almoça apenas um creme de aspargos e meia taça de vinho. Joga-se no sofá próximo ao aquecedor, cobrindo-se com uma manta. Dorme só por dez minutos, que entretanto são suficientes para um sonho cheio de acontecimentos, com mil possibilidades e impossibilidades, e que esquece imediatamente ao acordar, embora retenha a seguinte cena: está dirigindo pela estrada de sempre, em direção a San Antonio, num carro que tem o volante à direita, e tudo parece sob controle, mas, ao se aproximar do pedágio, é invadido por uma angústia urgente de explicar sua situação à cobradora. Teme que a mulher morra de susto ao se deparar com o assento vazio onde devia estar o motorista. O volume desse pensamento aumenta até ficar estridente: ao ver aquele carro sem motorista, a cobradora — uma delas em especial, da qual sempre se lembra, pela forma como amarra o cabelo, e pelo nariz estranho, comprido e torto, embora não seja necessariamente feia — morreria de susto. "Vou sair do carro rapidinho", pensa no sonho, "vou explicar para ela."

Decide parar o carro alguns metros antes e descer dele levantando os braços, fazendo o gesto de quem quer mostrar que não está armado, mas a cena não chega a se consumar de fato porque, embora a guarita esteja perto, o carro demora infinitamente para chegar até ela.

Anota o sonho, mas o distorce, arredonda-o, sempre faz isso: não consegue evitar embelezar seus sonhos ao transcrevê-los, não consegue deixar de adorná-los com cenas falsas, mais verossímeis ou totalmente fantasiosas que insinuam saídas, conclusões, reviravoltas inesperadas. Em seu relato a cobradora é Yasna e é até verdade que de um modo indireto, obscuro, elas se parecem. Logo entende o próprio feito, o deslocamento: em vez de trabalhar num banco, Joana será cobradora de um pedágio, que é um dos piores trabalhos que pode haver. Imagina-a esticando o braço, tentando pegar todas as moedas, amando e odiando os motoristas, ou completamente indiferente. Imagina o cheiro das moedas em suas mãos. Imagina-a sem sapatos e com as pernas abertas, que são as únicas licenças a que se pode dar naquela cápsula, e depois a bordo de um ônibus intermunicipal, de volta para casa, cochilando encostada na janela, e a seguir planejando o assassinato, na verdade convencida então de que, além do mais, como dizem na missa, aquilo é justo e necessário. Depois de cometer o crime parte para o Sul, dorme num albergue em Puerto Montt, e chega a Dalcahue ou a Quemchi, onde espera encontrar um trabalho e se esquecer de tudo, mas comete alguns erros absurdos, desesperada.

Na última vez que viu Yasna estiveram a ponto de dormir juntos. Até então se encontravam apenas nos almoços no centro; quando ele a convidava para um cinema ou para dançar, ela se desfazia em desculpas vagas acerca daquele noivo ou namorado perfeito que inventara. Mas num dia qualquer ela ligou para ele, foi até a casa do escritor, viram um filme e depois pensaram em ir até a praça, mas no meio do caminho ela mudou de ideia, e acabaram indo para o apartamento de Danilo, fumar maconha e beber vinho. Estavam os três na sala, chapadíssimos, jogados no chão, inescrupulosos e felizes, quando Danilo tentou beijá-la e ela carinhosamente negou. Meia hora, talvez uma hora depois, disse aos dois que em outro mundo, num mundo perfeito, ela dormiria com os dois, e com qualquer um, mas que neste mundo de merda ela não podia dormir com nenhum deles. Em suas palavras havia um peso e uma eloquência que deveria tê-los fascinado, e talvez de fato estivessem fascinados, mas também estavam ausentes, perdidos.

Depois de um tempo, Danilo deu uma risada ou um espirro. Se você quiser um mundo perfeito, fuma outro, disse, e foi para seu quarto ver TV. Eles continuaram na sala e embora não houvesse música Yasna começou a dançar; sem muitos preâmbulos, tirou o vestido e o sutiã. Ele a beijou e tocou seus peitos, acariciou sua virilha, tirou sua calcinha e lambeu lentamente seus pelos pubianos, que não eram pretos como seu cabelo, e sim castanhos. Mas de repente ela se vestiu de novo e se desculpou, disse a ele que não conseguia, que a perdoasse, mas que não era possível. "Por quê?", perguntou ele, e em sua pergunta havia desconcerto e também amor — ele não se lembra, seria incapaz de se lembrar, mas havia amor. Porque somos amigos, disse ela. Não somos tão amigos assim, respondeu ele, com muita seriedade, e repetiu isso muitas vezes. Yasna soltou uma bela risada de quem está chapada, uma gargalhada verdadeira e deliciosa que foi se apagando aos poucos, que durou dez minutos, quinze minutos, até que conseguiu encontrar, com dificuldade, o caminho para um tom sério e ressoante que correspondia ao que diria a seguir, que aquilo era uma despedida, que não podiam mais se ver.

Ele sabia que não faria sentido perguntar nada. Ficaram abraçados num canto. Ele pegou a mão direita de Yasna e foi roendo as unhas dela com calma. Ele não lembra, mas enquanto a olhava e lhe mordia as unhas pensava que não a conhecia, que nunca a conheceria.

Antes de irem embora se sentaram um pouco em frente à TV com Danilo, para ver uma partida de tênis. Ela tomou quatro xícaras de chá, numa velocidade impressionante, e comeu dois pães franceses. Onde está sua mãe?, perguntou de repente para Danilo. Na casa de uma tia, respondeu. E onde está seu pai? Não tenho pai, respondeu. E então ela disse: sorte a sua. Eu tenho, mas vou matá-lo. Na minha casa tem um rifle e eu vou matar meu pai, disse. E vou para a cadeia e vou ser feliz.

Já são três da tarde, ele não tem mais muito tempo. Liga o computador com urgência, irrita-se com os segundos que o sistema e o processador de texto demoram para inicializar. Escreve rápido, em coisa de minutos, as cinco primeiras páginas, desde o momento em que o detetive chega ao lugar dos acontecimentos e descobre que já esteve ali, que é a casa de Joana, até o momento em que vai ao sótão e encontra caixas antigas com roupas do tempo em que foram namorados, porque na ficção eles namoraram de fato, mas não durante muito tempo, e às escondidas. Também encontra o globo terrestre que deu a ela de presente, mas sem o suporte que o sustentava, além de uma mochila que pensa reconhecer no meio da bagunça de varas e carretéis de pesca, baldes e pás de praia, sacos de dormir, halteres enferrujados. Continua procurando e procurando de novo, como costuma acontecer nos livros, nos filmes e às vezes também na vida real, encontra uma evidência que não é conclusiva para os demais, mas sim para ele: uma caixa cheia de desenhos, centenas de desenhos, que eram todos retratos do pai, organizados por data ou por sequência, cada um mais fidedigno que o anterior, no começo feitos a lápis, e depois, a maioria, com a tinta verde de uma caneta bic de ponta fina. Ao ver os contornos tão marcados, desenhados por cima tantas vezes que com frequência perfuravam o papel, e ao reparar em como ela exagerou os traços do pai, que contudo não chegavam a ser caricatos, que nunca perdiam a aura do realismo, ao olhar novamente os desenhos o detetive descobriu o que deveria ter sabido muito antes, o que não soube ler, o que não soube dizer, o que não soube fazer.

Trabalha em velocidade constante nas cenas intermediárias e se esmera nas duas últimas páginas, quando o detetive encontra Joana num albergue de Dalcahue e promete que irá protegê-la. Ela relata, com detalhes abundantes, o crime, que postergara tantas vezes na vida, e quando chora parece mais tranquila. Talvez fiquem juntos, por fim, depois de tudo, mas não se sabe com certeza. O final é justo, delicado, elegantemente ambíguo, embora não seja claro o que o escritor entende por ambiguidade, delicadeza, elegância.

Não é um grande conto, mas o envia sem mais delongas, e consegue até tomar um pisco sour e comer uns aipins à *huancaína* antes de seus amigos chegarem ao restaurante.

Não é um grande conto, não. Mas Yasna gostaria.

Yasna gostaria do conto, embora não leia, não goste de ler. Se fosse um filme, assistiria até o final. E se o alugasse de novo e não se lembrasse de tudo, ou inclusive se lembrasse bem, voltaria a vê-lo. Mas não costuma ver filmes, e também não costuma se lembrar do escritor, nem sequer sabe que ele é escritor. Lembrou dele, isso sim, há alguns meses, caminhando pelo bairro em que ele morava.

Quando desenganaram seu pai, recomendaram que ela lhe desse maconha para amenizar as dores, e pensou nas plantas de Danilo, por isso a caminhada, que parecia errática mas não era: ela adorava se dar ao luxo de dar voltas sem sentido, em torno de algo, ou inclusive chegar ao fim da rua e dar meia-volta, como se procurasse um endereço, mas lembrava perfeitamente onde Danilo morava, só queria se dar a esse luxo, que era um luxo moderado, aquela tarde, pois tinha tempo: seu pai estava dormindo, mais calmo, com menos dores que na semana anterior, ela podia sair e dar uma volta, podia se demorar.

Espero que você não tenha matado seu pai, disse Danilo, quando finalmente a reconheceu, e como ela não lembrava o que havia dito aquela noite, quase vinte anos antes, olhou para ele apreensiva e desconcertada. Depois se lembrou do plano, do rifle de chumbinho, e daquela tarde maluca. Sentiu uma alegria incômoda ao lembrar desses detalhes perdidos, enquanto Danilo falava e fazia piada. Gostou daquela casa, do ambiente, da camaradagem. Ficou para lanchar com Danilo, sua mulher e seu filho, um menino moreno e cabeludo que falava como um adulto. A mulher, depois de observar Yasna com muita atenção, perguntou como ela fazia para se manter tão magra. Sempre fui magra, respondeu. Eu também, disse o menino. Yasna comprou bastante maconha e Danilo também lhe deu de presente algumas sementes.

Ainda falta um tempo para a planta florescer, e agora ela a rega e a observa enquanto escuta as notícias no rádio. Seu pai não a viola mais, nem poderia. Ela não o perdoou, chegou a um ponto em que não acredita no perdão, nem no amor, nem na felicidade, mas talvez acredite na morte, ou ao menos a espera. Enquanto muda os móveis de lugar na sala, pensa no que será de sua vida quando ele morrer: é um sentimento abstrato de liberdade, talvez abstrato demais, e por isso mesmo cansativo. Pensa numa dor ambígua, num desastre tranquilo, silencioso.

Ouve da cozinha as lamúrias do pai, sua voz degradada, corrompida pela doença. Às vezes grita com ela, dá bronca, mas ela não liga. Outras vezes, em especial quando está chapado, solta risadas afogadas, diz frases desconexas. Yasna pensa na vontade de viver, em seu pai se agarrando com unhas e dentes à vida, quem saberá para quê. Leva outro biscoito de maconha para ele, liga a TV, põe os fones de ouvido nele. Fica por um tempo a seu lado, folheando uma revista. "Eu não acreditava em Deus, mas só com a ajuda dele consegui superar a dor", diz um ator famoso sobre a morte de sua esposa. "É simples: muita água", diz uma modelo, em outra página. "Não deixe que as zombarias te afetem." "É a segunda novela que faz, só neste ano." "Existem muitos jeitos de viver a vida." "Não sabia no que estava me metendo."

"Talvez você precise fazer um grande esforço para realizar seus afazeres pendentes."

Escuta o caminhão do lixo, os gritos dos garis, os latidos do cachorro, o rumor de risadas gravadas que vem dos fones, ouve a respiração do pai e sua própria respiração, e nenhum desses ruídos consegue modificar a sensação que tem de silêncio — não de paz: de silêncio. Depois vai até a sala, enrola um baseado e fuma na escuridão.

O sol dos cegos

JOCA REINERS TERRON

1

Stefan Czarniecki nunca se acostumaria ao sol dos trópicos. A luminosidade era branca, ampla, direta, funda, densa, quase sólida e latejava bem detrás de seu globo ocular esquerdo, no nervo ótico, enquanto acompanhava policiais militares em meio aos barracos. O que ele, um corretor de seguros polonês, fazia em uma favela de São Paulo? Mesmo que fechasse os olhos, as pálpebras eram transparentes demais, cílios de ratazana de laboratório. Aquele ataque aos sentidos não passava do modo grosseiro que o sol arranjou para lhe desejar boa tarde. Saíram da viela cercada de tapumes úmidos em direção à luz, deixando o rastro de comida queimada para trás, zanzando entre as cabeças escuras que se insinuavam pelas fendas das janelas. Podia ver suas sandálias recém-compradas no lobby do hotel e a poeira avermelhada que erguiam a cada passo se acumulando nos cantos das unhas dos pés. Logo adiante, o calcanhar do coturno militar chafurdava nas poças. Entraram em um campinho de futebol. Tufos de mato ressequido, pelotas de lama da chuva da noite anterior endurecidas pelo calor. Gotas de suor escorreram-lhe da testa, nublando sua visão. No céu, silhuetas dos urubus em voo espiral indicavam que haviam chegado ao local. O pau que sustentava o travessão caíra, a meta nunca lhe parecera tão desguarnecida. Porém, não havia nenhuma chance de gol por ali, nem de vitória. Na mancha branca da paisagem quase apagada pela luz solar se destacava um núcleo ainda mais branco do que tudo ao redor. E então, no epicentro da pintura, um borrão vermelho. Fedor de sangue coagulado. Debaixo das solas, uma consistência de areia empapada. Como se o pintor da cena tivesse resolvido enfiar um cubo sanguinolento naquela alvura toda em grossas pinceladas de tinta contra o monopólio do branco. Stefan espremeu os olhos para enxergar melhor. O policial disse: "Que barbaridade, nunca vi nada parecido com isso".

A cruz vermelha no vidro traseiro indicava que o cubo se tratava de uma ambulância. Uma maçaroca de carne crua ocupava todo o interior da parte de trás. Devia haver uns quinze cadáveres no espaço destinado às macas. Talvez vinte, como saber. Ninguém conferiu se o número estava certo. Stefan olhou sem querer olhar.

— E os rrodas do embulência?

— Pfff! — disse o policial. Limpava os dentes com o mesmo palito que usara para coçar a orelha.

— Pfff? — disse Stefan. — No comprreende.

— Pfff — disse o policial, batendo asas com as mãos. — Saíram voando.

No assoalho do passageiro da frente, Stefan encontrou um lenço caído. Lembrou-se de outro lenço como aquele, um lenço que pertencera a seu falecido avô. Mas este era de criança. Era rosa, e havia um nome cerzido nele: *Carolayne*.

Com um lenço nas mãos e outro na lembrança, Stefan fechou os olhos e viu um bando de manchas negras. A visão durou um segundo ou talvez menos; quando abriu os olhos, não sabia quantos urubus tinha visto. Era um número definido ou indefinido? O problema envolvia a questão da existência de Deus. Se Deus existia, o número era definido, porque Deus sabia quantos urubus ele tinha visto. Se Deus não existia, o número era indefinido, porque ninguém podia fazer a conta. Nesse caso, Stefan estava certo de que vira menos de dez urubus pousados sobre a ambulância e mais de um, mas não viu nove, oito, sete, seis, cinco, quatro, três ou dois urubus. Viu um número entre dez e um, que não era nove, oito, sete, seis, cinco etc. Esse número inteiro era inconcebível. *Ergo*, Deus não existia.

— Não pudemos enfiar os defuntos nos sacos plásticos — disse o policial, afugentando um urubu da ambulância com seu cassetete. — Pois não dá pra saber onde termina um corpo e começa outro.

Stefan pediu licença com um breve aceno, tropeçou para trás no facho branco de luz estendido na viela e vomitou seu almoço.

2

Stefan Czarniecki, Stefan Czarniecki. Não houve saída para ele, a não ser acatar ordens de seu chefe (ou seja, minhas ordens) no escritório da WTF em Munique e voar até São Paulo a fim de negociar a renovação da apólice que cobria a frota de ambulâncias do Serviço de Atendimento Móvel de Urgência da prefeitura. A sorte nunca esteve ao seu lado, sei disso, mas mandei-o mesmo assim. Para ser honesto, era difícil saber quais qualidades Stefan tinha, na verdade, observando-o arrastar com esforço seus cento e trinta quilos ornamentados por bermuda e camisa floridas para fora do automóvel alugado em frente à subprefeitura da Lapa na manhã seguinte à visita ao campo de futebol. Ele tinha apenas uma qualidade especial, sem dúvida, mas estava bastante oculta. Um flanelinha encostou e pediu dinheiro para vigiar o carro. Stefan não o entendeu, mal podia enxergar o moleque por causa do sol. O flanelinha disse *dólar, dólar*, estregando polegar e indicador diante da cara avermelhada de Stefan, que afinal compreendeu, não sem antes ficar completamente rubro. O flanelinha era negro retinto e muito magro; Stefan era ruivo, gordo demais. Não fosse a rudeza do flanelinha, pareceriam boas-vindas dadas por um terráqueo a um marciano.

Stefan era polonês. No fundo tinha alguma perspicácia, pois sempre considerou irônico um polonês trabalhar para uma companhia de seguros alemã. Alemães nunca foram conhecidos por passar aos poloneses qualquer sensação de segurança, ele costumava pensar. Nas duas semanas em que se preparou para viajar ao Brasil, estudou português via Skype com uma professora angolana que vivia em Berlim. Ele cogitou que talvez fosse boa ideia jogar todas as suas fichas e não voltar mais, afinal a Europa não estava indo nada bem. Também descobriu que a maconha sul-americana era razoável, e que o presidente brasileiro, um socialista bigodudo de chapéu-panamá e bonachão que vivia numa fazenda, estava liberando o uso da droga. Era um atrativo e tanto para ficar por ali. Além disso, havia o sol. Ele gostaria de se bronzear em uma praia, embora duvidasse que isso fosse possível. Suas sardas ardiam com facilidade.

Quando pisou no aeroporto de Cumbica e viu cães farejadores de droga estendendo os focinhos em direção a sua camisa havaiana que recendia a haxixe (não a lavava fazia seis meses), achou que errara de conexão. Havia algo de errado, mas não era isso, conforme depois descobriria na internet: o país que pretendia liberar a maconha se chamava Uruguai e o presidente do

Brasil usava barba, não chapéu-panamá. Nunca tinha ouvido falar do Uruguai, e ao procurá-lo no mapa entendeu o motivo.

Despertou com o telefone no meio da madrugada. Era seu chefe. Acontecera um sinistro com uma das ambulâncias da prefeitura. Não sabia mais detalhes, apenas que Stefan teria de fazer a vistoria, e aproveitar para mostrar serviço. A mão do acaso sempre dirige um veículo segurado por nós, costumava dizer o chefe, e repetiu isso mais uma vez enquanto Stefan imaginava a mão do acaso que vacilava, causando um desastre aéreo sobre uma plantação de maconha. Era esse o principal defeito de Stefan: sua concentração rapidamente virava fumaça.

Dois dias mais tarde, depois de se desvencilhar do flanelinha, Stefan entrou na sala de espera da prefeitura onde tinha hora marcada na Secretaria de Saúde. Na parede do guichê envidraçado no qual trabalhavam assistentes sociais havia uma foto do secretário em traje militar. Desde sua chegada, Stefan vira soldados em todos os lugares, agora encontrava outro, em um cargo executivo. Aquele não era um país democrático? Ou seria o Uruguai o país democrático? A fila era enorme, o secretário parecia ter muitos problemas a resolver. Pessoas com nuvens negras em lugar de rostos que Stefan tentou contar: eram mais de cinquenta, menos de cem. O policial militar que o acompanhara ao local do sinistro no dia anterior o reconheceu, depositando-o no final da fila. Nas portas ao longo do corredor, diversas placas afirmavam: O DESACATO A FUNCIONÁRIO PÚBLICO NO EXERCÍCIO DE SEU TRABALHO É CRIME — PENA DE SEIS MESES A DOIS ANOS DE RETENÇÃO OU MULTA.

Na longa sequência de cadeiras enfileiradas, apenas uma mulher chorava. Tinha o corpo dobrado sobre si, a cabeça pousada sobre as próprias pernas e uma criança pequena segurava sua mão. Seu pranto era breve e baixo, como um soluço sem intervalos. Stefan aderiu ao silêncio do restante da fila, enquanto acariciava o lenço rosa dentro do bolso florido de sua camisa. Era a melhor forma de atrair a atenção espiritual de Zofia. Pensou: um veículo usado para salvar vidas entupido de gente assassinada. Mas como o lenço foi parar na ambulância?

3

Uma semana antes da chacina, Brayan suava frio dentro do ônibus a caminho do trabalho. Fazia um sol danado naquele dia, mesmo assim sua mão parecia gelada como a de um sapo. Há tempos que não encontrava emprego fixo, desde que o demitiram do cargo de assistente geral de um condomínio da zona oeste. Prestava serviços de eletricista, marcenaria e construção, porém não fazia nada disso direito. Na esquina, ao voltar do culto certo dia, reencontrou o velho Caçamba, mestre de obras cuja especialidade era construir templos evangélicos. Tinha serviço a oferecer, em uma mansão do Morumbi, e o ofereceu. Pagavam mixaria, mas a filha de Brayan estava muito adoentada e ele aceitou. Desceu no ponto de ônibus mais próximo e caminhou cerca de dois quilômetros até a mansão. Na porta o esperavam outros desempregados de seu bairro. Um tio, três primos e dois sobrinhos. Falaram que aquela era a casa do pastor. A casa parecia coberta por vegetação desde os muros de pedras que a protegiam da rua, estendendo-se ao telhado e às paredes que davam no pátio interno onde se encontrava o terreno da obra a ser construída. Vidros escuros nas janelas não permitiam ver o interior da casa. Um imenso negro careca ostentando terno preto e gravata recebeu a todos. As únicas palavras que disse foi que deviam trabalhar em silêncio. Da maneira como foi dita, a frase não soava nem um pouco ambígua: deviam trabalhar quietos, assim como era obrigatório ficarem em silêncio a respeito da natureza da obra. O velho Caçamba mostrou aos pedreiros de que se tratava: na planta não assinada, o projeto exibia o desenho de uma enorme piscina em forma de bunda feminina. O ângulo era inusitado: de frente (ou de trás, para ser mais preciso), revestida com pastilhas e azulejos em diversos tons de carne que forneciam ao revestimento do fundo da piscina o relevo glúteo a ser preenchido com água azul-anil. No centro da bunda, no local correspondente ao ânus, seria instalada uma fonte luminosa. Em situação não muito diferente da enfrentada por Brayan, os outros pedreiros — todos fiéis da mesma igreja evangélica e igualmente desempregados — nada argumentaram sobre o despudor da construção. Começaram a escavação tão silenciosamente a ponto de parecer que faziam um sepulcro, não uma piscina.

4

Enquanto aguardava ser atendido, Stefan fazia contas. O sol era tão forte que irrompia pelas janelas basculantes ao longo do corredor, iluminando as pessoas na fila de espera. Um raio de sol caiu sobre a mãe prostrada e sua criança, deixando-as transparentes e irreais. Para poder enxergá-las, Stefan apertava os olhos ao máximo, fazendo com que lágrimas caíssem em profusão. As lágrimas deixavam a imagem ainda mais turva. Em sua pasta, Stefan carregava uma planilha com todos os custos e números da apólice milionária da WTF, além de descontos e vantagens necessárias para convencer o secretário a renovar o seguro das ambulâncias. Aquela cidade tinha cento e setenta e um veículos, sendo que cento e quarenta estavam em operação e os quarenta restantes pertenciam à reserva técnica. Não era uma estimativa ruim. De acordo com seus cálculos havia uma ambulância para cada oitenta e dois mil habitantes, índice adequado ao fornecido pela

Organização Mundial da Saúde de uma ambulância a cada cento e cinquenta mil habitantes. Antes de entrar na fila para ser atendido pelo secretário, Stefan inspecionara as ambulâncias estacionadas no pátio em frente ao pronto-socorro da Barra Funda. Estavam em boas condições, eram veículos novos. Tudo parecia em perfeita ordem. Havia, porém, uma inconsistência nos números das planilhas de Stefan. Embora o número de ambulâncias fosse mais do que suficiente para atender a população, a quantidade de prontos-socorros não era. Existiam somente doze prontos-socorros em funcionamento na cidade. Daí as filas aparentemente infinitas diante dos hospitais e de todas as seções de serviço público. Sem pronto atendimento em hospitais, aquelas pessoas se amontoavam em frente ao guichê da assistência social — e do Centro de Controle de Zoonoses, dos Postos de Vacinação, do Departamento de Trânsito e de qualquer escritório do serviço público destinado a resolver outros tipos de demandas — com a esperança de serem atendidas por um médico. Só que não havia nenhum médico ali, nem nos outros lugares. Através do vidro embaçado da janela, a luz solar atingiu os olhos entreabertos de Stefan, arrancando-lhe lágrimas. Sem pensar direito, atordoado pela luminosidade, tirou o lenço rosa do bolso e enxugou o rosto. Ao fazer isso, percebeu que do outro lado do corredor a mãe por um momento saiu de sua prostração e ergueu o olhar para ele. Na verdade fitava o lenço em suas mãos. Reconhecera alguma coisa.

5

Na madrugada em que voltou para casa depois de sua primeira jornada de trabalho na mansão, Brayan encontrou sua mulher sentada na soleira da porta. A menina mais nova fazia tranças no longo cabelo da mãe. Brayan não disse nada, apenas saltou vagarosamente por cima de ambas e entrou direto na cozinha, dirigindo-se ao quarto único que o casal dividia com as duas filhas. Carolayne estava deitada, olhando o zinco furado do teto com olhos brancos. Antes, em tempos melhores, ela costumava dizer que os furos lembravam estrelas. Ao lado da cama, uma bacia de plástico estava quase cheia de vômito com laivos de sangue. A mulher apareceu no quarto.

— Conseguiu vaga pra menina na enfermaria? — disse Brayan.

— Não — ela disse. — Faltei no… — a voz dela implodiu, não chegando a pingar o ponto final na frase.

Brayan botou sua mão de sapo suarento na testa da menina. Ardia em febre.

— Piorou muito.

Depois, sentou-se em silêncio na soleira, acendeu um cigarro e admirou as estrelas de verdade, não as do teto de zinco todo furado. Gostaria de pensar em uma saída imediata para ajudar a filha, porém só conseguia fazer contas de resultados insondáveis, pois não sabia calcular direito. A obra deveria terminar em duas semanas, então com absoluta certeza receberia o pagamento no máximo em vinte dias. O valor seria suficiente para pagar dois aluguéis atrasados e a conta no mercado, ou ao menos parte dela, mas não chegaria a tempo de levar Carolayne a uma clínica particular. Tuberculose. Um vizinho lhe disse que não acreditava que ainda morresse gente daquilo. E o que estava acontecendo com sua filha, não estava prestes a morrer daquilo? Os números se embaralharam na cabeça de Brayan e ele parou com as contas sem ter chegado a nenhuma solução.

E se pedisse parte do pagamento adiantado ao Caçamba? No entanto, o mestre de obras se comportara de um jeito irreconhecível ao longo daquele primeiro dia de trabalho. Nem parecia o devotado irmão que Brayan conhecia dos cultos evangélicos. Permaneceu apartado dos pedreiros enquanto trabalhavam, em silêncio ao lado do negro de terno. Dava para ver o relevo do coldre da pistola debaixo do paletó daquele cara, e ele ficava o tempo todo com fones de ouvido sem soltar um pio. Quando foi beber água, Brayan se aproximou um pouco dele. Percebeu que o negro ouvia somente estática nos fones — em volume tão alto que podia ser escutada por quem se aproximasse do bebedouro, ao lado de onde ele permaneceu o dia inteiro, duro feito uma estátua. Que tipo de gente ouve barulho de estática tão alto nos fones de ouvido o dia inteiro? A maioria das pessoas ouve música, por pior que seja seu gosto. Aquilo não era normal.

Caçamba parecia com medo.

Da profundeza dos corredores daquela mansão saía um vento encanado muito frio que arrepiou a espinha dos pedreiros.

6

Em sua segunda noite no Brasil, de volta ao quarto de hotel depois de inspecionar a ambulância sanguinolenta, Stefan acariciou mais uma vez o lenço de criança e recordou do lenço que pertenceu a seu avô assassinado no massacre da floresta de Katyn, na Polônia, em 1940. Uma relíquia de família. Quando a tragédia aconteceu ele ainda não tinha nascido, mas a conhecia por meio da história tantas vezes contada por sua avó.

Stefan depositou o lenço rosa sobre o criado-mudo e tragou com força o baseado. Era bem razoável, o garoto que lhe vendera no posto de gasolina em frente ao hotel não mentiu. A maconha brasileira era mesmo muito boa, pena que o presidente brasileiro não fosse o presidente uruguaio e o Brasil não fosse o

Uruguai. A América do Sul poderia ser bem aprazível, mas não chegava a tanto. Parecia apenas um lugar confuso.

O telefone tocou uma, duas vezes. Stefan atendeu, considerando que talvez fosse seu chefe. Não era.

— Oi, vó. Como vai?

Era sua avó, que morrera fazia alguns anos. De início Stefan se assustava com aqueles telefonemas. Depois se acostumou e até começou a gostar deles. O mais misterioso de tudo aquilo era que sua avó sempre tinha uma história para contar a respeito de um objeto similar ao que Stefan carregava no bolso na ocasião. Se ele carregasse um lenço que tivesse encontrado num cenário de crime, por exemplo, ela contaria algo sobre algum outro lenço. Se fosse um isqueiro, contaria sobre um isqueiro. Desta vez ela queria contar de novo a história da morte do marido. Sempre acontecia quando Stefan fumava um baseado. Em certas circunstâncias, acontecia mesmo sem que ele fumasse. Esta era a grande qualidade de Stefan: ele falava com sua avó.

Ela então começou sua história. A avó de Stefan viajara a Smolensk ao encontro dos pais um dia antes do marido dela ser preso em Kozelsk, muitos anos atrás. Hitler tinha acabado de invadir a Polônia. O avô de Stefan era oficial do exército polonês. O exército soviético executou vinte e dois mil soldados poloneses nas florestas ao redor de Katyn.

Teu avô era um desses soldados, Stefan.

— Eu sei, vó.

Pois ainda mais interessante é a história do lenço do teu avô, de como o lenço dele sobreviveu e chegou até nossa casa. Não contei essa, contei? É claro que os moradores da região que conseguiram sobreviver sabiam em segredo do massacre, embora os soviéticos ainda não o tivessem assumido. Quando em 1943 os alemães descobriram a cova com aqueles milhares de corpos, quiseram provar a culpa dos stalinistas. Levaram esses médicos açougueiros que fazem autópsia de tudo quanto é canto da Europa a Katyn, mas também levaram os polacos que ainda sobreviviam na região, caçando ratazana. Era o caso do teu tio Witold, que foi preso enquanto fazia as necessidades atrás de uma moita. Os soviéticos precisavam de todo tipo de testemunho, inclusive o de um mentiroso que nem teu tio Witold. Aquela foi a pior noite da vida dele, e olha que ele teve muitas noites ruins, principalmente quando bebia demais na taverna do Piotr em Gnezdovo. Os nazis amarraram teu tio num tronco de carvalho e começaram a tirar cadáveres de dentro da vala enorme. Ninguém podia afirmar que o pobre Witold não tinha um estômago privilegiado, mas com certeza não servia para aquilo. Depois de assistir à exumação de centenas de corpos, ele desmaiou, só acordando horas depois. Desconfio que Witold tinha bebido antes de se enfiar naquela moita do bosque de Katyn, Stefan, isso era bem do teu tio, que Deus o preserve além do álcool. Ainda hoje eu e ele discutíamos os malefícios da bebida, daí lembrei que ele não bebe mais. Mortos são abstêmios, sabe. Meio contra a vontade, mas são. Bem, o fato é que os soldados da Gestapo cuidaram muito bem dele aquela noite, pois necessitavam do seu depoimento pra apoiar a propaganda que fariam contra os comunistas.

— É melhor ir direto ao assunto, vó Zofia.

Calma, meu filho. Os nazis puseram Witold numa barraca com outros desgraçados pra que ele se recuperasse. No meio da noite, teu tio conseguiu se esgueirar para fora da lona e escapuliu só de cuecas. Era inverno, e a temperatura estava abaixo de zero. Por sorte não nevava, Stefan, senão ele não teria conseguido. Conforme corria, o bosque se aprofundava e a temperatura caía. Foi então que Witold tropeçou, dando com a cara numa touceira de espinhos. Quando se levantou, percebeu que tropeçara num cadáver. A cara do morto estava toda desfigurada, mas não seu uniforme de oficial do exército polonês. Witold não titubeou e arrancou a túnica do homem. No final da manhã seguinte, conseguiu chegar a Gnezdovo, onde o velho Piotr o escondeu num lugar que ele deve ter adorado, principalmente depois de quase ter congelado: a adega. Foi lá, sob a luz de uma vela, que teu tio encontrou o lenço num bolso fechado da gandola. Estava intacto, sem uma só mancha de sangue ou de bolor. Ainda trazia o nome do teu avô Henryk que eu mesma cerzi com estas mãos que a terra não comeu nem nunca há de comer.

— Fico arrepiado toda vez que ouço essa história — disse Stefan. — Vó Zofia? Vó?

A ligação morreu. Os telefonemas dela costumavam terminar daquela maneira abrupta. Stefan se recostou no travesseiro e observou o lenço rosa dobrado sobre o criado-mudo, iluminado pela luz do abajur. Também estava intacto. *Carolayne*. Quem teria cerzido aquele nome? O bagulho não era tão bom quanto ele pensou. O barato tinha passado totalmente, deixando uma tremenda enxaqueca no lugar. No espelho do teto, Stefan percebeu que sua pele tinha queimado. Seu corpo estava vermelho e a cueca era branca: lembrava a bandeira da Polônia. Suas sardas começaram a arder, ardiam muito, pareciam em vias de irromper em chamas.

7

Ao chegar à mansão do Morumbi na manhã do segundo dia de trabalho, Brayan se deparou com uma ambulância estacionada no terreno da obra. O velho Caçamba não comparecera ao local, e o negro de terno continuava a acariciar a coronha de sua automática por debaixo do paletó e a ouvir estática em volume altíssimo em seus fones de ouvido. Os outros pedreiros faziam seu serviço no mais inquebrantável silêncio, interrompido apenas pelos gemidos de esforço ao carregarem pedras.

Um pouco antes de sair de casa, Brayan ajudou sua mulher a passar Vick Vaporub no peito febril da menina e segurou-a enquanto ela tossia em cima da panela com água quente na qual fazia inalação. Tinha dúvidas se aqueles tratamentos surtiriam algum efeito, ou se apenas fariam Carolayne vomitar ainda mais. Daquela vez a quantidade de sangue que ela botou para fora tinha sido assustadora. Ele precisava fazer alguma coisa.

Brayan observou o pátio onde construíam a piscina: para que serviria uma ambulância em um canteiro de obras?

O negro de terno olhou para Brayan com o dedo indicador diante dos lábios e sorriu. A cor de seus dentes era idêntica à do branco de seus olhos, enquanto o rosto ficou mais e mais negro, desaparecendo como uma sombra no escuro do corredor. Brayan podia ouvir o barulho ensurdecedor de estática saindo de seus fones de ouvido. Um sopro gelado zuniu do interior da casa, erguendo com força um redemoinho de poeira de cimento e areia pelo terreno. Encolhidos por causa do frio da ventania, os outros pedreiros testemunharam Brayan alcançar a pá mais próxima, e o viram rodá-la com violência, atingindo a têmpora do negro de terno. Depois de vê-lo estirado no chão, Brayan ouviu o barulho de estática vindo dos fones de ouvido oscilar e desaparecer. Então foi até a ambulância e sentou ao volante. A chave estava no contato.

— Alguém quer carona pra casa? — piscou aos outros. — Só vou oferecer uma vez.

8

"Stefan Czarniecki", falou a voz feminina que saiu da porta entreaberta. A pronúncia do sobrenome estava incorreta. Mas, como não devia haver mais Stefans por ali, Stefan Czarniecki atendeu, seguindo a secretária magra que rebolava suavemente a sua frente. Ela girou outra maçaneta e indicou que ele deveria entrar. Parados como se fossem batentes da porta, dois gigantescos negros de terno e braços cruzados lembravam eunucos, só que sem seus abanadores. Eram novos tempos, havia um ventilador no teto. Mas a estática que Stefan ouviu não vinha do ventilador, e sim dos fones de ouvido dos seguranças.

Esparramado numa poltrona, encontrava-se o homem fardado que Stefan vira na foto do lado de fora. Usava um terno caro, e o paletó estava dependurado na cadeira ao lado. Não era possível ver seu rosto, quase inteiramente mergulhado numa caixa de papelão em forma de cubo de onde escorriam grossos espaguetes que respingavam molho de tomate sobre a mesa. Erguendo os hashis bem alto e, chacoalhando o relógio de ouro, o homem sinalizou para Stefan sentar na poltrona diante da escrivaninha. Sobre o tampão havia uma Bíblia. O ex-militar agora era pastor evangélico, além de secretário da Saúde. Era, em suma, responsável pela boa manutenção do espírito e também do corpo de seus cidadãos.

— Buon dia — disse Stefan, meio em dúvida se o cumprimento certo seria "*buenos días*".

O secretário palitou os dentes, estufou a barriga, retirou o babador da gola da camisa e acendeu um charuto. Logo atrás de sua cabeleira engomada com Gumex uma placa indicava que era proibido fumar.

— Ah, bom dia — disse o secretário. — WTF, né? Deixa eu ver a nova planilha do seguro. Foi pra isso que veio, né? Vamulá, vamulá.

Stefan estendeu suas planilhas sobre a mesa, manchando-as um pouco de molho de tomate.

— Cento e setenta embulências menas um, que o polícia arrestou porr crrime — disse Stefan. — A senhorr sabe, o chacina.

— Hein? Não sei de nada — disse o secretário. — Parabéns, o senhor fala português muito bem. Também entende de figuras? Aqui, vou desenhar com macarrão.

Com capricho de chinês, o secretário desenhou 30% com espaguetes frios e molengas sobre o tampão da mesa. Stefan admirou seu talento. Devia ter investido na carreira artística, e não se tornado um mafioso disfarçado de político religioso.

— É muita.

— É isso ou não tem negócio. Tem uma penca de corretoras de seguro aí fora querendo essas ambulâncias. Pode mandar falar isso pro alemão.

— É muita. Non possa fecharr. Precisa falarr com Munique.

— *Munique* pra mim é nome de travesti. Dou um dia pro alemão resolver — disse o secretário. — Vai nessa, que Deus te leve. Tá abençoado, pode vazar.

Stefan foi conduzido até a saída pela secretária do homem. Quando a porta se abriu, a mulher de mãos dadas à criança que antes aguardava na fila parara de chorar e estava em pé no meio do corredor, à espera de Stefan. Ela esticou a palma da mão aberta à frente e pediu para ver aquele lenço rosa que ele guardara no bolso momentos antes.

9

Quando Brayan brecou a ambulância na rua abaixo da ladeira onde vivia, sua mulher já tinha recebido um torpedo dizendo pra levar Carolayne até a esquina, e ela obedeceu. Os pedreiros, uns quinze, talvez vinte homens, desceram da ambulância e tiraram a menina com suavidade dos braços da mãe, que teve tempo apenas para entregar o lenço rosa a Brayan pela janela do motorista. Sem saberem, aquele lenço passado de mão em mão celebrava sua despedida. Então o carro partiu em disparada pela descida pavimentada apenas com pedrinhas soltas, dobrando a esquina seguinte e deslizando a toda a velocidade até o asfalto fervente da avenida Giovanni Gronchi e de lá ao Hospital Infantil da rua Seraphico Prado. Encarapitados na parte traseira da ambulância, aqueles homens toscos e de couro envelhecido pelo trabalho ao sol foram reduzidos ao tamanho de crianças. No centro, Carolayne adotou ares de princesa, deitada na maca e abraçada à sua mochilinha cor-de-rosa. Espremidos ombro a ombro, os pedreiros riam seus risos sem dentes e contavam histórias aos berros, gargalhando nas curvas bruscas dadas por Brayan. Era como um passeio de ônibus escolar nas férias, quem sabe uma excursão até a praia ou mesmo uma feliz visita ao parque de diversões. Acendiam as luzes dos painéis e aparelhos médicos, brincavam com a máscara de oxigênio e davam uns nos outros pequenos choques com o desfibrilador, que apenas lhes causava cócegas em seus poderosos tórax de operários da construção civil. Brayan ligou a sirene, afastando automóveis do caminho, cujos motoristas admiravam a cena inédita, aqueles miseráveis acenando da traseira da ambulância com muita balbúrdia. Espichada na maca, Carolayne sentia-se tão feliz que seu nariz deixara de escorrer e sua tosse cessou, por isso mesmo Brayan se esqueceu de lhe passar o lenço rosa que acabou caindo no banco e de lá foi empurrado pelo vento forte que entrava pelo para-brisa ao assoalho, onde foi encontrado na manhã seguinte por Stefan. Minha filha será atendida na hora, pensava Brayan enquanto pisava fundo no acelerador, as luzes piscando e a sirene no volume máximo, sem saber o que lhes aguardava ao dobrarem a próxima esquina.

10

O maior problema de Stefan Czarniecki sempre foi sua completa falta de foco. Era enviado para solucionar um determinado problema, não conseguia, e acabava resolvendo outro que não tinha nada a ver com a história.

Assim que comunicou ao chefe as condições exigidas pelo secretário para renovar a apólice e desligou o telefone, Stefan pôde enfim olhar para a mulher com o lenço rosa nas mãos. Ela o desdobrou, mostrando o nome cerzido: *Carolayne*.

— Viu, está escrito o nome dela — a mulher disse. — Minha filha, minha filhinha. Seu pai sumiu, ela também. Não voltaram para casa.

— Encontrrei no embulência do crrrime, estava na chón.

A mulher abraçou sua única filha e voltou a chorar.

11

Na manhã seguinte, a perícia obteve mais detalhes sobre a chacina da ambulância: rostos esfacelados, digitais queimadas, todos os dentes foram arrancados, não havia como descobrir suas identidades. Equivaliam a 1132 quilos de hambúrguer cru. Quando terminaram de separar os cadáveres, descobriram um corpo de menina entre os homens. Souberam que era uma criança por causa do tamanho e da ausência de pelos pubianos. Também encontraram uma mochila escolar. No interior da mochila havia um dente de leite. O exame de DNA do dente de leite indicou que pertencia a Carolayne. O secretário evangélico promoveu uma polêmica nos jornais em torno dos custos do exame: eram caros demais para serem desperdiçados com crimes corriqueiros e bandidagem. A vida do brasileiro não fazia parte de um seriado de TV norte-americano, ele disse. Como os pedreiros não tinham papéis nem histórico médico, foram sepultados como indigentes. A igreja a que pertenciam não se esforçou para recuperar nem mesmo suas almas.

A WTF Assurances não aprovou a renovação da apólice. Na mesma tarde, depois da reunião com Stefan, a faxineira da prefeitura desfez os números lindamente desenhados com espaguete no tampão da escrivaninha do secretário. Trinta por cento foram para o lixo.

No ônibus a caminho do aeroporto, Stefan viu uma ambulância com a sirene ligada furar o engarrafamento. Em São Paulo era a única forma de evitá-lo, somente carros de polícia, bombeiros e ambulâncias conseguiam circular com alguma eficiência na imensa malha viária repleta de carros parados. Aquela cidade era o maior estacionamento que Stefan Czarniecki já vira. Nenhum carro se movia. De repente a sirene da ambulância foi desligada e ela diminuiu a velocidade. A luz de alerta do teto parou de piscar. Para o paciente que era transportado, não havia mais pressa. Ambulâncias são veículos que às vezes falam sem querer, ele pensou.

O celular tocou a música de abertura dos Simpsons. Como o visor dizia *bloqueado*, Stefan pensou que fosse seu chefe. Mas não era.

— Oi, vó.

Ela não costumava ligar para seu celular, então o assunto devia ser urgente. Ela perguntou onde Stefan guardava o lenço de seu finado avô.

— Na mesma gaveta onde guardo meu fumo, er, meu tabaco.

A velha iniciou uma longa peroração acerca dos males do tabagismo.

Não fossem os nazis terem chegado antes, e o tabaco teria acabado com teu avô. Aquele imprestável do Witold ainda fuma, não entendo como permitem, logo aqui, ela disse, e começou a tossir.

— Por que aquela ambulância estava numa construção, vó Zofia?

Depois de mais algumas tossidas misturadas a estática, a velha contou que a ambulância estava sendo usada para transportar o material necessário para a construção da piscina. O dono da piscina tinha pressa, muita pressa, e assim evitava o engarrafamento de São Paulo. Era um homem terrível, ela disse, e naquele exato instante o secretário se esticou em sua cadeira e imaginou que mergulhava pela primeira vez em sua piscina em forma de bunda.

O ônibus entrou num túnel e o sinal do celular morreu. Stefan fechou os olhos e sentiu o sol dos cegos aquecer as sardas de seu braço. Percebeu que se abrisse a boca e falasse o que sentia, acabaria ateando fogo às cortinas do ônibus.

Ao chegar ao aeroporto, descobriu que seu voo estava duas horas atrasado. Na fila do embarque, fechou os olhos um instante. Já era noite, mas a luz solar permanecia acesa detrás de suas pálpebras. Preferia não ficar nem mais um minuto naquele lugar.

América

JUAN PABLO VILLALOBOS

O elemento tinha matado seu vizinho numa discussão futebolística. Não era digno de um assassinato, mas tudo fora culpa de ter uma arma carregada à mão. Nada mais nada menos que uma metralhadora. Um fuzil-metralhadora Mendoza 1934-C, para sermos exatos. Era uma arma velha que o elemento havia herdado do pai, que a roubara durante sua passagem pelo serviço militar na década de 50 do século passado. A metralhadora estivera pendurada como adorno na sala da casa dos seus pais até ambos morrerem, no desabamento do Hotel Regis do terremoto de 1985. Qualquer pessoa que entrava na casa e reparava na arma acabava ouvindo a história favorita do pai, um falador empedernido: a narração da aventura em que ele e dois companheiros, só para se divertirem, levavam a metralhadora das instalações do Exército escondida entre umas baguetes duras. O pai também contava que o Mendoza 1934 era a arma regulamentar do Exército mexicano. Que a fábrica Mendoza havia nascido durante a Revolução Mexicana para abastecer o Exército do general Villa. O pai dizia "general Villa" e não "Pancho Villa". O que o pai não contava a seus ouvintes era que a metralhadora estava carregada. O elemento, que tinha ouvido a história mil vezes, não sabia disso.

Quando herdou do pai a metralhadora, junto com a casa, o elemento guardou-a num closet, debaixo de uma montanha de lençóis velhos, de onde só saiu ontem à noite, "para dar um susto, mas não para matá-lo". O vizinho era torcedor do América. O elemento, do Cruz Azul. Carece ter de contar outra vez que ontem à noite o América ganhou a final do campeonato nos pênaltis, com dez jogadores, depois de ter marcado dois gols no último minuto para forçar a prorrogação? E com um gol do goleiro! Como num filme ruim, como numa série de TV. Não há de ser por acaso que o dono do América também é dono de um canal de televisão.

O elemento contou tudo isso ao oficial de polícia na madrugada, depois de ter se entregado de espontânea vontade. O pior de tal depoimento, absurdo e inverossímil, é que era verdadeiro.

O inspetor sorve um primeiro gole do café pelando que sua secretária acaba de servir. O café tem gosto de queimado, mas o inspetor ignora isso: crê que é esse o sabor do café autêntico. Toda manhã, sua secretária liga a cafeteira às oito e cinquenta para que o café esteja pronto às nove. O inspetor chega, no mínimo, às dez. Torna a beber com muitíssimo cuidado, não quer escaldar a língua. Está sentado na sua sala. Tem aberto na mesa o jornal do dia e percorre os títulos de maneira mecânica.

Outra vez aquele maldito jornalista de merda.

Há duas semanas, numa discoteca do sul da cidade, duas jovens foram assassinadas sob o fogo de uma metralhadora. Nada mais nada menos que um chifre de bode. Uma AK-47, para sermos exatos. A arma oficial do exército da União Soviética por mais de trinta anos. A polícia não conseguiu capturar os autores do atentado e alguns colunistas estão agitando a opinião pública. A coisa é séria, porque as mortas são de classe média.

O inspetor manda chamar o subinspetor, que aparece três minutos depois soprando e bebendo uma xícara de café idêntica.

— Viu o jornal?

— A-hã.

— Maldito jornalista de merda. E o pior é que hoje todo mundo vai ler o jornal, por causa do jogo.

— Na verdade, o pior é o que o chefe disse.

— O que foi que o chefe disse?

— Não viu? Que hoje daria notícias importantes sobre o caso.

— Disse isso?

— A-hã.

— E...? Temos alguma coisa?

— Nada.

— Nada?

— Nada.

— O chefe já chegou?

— Está pensando o quê? A esta hora?

Qual a probabilidade de um goleiro marcar um gol de cabeça no último minuto da final de um campeonato?

O chefe enfia a cabeça debaixo do lençol e diz: "Mais devagar, mais devagar". A menina do chefe obedece e desacelera as chupadas. Estão no apartamento que o chefe aluga para poder se encontrar com suas garotas. É alugado por dias ou semanas. Mobiliado, com TV a cabo. Internet. Eletrodomésticos. Serviço de limpeza. Um porteiro que não faz perguntas. A menina insiste, mas não tem jeito: o pau do chefe não para em pé. Talvez cansaço pela noite em branco, talvez o álcool, talvez a coca. Ou talvez o chefe, na sua idade, comece a ter outro tipo de problemas.

A garota se endireita, fazendo o lençol cair fora da cama. Está nua e é magra. Tem dezenove anos, embora aparente dezesseis. Uma cara de criança com olhos enormes e lábios grossos.

— Pegue a pistola — diz ela.

— Como?

— Não gostaria de enfiar a pistola no meu rabo?

O sangue flui de repente até as virilhas do chefe, seu membro se sacode como se se tratasse de uma reação elétrica. A garota sorri com um montão de dentinhos perfeitamente alinhados atrás dos lábios.

— Que malvado! Acha que vou deixar você fazer isso? Mas sabe o que pode fazer? Pode apontar a pistola pra minha cabeça, enquanto eu chupo.

O chefe pega a pistola entre a roupa amontoada ao lado da cama. É uma Beretta 92, nada mais nada menos que a mesma pistola que os soldados dos Estados Unidos usaram na Guerra do Golfo. A pistola da Guarda Civil espanhola, da Gendarmaria Nacional argentina, do exército da Albânia, Brasil, França, Peru, Colômbia, Filipinas, Turquia e Eslovênia. Ah, claro, e da polícia mexicana.

A garota volta à sua tarefa, o chefe inclina um pouco o corpo para a direita de modo a conseguir emaranhar o cano da Beretta entre os cachos da cabeleira loura dela. Com a mão esquerda acaricia seus peitinhos diminutos. Tem uma ereção prodigiosa e está hesitando entre continuar assim até o fim ou entrar nela. A menina não tem dúvida, não dormiu nada, um cliente atrás do outro no *table dance*, seu corpo está exigindo descanso. Quer acabar de uma vez, o mais depressa possível, mas o chefe está querendo exatamente o contrário e não acaba, não acaba nunca, não acaba. É hora de praticar a manobra que nunca falha: cospe nos dedos da mão direita e vai os deslocando lentamente entre as pernas do chefe.

— Mmmmmm.

— Gosta, *papito*?

A garota massageia em círculos debaixo do saco do chefe, desliza o dedo médio entre as pregas do ânus e quando o sêmen irrompe num jorro selvagem, a Beretta 92 dispara.

Qual a probabilidade de uma arma permanecer carregada mais de cinquenta anos sem que ninguém se dê conta?

— Por acaso não têm negócios suficientes no Norte? — pergunta o candidato.

A conversa ocorre na sede do partido, imediatamente depois da reunião semanal da segunda-feira. Há uma mesa ovalada comprida com dez cadeiras de couro vazias. Doze xícaras de café com o logotipo do partido, onze delas vazias. O candidato levanta a única xícara cheia e sorve com cuidado o café ardente, queimado depois de ficar na cafeteira durante as duas horas da reunião. Pensa em pedir à sua secretária que prepare outro, mas não tem intenção de alongar o encontro, de modo que se resigna à acidez exaltada na xícara, uma ameaça certa de gastrite. Tem à sua frente o coordenador de cabos eleitorais da campanha, que lhe pediu uma reunião privada para falar de "uma proposta muito interessante".

— Só querem ficar bem com o senhor, senhor candidato.

— Esses tempos já passaram, companheiro, esse estilo de

negociar serviu enquanto houve setenta anos da mesma sopa. Agora ninguém oferece apoio em troca de favores imprecisos.

O coordenador-geral da campanha abre a porta da sala de reuniões e enfia metade do corpo para dentro. Olha para o candidato sem falar, deixa que suas sobrancelhas voltem a mostrar a perplexidade dos que se sabem excluídos.

— É uma reunião privada, termino em cinco minutos — diz o candidato.

O que o coordenador de cabos eleitorais tem a conversar com o candidato sem o conhecimento e a participação do coordenador-geral? Paradoxalmente, o candidato se esquece do que acaba de dizer, que já não estão na época da sopa de setenta anos, que o candidato já não é um ser onipotente que todo mundo respeita com uma reverência incondicional. Isso acabou antes até dos setenta anos. Isso acabou aos sessenta e quatro anos, no dia em que assassinaram Colosio.

A porta se fecha. O coordenador de cabos eleitorais continua.

— Tem toda razão, senhor candidato, os tempos mudaram. Não me leve a mal, mas não podemos nos dar ao luxo de rejeitar apoios que nos oferecem. Além do mais, esse pessoal está falando com todos os candidatos.

— Com todos?

— Com os que têm chance de ganhar.

— O problema, companheiro, é que temos um acordo com outro pessoal, entende?

— Eu sei, e essa gente também sabe, por isso vieram falar comigo e não com o senhor ou com o companheiro responsável pelos fundos de campanha.

— Isso pode causar muitos problemas.

O coordenador de cabos toma uma caneta em cima da mesa, a caneta do candidato. É nada mais nada menos que uma

Montblanc Meisterstück 149, de resina negra e ouro, a mesma caneta que John F. Kennedy usava. Anota um número de telefone num pedaço de papel e estende-o ao candidato.

— Espero que não me interprete mal, mas temos que aceitar a oferta, não estão dando alternativa.

A redação do jornal tem um ar estranho de manhã, com toda aquela luz entrando pelas vidraças. O jornalista de merda não costuma aparecer antes das seis da tarde e agora tudo é diferente: não só a luminosidade das coisas, mas as pessoas (que são poucas e outras) e, sobretudo, o ritmo tranquilo em que vibra a atmosfera, que contrasta com o frenesi do fechamento. Atravessa entre as mesas semivazias rumo à sala do diretor do jornal, que está à sua espera com a porta aberta. Antes de entrar, o jornalista de merda enche uma xícara com a cafeteira que está na mesa da secretária do diretor. Dá uns goles com cuidado, quem sabe a cabeça desperte um pouco.

O diretor está olhando para algo em cima da mesa. O jornalista de merda bate quatro vezes na moldura da porta, com os nós da mão que a xícara de café deixa livre, e entra na sala. Entra também, com ele, o cheiro de umidade e tabaco que se desprende da sua roupa.

— Felicitações. Você parece um personagem de Onetti.

— Recém-saído de um prostíbulo. É o risco que você corre ao me fazer vir a esta hora indecente. Com certeza, o café está queimado.

— Desde quando tão gourmet?

— Me ataca o estômago.

— Com certeza é o café e não todas as porcarias que come na rua.

— Aumente meu salário e vai ver como começo a comer todos os dias em restaurantes de primeira.

Ao contrário do que se podia esperar, não há pilhas de jornais na sala. Num canto da mesa, cuidadosamente dobrado, repousa o jornal do dia. Na parede do fundo, um pequeno quadro dourado de um prêmio nacional de jornalismo e outro ibero-americano. Também não há fotos de família. O diretor ergue da mesa um iPad e o passa ao jornalista de merda.

— Temos as fotos.

— Que moderno. Você acaba de estropiar minha ilusão de ser um personagem de Onetti.

O jornalista de merda olha as fotos sem surpresa, como se fossem somente a constatação gráfica de uma verdade óbvia. E é o que são.

— Vamos usá-las?

— Depende. Peça uma entrevista com o chefe de polícia.

— Com o chefe de polícia? Esse babaca não sabe de nada. Temos que pressionar o candidato.

— Calma. Vamos sacudir a árvore pelo primeiro galho.

— O chefe de polícia não quer me ver nem pintado. O que eu digo para que me receba?

O diretor pega uma Stabilo de ponta fina, cor cinzenta, fabricada nada mais nada menos que pelos inventores do marcador fosforescente, uma fábrica alemã que existe desde meados do século XIX. Anota o nome de um prostíbulo clandestino de luxo, o nome de duas mulheres e do dono, que além disso é conhecido por controlar todo tipo de tráficos na zona oeste da cidade.

— Diga que falei com estas pessoas.

— Uau! De onde tirou isso?

— Tenho minhas fontes. Não se esqueça de que também sou jornalista.

— Fala sério? Sua fonte é o Google?

O papelzinho com os dados acaba entre as páginas de uma caderneta de capa preta que o jornalista de merda guarda no bolso traseiro da calça. Aperta a mão do diretor para se despedir e caminha para a saída, mas o diretor o detém.

— Ei, não deixe a xícara aqui.

O jornalista de merda se dirige à mesa, pega a xícara de café e volta a empreender a retirada. Agora para de maneira voluntária.

— De onde saíram as fotos?

O diretor finge estar concentrado no iPad.

— Gente da equipe de campanha?

— É melhor você não saber.

Qual a probabilidade de o reflexo à ejaculação por uma massagem prostática ser a flexão do indicador da mão direita?

Dois funcionários estão pondo o corpo da garota num saco para cadáveres. O chefe entrega a Beretta 92 ao inspetor, que a passa por sua vez para o subinspetor. Outros três funcionários tiram do apartamento os lençóis, o colchão, um tapete e uma mesinha de cabeceira. Qualquer coisa que tenha sido salpicada com o sangue da menina. O subinspetor revista de cima a baixo o apartamento, que ninguém chama de "cena do crime", porque ali não aconteceu um crime.

Toca o celular do chefe. O tom da chamada é uma canção juvenil na moda. O chefe olha para o inspetor e diz que são "coisas da minha filha". Ao descobrir quem está chamando na tela do celular, o chefe se dirige ao outro quarto do apartamento e fecha a porta.

— Às suas ordens, senhor candidato.

— O pessoal do Norte está se aproximando da minha equipe, o senhor sabe de algo?

— Há um boato de que querem disputar o território.

— Agora? No meio da campanha? Fale com o chefe deles e diga que estou mandando dizer que não quero confusão até setembro. Já basta a que estamos tendo.

— Está bem, senhor candidato.

O candidato está falando com o chefe, mas o chefe tem por sua vez um chefe. A hierarquia não tem limites, a da polícia é um Himalaia. Se o candidato se comunica com o chefe, e não com o chefe do chefe, é porque o chefe é a única pessoa de sua absoluta confiança nos corpos policiais. Foram colegas no primário. Claro: se o candidato ganhar as eleições, o chefe passará a ser o chefe dos chefes.

— Mais uma coisa. Leu os jornais de hoje?

— Também já estamos nos encarregando disso, senhor.

— Encerraram a investigação? Estão arruinando nossa campanha.

— Estamos tratando disso.

— E não disse aos jornalistas que hoje haveria notícias?

— Foi para acalmá-los.

— Pois não adiantou nada. Resolvam isso logo de uma vez.

O chefe aperta o botãozinho vermelho para desligar a chamada e volta ao cômodo principal, onde acabam de instalar um colchão novo. O inspetor e o subinspetor estão cochichando alguma coisa junto da janela, de costas para a cena do não crime. O chefe se aproxima sem que os outros se deem conta, para tentar escutar o que dizem, será que os filhos da puta estão falando às suas costas? Vai na ponta dos pés até quase respirar na nuca dos dois. Não, não estão falando dele, estão falando de futebol, do gol do goleiro do América. O celular do chefe toca de novo. O inspetor e o subinspetor dão um pinote de susto.

É o jornalista de merda.

Afinal de contas, faz quanto tempo que não havia um assassino em série no México? (Sem levar em conta os presidentes da República, claro.)

O jornalista de merda senta-se a uma mesa junto da vidraça da rua. Põe em cima dela a caderneta de capa preta e uma caneta Bic azul, a caneta criada por Marcel Bich em 1950, em Clichy, uma caneta igual às mais de cem bilhões de canetas Bic que foram vendidas no mundo todo. A cafeteria está semivazia: só três mesas ocupadas de um total de doze. Chegou vinte minutos antes do horário combinado com o chefe de polícia por precaução, porque não queria chegar tarde, e aconteceu que o trânsito na cidade estava bastante tranquilo. O lugar ficava longe da redação do jornal, longe do apartamento em que mora, longe das cantinas que frequenta, longe de todos os circuitos em que se move dia a dia. A garçonete se aproxima para anotar os pedidos. É baixinha e morena, com uma breve mecha lisa que cai só até a nuca. Magra. Peitos grandes. Bem como lhe agradam.

— Um *espresso*.

— Só trabalhamos o americano.

De onde terá surgido essa mania nacional de usar o verbo "trabalhar" em contextos inadequados? Diz-se "Só tem americano", "Só temos americano" ou "Só servimos americano", inclusive, capitalística e prosaicamente, "Só vendemos americano". "Só trabalhamos o americano" parece uma frase mal traduzida de outra língua.

— Preparam agora ou já está pronto?

— Preparamos o tempo todo.

O jornalista de merda focaliza a vista no balcão da cafeteria e tem que se levantar para poder divisar, no fundo, duas cafeteiras ligadas com a jarra cheia.

— É mesmo impossível tomar um café decente nesta cidade.

— Prefere um chá?

— Quero um café, mas quero que preparem agora.

— Preparamos sempre que acaba.

— Faz muito tempo que prepararam essas cafeteiras?

— Não, agorinha mesmo.

Olha a garçonete nos olhos para calcular sua sinceridade, e a única coisa que pode concluir com certeza é o cansaço acumulado de dias e dias passados em pé, o fastio de realizar várias vezes o percurso sisífico entre a cozinha, o balcão e as mesas.

— Se não gostar, devolva.

— Combinado.

Enquanto a vê se afastar a fim de trazer o café para ele provar, ele lembra, ou confirma de novo, que não há nada mais inútil do que tentar seduzir uma garçonete: em caso de sucesso, não podem abandonar o serviço, e quando termina sua jornada de trabalho sempre estão cansadas demais para qualquer coisa. No entanto, o jornalista de merda tem uma tendência a se sentir fascinado com os projetos destinados ao fracasso. Não é por acaso que adora Onetti. Não é por acaso que acabou se parecendo com um personagem do escritor uruguaio.

Qual foi o primeiro livro de Onetti que leu? *Junta-cadáveres*. Foi na adolescência, aquela edição dos anos 70 da Seix Barral, que encontrou num sebo, com aquela letra minúscula. Já não se fazem livros assim, felizmente.

A garçonete põe a xícara de café na mesa e escapa sem que o jornalista de merda possa fazer ou dizer nada. Sopra o café que fumega intensamente um vaporzinho branco demais (péssimo sinal). Sorve. O café está queimado. Pelo menos terá um pretexto para conversar com a garçonete. Levanta a vista para procurá-la no momento em que escuta o assobio que abre um orifício na vidraça da cafeteria. A bala da Beretta 92 entra pela têmpora esquerda do jornalista.

Na sala do inspetor, o jornal do dia continua em cima da mesa. Apesar de ser apenas cinco da tarde, é como se as notícias de ontem houvessem envelhecido vinte anos.

— O sujeito não tem mulher, filhos, família, nada. Podemos dizer qualquer coisa. Podemos dizer que foi um crime passional — diz o subinspetor.

— O falecido tem mulher e filhos — contesta o inspetor.

— E isso impede que pudesse ser bicha?

— Você está dizendo que o sujeito matou o namorado e depois foi pegar uma puta num *table*?

— Não foi pegar puta. Podemos pôr o corpo da puta onde quer que seja, quanto mais perto do jornalista, melhor.

O inspetor se joga para trás e a cadeira guincha. Ergue a cabeça para o teto e aperta uma bolinha antiestresse na mão direita. Imagina que naquele mesmo momento, em algum lugar, um escritor olha para o teto em busca de um argumento para um romance policial. A cadeira do subinspetor também guincha, mas pela impaciência que domina aquele que a ocupa.

— Por que o chefe não quis se desfazer do corpo? Teria sido mais simples.

— Quer que a família a enterre.

Soam três batidas na porta da sala. O inspetor grita "Entra". Um funcionário, que se desculpa por interromper, entrega ao subinspetor uma folha de papel e pede licença para se retirar. O subinspetor lê com atenção o relatório.

— A Beretta está limpa.

— Tem certeza?

— Como se nunca houvesse existido, como recém-saída de fábrica.

— Se temos a arma limpa e a confissão assinada, resolvido. O elemento mata o vizinho de noite, se você quiser que seja uma briga de bichas, pra mim tanto faz. No dia seguinte, enlouquece ou entra em paranoia ou o que você quiser e mata a puta e o jornalista. E insinuamos a suspeita de que o elemento pode estar relacionado com o duplo assassinato da discoteca. Que a ligação está sendo investigada. Algo muito vago, só para ganhar tempo.

— Dito assim soa péssimo. Temos que armar bem a história, reconstruir os movimentos do elemento, definir o móvel, conseguir os atestados psiquiátricos, se for o caso. Ninguém vai acreditar na gente, vamos cair no ridículo.

— Onde você acha que vive? Este país nunca gostou das histórias bem contadas. Leu a declaração original do elemento? Matou o vizinho com uma Mendoza dos anos 50, fala sério! Este país foi capaz de acreditar que o cavaleiro águia assassinou um candidato à presidência. Tivemos um procurador que contratou uma vidente para localizar um cadáver, lembra? Acabaram desenterrando ossos de um cadáver que eles mesmos haviam plantado. Que mais você quer? Pode-se ir mais longe que isso?

— O país mudou.

— Claro, mudou muitíssimo, para que tudo continue igual.

O laptop que está em cima da mesa emite um apito agudo, depois o celular do inspetor solta um alarme parecido.

— Espere.

O inspetor clica duas vezes no mouse, e na tela aparece uma circular interna. Sorve um bom gole de café queimado e frio enquanto a lê.

— Bingo.

— O que é?

— Acabam de denunciar o desaparecimento de doze pessoas de um *after* do centro.

— Não fode!

— Apresente o elemento já, emita um comunicado para a mídia, voando. Daqui a duas horas ninguém vai se lembrar disso. E rápido, que hoje à noite vou ver o chefe na festa.

— Que festa?

— A do América.

— Mas o chefe não é do América. Nem você.

— O candidato é. Isso é o que importa.

Qual a probabilidade de um jornalista no México ser assassinado?

A festa pelo campeonato é no salão de um hotel cinco estrelas. Estão todos os jogadores com suas famílias, os dirigentes do clube, um grupo seleto de jornalistas esportivos e colunistas sociais, atores, atrizes, cantores, apresentadores de televisão, os empregados do dono da equipe. E políticos, claro, de diversas filiações, não só do América: políticos das Chivas, dos Pumas, do Atlante e do Necaxa, até do Cruz Azul! Nenhum político quer perder a festa.

O chefe de polícia e o inspetor surfam entre a multidão e se aproximam pouco a pouco do candidato. O torvelinho em torno do candidato é feito de apertos de mãos, abraços e tapinhas. Também de elogios e parabéns pela magnífica campanha. O chefe executa o empurrãozinho final e se planta à frente do candidato. Abraça-o de maneira teatral para que todos os presentes fiquem sabendo da grande amizade que os une.

— Boas notícias, senhor candidato — diz o chefe de polícia com um sorriso verdadeiramente aliviado, verdadeiramente contente.

— Agora não, agora não. Tenho que tirar uma foto com o goleiro.

White Flamingo

ANDRÉS FELIPE SOLANO

O relógio era um pequeno astro que parecia brilhar no lobby do hotel só para atrair Mariela. O homem o trazia no pulso esquerdo. Era contundente e pesado como as latas de pomada de mentol que vendiam nas lojas do odioso bairro onde ela havia nascido.

Durante uma dúzia de noites depois de ter saído da clínica, Mariela pensara em regressar àquele buraco. Tinha se visto sorrindo, mostrando seu corpo novo, trabalhado à perfeição na sala de musculação de seu apartamento no Commodore. Morava ali nessa época com Caliche. Em sua fantasia, Caliche passava a mão em seu cabelo enquanto esperavam na fila de uma farmácia de seu antigo bairro, onde tinham ido comprar aspirinas. O de Mariela sim era cabelo. Mas não o dos mendigos que catavam papelão perto das fábricas de roupa nos arredores de sua casa. O que eles tinham era uma mata seca, genital, como se carregassem um animal morto em cima da cabeça. O dela, o de Mariela, sim, era cabelo. Em diversas épocas o tingira de vermelho, preto azeviche, com luzes, tinha-o pintado inclusive de púrpura. Da primeira vez que o tingiu num minúsculo cabeleireiro de Hialeah foi de louro, claro. Tinha sido seu sonho desde a infância, quando via os cartazes de Ursula Andress nos cinemas do centro. Aos doze anos tentou descolorir o cabelo no quintal, mas sua mãe chegou justo quando segurava na mão o frasco de água oxigenada. Tirou-o e lhe deu um sopapo que deixou seu lábio superior inchado. Talvez por essa razão tenha usado louro por tanto tempo, quando por fim teve oportunidade.

Mariela havia tecido uma rede de contatos nos maiores hotéis da cidade. Umas notas aqui, outras ali, a uma recepcionista no Conrad, no Loews ou no Victor, bastavam para obter a informação de que necessitava: marcas, cores, sinais particulares. Se dobrasse a propina podia saber a referência exata de qualquer objeto apetecível. Caliche, seu primeiro marido, lhe ensinou que certos relógios — digamos um Rolex Daytona ou um Breitling Navy Timer — eram um vício tão poderoso quanto os comprimidos para dormir. Segundo ele, ninguém podia mostrar sua Ferrari na mesa de um restaurante ou os quadros que estava colecionando em sua mansão em Key Biscayne em plena pista de dança. Em compensação, uma edição especial de um Cartier Santos podia ser exibida discretamente enquanto se estudava um documento ou se assinava um cheque numa reunião de trabalho. Para os homens poderosos e realmente endinheirados, comparar relógios era como comparar pintos num banheiro durante a adolescência.

Mariela aterrissou no ofício de negociar relógios de alta gama depois de passar por todo tipo de trabalhos para imigrantes. Havia lavado pátios, distribuído prospectos, trocado fraldões de velhos sem dentes, servido bebidas. Encontrara uma nova maneira de ganhar a vida já fazia uns dez anos, e agora tinha a impressão de que por fim uma era dourada estava para chegar. Sim, os bons tempos se aproximavam. Seus contatos nos hotéis a conheciam bem. Todo mês levava para eles um exemplar da revista *Men's Watch Collector* para que distinguissem as marcas que valiam a pena. Quando a avisavam da chegada de um alto executivo de uma multinacional, ou do filho do dono de uma fábrica de cerveja, ou do gerente de uma empresa de aviação, ou algum outro que usasse um grande relógio no pulso, Mariela aparecia no hotel em menos de uma hora. Então, armada da informação necessária, se aproximava de seus possíveis clientes e, com discrição e graça, lhes oferecia seus serviços de dealer. Para não assustá-los, abordava-os em locais públicos, como agora pretendia fazer com aquele homem no lobby do Ritz Carlton de Coconut Grove. Se os clientes tivessem um temperamento afável e vontade de conversar, Mariela lançava uma pequena isca enquanto assinalava o relógio que lhe interessava. "Que coincidência", dizia a eles, "meu marido tem um exatamente igual."

Sabia como mentir. De outra forma não teria podido abrir caminho em Miami, pular como uma rã num charco da mísera Hialeah à medíocre Kendall, e depois conquistar a deslumbrante Miami Beach. De seus dois maridos, só Leandro, o segundo, um argentino que conheceu num leilão, estava vivo. Tinha se interessado pelos relógios por causa de Caliche, mas era a Leandro a quem devia seu refinamento. Graças a ele entendia de vinhos, punhais e até selos. Leandro lhe ensinou a dizer Pollock, Warhol e Basquiat nos coquetéis. Tentou até despertar nela o amor pelos charutos, sua grande paixão, mas não conseguiu. Leandro lhe dizia que era uma mulher perfeita para um Rosa Cuba Media Noche. Com o tempo, seu hálito se tornou insuportável. Por essa razão se separou dele e desde então não havia saído a sério com ninguém.

Não sentia saudade de Leandro. Pelo menos não da maneira como sentia de Caliche. Tinha sido tão bom: foi ele quem se ofereceu para pagar todas as cirurgias. Caliche vivia em Miami desde o final dos anos 70. Era piloto. Conheceram-se no Club 1235, onde Mariela trabalhava servindo coquetéis. Uma semana depois de ela ter lhe contado seu segredo, começaram a compartilhar a cama. Foi como se ao conhecê-la houvessem ativado um poderoso mecanismo oculto nesse homem de mãos grossas, um mecanismo que só parou ao morrer.

No lobby do Ritz, à espera de que seu possível cliente terminasse um telefonema, Mariela se lembrou da morte de Caliche num restaurante de frangos. Era a única coisa que ele não pudera esquecer daquela época em que havia sido um joão-ninguém na Colômbia: o frango assado com batatas salgadas e molho caseiro. Por essa estúpida fraqueza o mataram. Assim que o funeral terminou, Mariela resolveu se esconder. Aquela saraivada de balas havia sido o sinal de alarme. Não tinha se arriscado a começar uma nova vida para que a encontrassem num beco, de noite, com as vísceras de fora. Levou consigo os dois relógios Omega de Caliche.

Quando o homem desligasse o telefone, pensava em usar uma de suas táticas infalíveis. Era muito simples. Consistia em entregar ao cliente seu cartão de visitas e depois esticar o braço com languidez para que ele visse seu Rolex Submariner dourado. Um relógio de homem no pulso de uma mulher deixava muitos caras acesos, em especial se era um de dezoito quilates sobre a pele acobreada de nascimento, como a de Mariela. Nunca fazia sexo com seus compradores. Era uma regra. Tinha aprendido havia muito que era preciso ter pelo menos uma regra, se não quisesse perder o rumo. Quebrou-a só uma vez, com Leandro, depois de se assegurar de que nenhum dos dois ia ter uma surpresa. Odiava surpresas. Tinha se blindado por todos os lados para mantê-las longe de sua vida. Por isso, quando viu o homem desligar o telefone, sentiu o estômago revirar ao reconhecer a pulseira de cobre com duas iniciais que ele levava no outro pulso.

Sem esperar que se virasse, Mariela se dirigiu ao bar do hotel e pediu uma *crème de menthe*. Depois de meia hora a sós e um segundo drinque, foi à recepção. Passou a Xiomara duas notas. Sempre levava um belo feixe de notas novas que um amigo de um banco lhe reservava. Era muito importante dar a seus contatos notas recém-impressas, estalando como um cream-cracker, para que não tivessem a sensação de estar fazendo algo incorreto. Todos aqueles anos na rua tinham lhe ensinado que as notas velhas e engorduradas criavam um sentimento de culpa que demorava muito para desaparecer.

O cara se hospedaria no hotel por quatro dias, disse-lhe a recepcionista. Tinha se registrado com o nome de Alfonso Duque.

Duque ficou um tempo olhando para os pés. A mancha de umidade no peito do pé direito do sapato era maior que no esquerdo. Está bem, havia sido um dia longo, pinheiros, aeroporto, locadora, aeroporto, palmeiras, mas mesmo assim Duque não entendia por que um de seus pés suava mais que o outro. Odiava chá com leite, as manhãs quentes, os velhos que choravam, odiava tantas coisas, mas acima de tudo odiava ter de regressar a esta cidade e que seus pés suassem. Depois do que aconteceu, evitara ir a Miami várias vezes, apesar da grande quantidade de trabalho que se apresentou desde os anos 80. Em compensação, aceitou resolver assuntos em Colón, em Lima, numas ilhas das Antilhas, aceitou até ir em pleno inverno a Budapeste se encarregar de uma "roda solta", alguém com iniciativa própria. Mas agora Ramiro o mandara de volta a Miami. Duque supôs que com a velhice de Ramiro haviam chegado os caprichos, os maus cheiros, a loucura incipiente.

Quando o puseram na prisão, seu chefe tinha cinquenta

anos e um desses corpos imensos, quadrados, que dificultavam as coisas mais corriqueiras, desde compartilhar o elevador até sentar na privada. Agora, dez anos depois, Ramiro parecia como se fosse feito de papinha verde de criança. Ele gastou o último mês de reclusão enchendo três páginas com as contas pendentes. Mostrou-as a Duque na primeira noite em que se viram na casa da montanha, uma das poucas propriedades que não lhe confiscaram. "Para poder começar de novo temos de varrer todo o caminho", tinha lhe dito com um cigarro e um copo de suco de graviola na mão. O primeiro nome da lista era o de Jairo.

Duque entendia a ânsia higiênica do velho, mas não compreendia por que tinha de ir atrás de Jairo depois de todos aqueles anos. Quando voltou de Miami sem ele, teve muitas vezes a mesma conversa com seu chefe. "Sumiu. Não o encontrei em seu quarto e nunca chegou ao aeroporto. Isso é tudo o que posso dizer." Ramiro acreditou nele palavra por palavra, mas também deixou claro que era responsabilidade de Duque ficar atrás de seu companheiro e que portanto um dia teria de se encarregar de fechar o círculo. Ramiro gostava das circunferências. Da lua cheia, do aro que as pás do ventilador desenham. Duque gostava das linhas paralelas, dos casais que dormem em camas separadas até o fim da vida, das autoestradas.

Procurou um par de meias limpas em sua mala, calçou-as e tornou a se deitar na cama cheia de travesseiros. Estava num hotel de quatrocentos dólares por dia. Duque havia administrado com cuidado o dinheiro de Ramiro, ainda lhes restava o suficiente para uma aposentadoria decorosa. Não lhe passava pela cabeça por que caralho estava empenhado em explorar uma nova linha de trabalho a essa altura, e muito menos o destrambelhado plano que lhe propôs. Duque compreenderia se estivessem falando de ouro, ou prata, ou esmeraldas, mas não, o velho Ramiro tinha obtido à força um terreno de vários hectares que continha umas rochas cinza-metálico. Columbita-tantalita. Pôs uma mostra na mão dele quando estavam na jacuzzi e explicou que a mina ficava perto da fronteira com a Venezuela. Tinham de ir até lá, escavar e transportar o material de barco pelo rio Orenoco, depois de caminhão até Bogotá e daí levá-lo a um porto.

Ramiro era um homem aplicado em matéria de negócios: já tinha um contato na Alemanha e outro na China. Duque teria de se pôr à frente da operação em campo aberto. Queria odiá-lo por isso, odiá-lo com a mesma intensidade com que odiava as tolhas de mesa de plástico ou os carrinhos de bebê (não necessariamente os bebês), mas o caso é que Ramiro o mantivera com vida. Tinha lhe presenteado uma vida. A lealdade a esse homem de pelos extremamente compridos nas mamas, agora brancos, o levara de volta a Miami. Por Ramiro, Duque estava estirado numa cama king size do Ritz Carlton, com o estômago meio desarranjado depois de comer umas costeletas de porco com purê de batata sem ter fome suficiente.

Fechou os olhos por alguns momentos e tentou reconstituir o hotel a que haviam chegado naquela noite distante com Jairo. Ficava no centro da cidade, disso estava certo. Qual era o nome? É, White Flamingo. Duque tinha uma excelente memória, tomava decisões com rapidez e se adiantava às consequências de suas ações, como os esgrimistas ou os alpinistas profissionais. Em seu negócio não bastava apenas cuidar das mãos e dos olhos, também era preciso proteger a cabeça. Outros, muito mais moços que ele, se arruinaram em pouco tempo à custa de festas com putas, coca e aguardente. Talvez por isso ficasse tão aborrecido com aquele descuido de principiante. Quantas vezes tinha repetido isso a si mesmo, devia ter escolhido um quarto para compartilhar em vez de dois quartos separados, mas Jairo insistiu, disse que a grana dava e que não queria passar a noite em claro por culpa de seus roncos. As pessoas pensavam que só os gordos roncavam, mas isso não é nem um pouco verdade, Duque roncara a vida toda apesar de ser magro como uma varinha de incenso. Estava certo de que tinha a ver com seu pomo de adão proeminente. Nunca se acostumara a ele, toda vez que ficava olhando para ele de esguelha no espelho achava que era como um segundo nariz grudado em seu pescoço. Duque também o odiava, como odiava o barulho dos ônibus na madrugada, caras redondas demais ou carne moída.

Finalmente a visão das meias suadas o venceu. Levantou-se e jogou-as num cesto de metal. Ficou um momento de pé, tocando o timbre de uma das folhas que estavam em cima de uma escrivaninha pesada. Passou o dedo na cabeça de um leão dourado e tentou sentir sua língua diminuta. O rancor, Miami, um pino metálico no joelho que lhe doía de vez em quando desapareceram por um momento diante do fato de estar num hotel que ainda se preocupava com esse tipo de detalhes. Se deu conta da calçadeira antes, no banheiro, quando urinou um jorro de um amarelo intenso, quase cor de laranja, por culpa das vitaminas que havia começado a tomar. Em alguns hotéis, inclusive dos melhores, as calçadeiras e o papel timbrado eram coisas do passado. Em seu lugar ofereciam conexão ilimitada de internet.

Felicitou-se por ter solucionado com prontidão o problema da ferramenta. Já a tinha em sua capanga, que havia comprado em meados dos anos 80, bem envolta num lenço para que as beiradas não se marcassem no couro. Amanhã teria de começar a perguntar por Jairo. Ramiro ainda tinha olhos e ouvidos por toda parte. Antes de Duque pegar o avião, seu chefe lhe deu vários contatos, gente aposentada que pagou pequenas condenações em troca de seus bens e ficou vivendo na Flórida como pessoas respeitáveis que haviam dado um mau passo na juventude. De uns tempos para cá, o negócio havia sido dominado por um grupo de pequenos clãs e ninguém mais sabia quem era o cabeça. Era como um ninho de baratas: mal alguém acendia a luz, saíam correndo em todas as direções. Vai ver que o velho Ramiro tinha razão, o indicado era se arriscar com algo novo, com as pedras, com a columbita-tantalita. "É preciso apostar na tecnologia, filho", tinha lhe dito saindo da jacuzzi, junto à qual o esperava dormindo Óscar, seu terrier da vida toda, já dizimado pela artrite.

Duque ligou a televisão. Havia aprendido um pouco de inglês anos antes, quando teve de se esconder na casa de um primo que vivia em Jersey City. Gostava das vozes dos comerciais americanos. Uma dessas vozes sorridentes e luminosas o receberia nas portas do inferno, tinha certeza. Depois de um anúncio de iates, a grande esfera de metal que viu com Jairo naquele dezembro de 1982 apareceu na tela. Reconheceu-a de imediato. Haviam viajado de Miami a Orlando num carro alugado para festejar o final do trabalho. Outras pessoas celebravam em bordéis, eles preferiam fazê-lo num parque de diversões, sóbrios, tão contentes quanto um casal de amantes. Fazia trinta anos que fora aberto ao público. Duque tentou pronunciar o nome do parque mas se enrolou. Teve vontade de ir a Orlando outra vez. Fez alguns cálculos. Podia se permitir um dia de espera para começar a procurar Jairo. Satisfeito com seu raciocínio e com o estômago por fim em paz, Duque foi adormecendo pouco a pouco, sem apagar a luz, com a roupa no corpo. Desta vez seus próprios roncos não o acordaram, como costumava acontecer quando estava muito cansado.

Pagou o ingresso na bilheteria. Com o tíquete lhe deram um folheto em vários idiomas. Atravessou um jardim e se viu diante da esfera de metal. A seu lado, um casal jovem tirava fotos dela como se fosse uma catedral ou uma pirâmide. Resolveu procurar um banco para sentar e observá-la com tranquilidade.

Teve que ir até a margem de um lago. Lembrava muito bem dele. Era possível pegar um barquinho e dar uma volta ao mundo em meia hora. Havia construções que representavam o México, a França, o Japão, a China, a Itália, o Canadá. Perguntou-se se o Canadá era tão importante, se existia algo como a civilização canadense. Por fim uma senhora e seu marido deixaram um lugar livre. O homem sorriu para ele, um paninho branco cobria um de seus olhos. Comportava-se como uma criança ao lado de sua mulher. Ao sentar, Duque notou que seus pés haviam começado a suar outra vez. No carro havia um par de meias de reserva que comprara num supermercado quando parou para telefonar. Não tinha celular. Nunca tivera. A columbita-tantalita servia para fazer celulares e computadores mais leves, tinha lhe explicado Ramiro. Não entendia por que as pessoas gostavam que tudo pesasse cada vez menos. Ele gostava de seus relógios e suas ferramentas tais como eram. Em casa tinha cinco, de diferentes calibres, embora não as houvesse usado nos últimos tempos. Agora que Ramiro estava livre, tivera de pegá-las na garagem para lubrificá-las. “Uma coisa é o ócio na prisão, outra é o ócio por eleição. Esse ócio é daninho”, disse Ramiro ao lhe mostrar um mapa com a localização exata da mina. Assinalou-a com o indicador. Seus dedos eram curtos, chatos, como de anão. “Precisamos contratar índios, alguns colonos, não muitos. Melhor índios. Se não quiserem trabalhar, tem que falar claro com eles. O ócio mata.”

Duque imaginou os acampamentos, a água marrom, um monte de índios sem camisa extraindo as pedras. Não tinha certeza de poder começar de novo. Teria de encontrar forças suficientes para manter conversas em cafeterias de povoados desolados no meio da selva, cheios de gente mofina, faminta. Teria de encontrar a confiança perdida para pôr sem hesitar um revólver em cima da mesa, ao lado de uma garrafa de cerveja e uma empanada fria. Teria de dar ordens. Sentiu-se cansado, os ombros lhe pesavam como se carregasse um saco de areia nas costas.

Ainda tinha o folheto na mão. Deu uma olhada nele. Contava a história do parque e da esfera, que representava uma nave espacial. A história das comunicações, era esse o tema do percurso que se podia fazer em seu interior. Numa das folhas encontrou as primeiras palavras do roteiro original, narrado por um ator: "De onde viemos, para onde vamos? As repostas estão em nosso passado". Uma das coisas de que Jairo mais gostou foi a imagem de uma secretária com o cabelo preso, sentada num escritório, em frente a uma tela. Pôde vê-lo, sorridente, bom estudante, moreno, com uma pele tão macia quanto a de uma mulher. Jairo nunca teve de se barbear, não nascia um só pelo em seu rosto. Haviam se conhecido no colégio. Seus pais tinham as melhores casas do bairro. Velhas mas grandes, com muitos quartos e um terraço. Gostavam de andar de moto, da música pop americana: Chicago, Foreigner, Toto. Jairo cantava bem.

Ramiro os encontrou encostados em sua moto, com um saquinho de manga salgada na mão e meia garrafa de aguardente. Estavam dando uma volta pelas colinas dos arredores da cidade. Tinham subido para ver as colunas de fumaça que se alçavam à tarde. Nesse dia, Ramiro estava com Galindo, um sargento da polícia que mais tarde seus inimigos afogaram numa piscina. O trato que Ramiro lhes propôs foi simples. Se aceitassem, ele lhes daria uma moto nova. "Essa está muito velha. Vocês merecem algo melhor, com estilo, uma Kawasaki", disse a eles sem descer da caminhonete. Pensaram no assunto aquela noite, no terraço, e no dia seguinte ligaram para o número que Ramiro lhes dera. Não houve problemas com aquele primeiro serviço, só tinham de transportar um saco pesado que parecia estar cheio de martelos. Só isso. Depois Ramiro lhes propôs mais uma ou duas coisas, que realizaram como manda o figurino. Quando trabalhavam para Ramiro havia um ano, este os convidou para irem a uma fazenda cheia de bananais, onde Galindo os ensinou a atirar ao lado de um gigantesco tanque de água. Aprenderam rápido, sobretudo Duque. Jairo simplesmente o imitava. Resolviam coisas sem deixar rastro, a tempo, como um par de bons encanadores ou pedreiros experientes. Tornaram-se conhecidos na cidade. Respeitavam-nos. Ninguém reclamava por saírem cedo das festas. Então Ramiro lhes propôs que viajassem para Miami.

Encarregou-os de tirar do caminho um colombiano-libanês que estava lhe passando a perna. Fizeram o trabalho num shopping center, à luz do dia, sem que a mão tremesse. Na manhã seguinte foram comprar um tênis e depois alugaram o carro. Jairo estava com uma câmara descartável. Era precisamente isso que Ramiro gostava em ambos. Que esqueciam logo e eram capazes de continuar a vida como se nada houvesse acontecido.

O folheto também mencionava o cara que escreveu o primeiro roteiro do percurso da esfera. Ao que parece era um escritor famoso, chamado Ray Bradbury. Duque se lembrou da cena do percurso, quase no fim: um menino diante de um PC no seu quarto. Estava sozinho mas ao mesmo tempo acompanhado. Duque tinha se sentido assim desde que não tornou mais a ver Jairo. Enquanto pensava nisso tudo, alguém sentou ao seu lado.

Era uma mulher elegante, um pouco mais baixa que ele, talvez maquiada demais. Parecia estar pedindo alguma coisa à esfera de metal com a mesma intensidade que a gente pede um favor a um Cristo agonizante numa igreja. Tinha um cheiro gostoso, pensou Duque. Um momento depois a mulher se levantou e Duque pôs-se a apreciar suas pernas, mas ela se perdeu rápido entre a multidão. Um grupo de turistas de cara vermelha o fez desistir de pegar a fila para entrar na esfera. Não queria mais ver o futuro. Em todo caso, já o havia visto. Era morte e destruição.

Olhou pela última vez para a estranha superfície da estrutura. Pareceu-lhe que era feita de columbita-tantalita. Antes de sair do parque, comprou um *snow globe* com a figura da esfera.

Em vez de ligar o ar-condicionado, Duque dirigiu de volta à cidade com a janela aberta. Parou num posto de gasolina para urinar e dar um telefonema. Outra vez o jorro turvo, alaranjado. Ao atravessar uma ponte pensou com intensidade naquela mulher, em sua forma de sentar, com as costas totalmente retas, em seu pescoço comprido, seu perfil elegante, e aos poucos o círculo começou a se fechar diante de seus olhos.

Voltou ao hotel antes que a noite caísse. Tomou banho e trocou de roupa. Desceu ao lobby com sua capanga. Não o incomodou que sua calça estivesse amarrotada. No restaurante pediu uma sopa de tomate, não podia comer mais. Na recepção, perguntou a uma funcionária qual o endereço do White Flamingo. A mulher demorou um instante para responder, não parecia muito ágil no computador, mas finalmente lhe disse que ficava a vinte minutos de carro.

Mariela recebeu um telefonema pouco antes de pôr os pés na água morna. Tinha acrescentado a ela uma pitada de sulfato de magnésio, outra de bicarbonato de sódio e um jorrinho de glicerina. Era Xiomara. Informou-lhe que o sr. Alfonso acabava de lhe perguntar por um endereço no centro e depois havia saído do hotel. Quando a recepcionista ditou-lhe o nome do lugar, Mariela estremeceu. Meu Deus, primeiro a esfera de metal e agora isso. Tinha querido falar com ele no banco, mas não foi capaz. Como se começa uma conversa depois de trinta anos?

Não ia adiar mais o inadiável. Obviamente ele sabia que ela

o seguira. Era hora de ouvir de novo a voz de sua adolescência, de perguntar a ele por que ainda usava no pulso aquela horrenda pulseira de cobre que Ramiro tinha lhe dado, como se fosse um grilhão.

Encontrou um estacionamento com facilidade. Antes de sair da caminhonete retocou a maquiagem. Depois caminhou até o hotelzinho onde havia enterrado sua vida anterior. Um homem atrás de um guichê, pálido e com olheiras de tanto ver televisão no escuro, lhe indicou o número do quarto. Não teve de lhe dar uma nota nova, uma velha e engordurada bastou. No último momento, em frente à porta, Mariela olhou para suas unhas e um calafrio lhe percorreu as costas, igual ao que sentiu na madrugada que saiu desse mesmo lugar, com uma pequena maleta na mão. Bateu com força.

Ouviu passos e segundos depois a porta se abriu. Não havia visto as bolsas sob seus olhos quando estiveram sentados no banco. Depois lhe recomendaria usar calêndula. Duque lhe deu as costas e voltou para a cadeira marrom onde estava sentado. Sua colônia se misturava ao cheiro de cigarro e de sêmen velho do quarto. Mariela sentou num canto da cama, com a bolsa no colo. Usava meias pretas transparentes reforçadas no calcanhar, lisas, caras. Sua primeira intenção foi alisar a colcha mas se conteve. Ouvia-se lá fora a buzina dos carros, o alarme de uma joalheria. A luz de neon do White Flamingo entrava em lufadas pela janela. Duque foi o primeiro a falar.

— Achei que era uma dessas histórias de bairro, mas o fato é que é verdade.

— Como você está vendo.

— Como você se chama agora?

— Mariela.

— Que nome mais feio.

— E que tal Alfonso?

— Era o nome do meu avô.

— Não sabia. Mesmo assim é horrível.

A voz dele ainda era imponente, melodiosa e grave ao mesmo tempo, quase tão bonita quanto a do sacerdote que rezava a missa no colégio em que estudaram. Mariela tinha se confessado muitas vezes com ele só para ouvir sua voz.

— Já viu o Ramiro? Imagino que é por isso que você esteja aqui.

— Agora ele quer fazer negócios com minerais, uma rocha que se chama columbita-tantalita.

— É uma pedra preciosa, rara ou o quê?

— Não, nada disso. Serve para fazer chips. Celulares, computadores, trecos para carros, essas coisas.

— Que vontade de trabalhar que o Ramiro tem.

— Pois é. Eu lhe disse isso. Ele ainda tem muito dinheiro, sabe?

— E você? Tem dinheiro? Se casou?

Duque não respondeu. Olhou para os sapatos. Pareceram velhos. Mexeu-os como se houvesse formiga dentro deles. A impaciência tomou conta de Mariela. Queria comandar a conversa.

— Como você me reconheceu? Pela minha boca, meu pescoço? Você sempre quis me dar um beijo, mas nunca foi capaz. Achei que ia dar naquele dia, antes de conhecermos Ramiro.

— Não sou veado.

— Nem eu. Sou uma mulher, olhe para mim. Vê alguma coisa diferente, por acaso? Sempre fui, embora tenha tido que aguentar uns anos.

Duque se mexeu na cadeira. Sentia-se incomodado. Apoiou os cotovelos nos joelhos, passou a mão pelo cabelo. Olhou fixo para Mariela.

— Merda, você tinha tudo planejado, por isso ficou feliz quando ele nos disse que tínhamos um trabalho aqui.

— Está redondamente enganado. A ideia de escapar me veio à cabeça naquela noite, naquele lugar. Aconteceu, simplesmente aconteceu, aceite isso. Você não quis se encrencar com Ramiro. Sinto muito.

Mariela sabia que era tarde para as desculpas, mas não queria fugir outra vez. Tinha sentido falta dele esse tempo todo. Por isso o seguira. Devia ter lhe dito isso naquele momento, quem sabe então Duque teria acreditado nela.

— No bairro diziam que você tinha operado para escapar do Ramiro, para que ele nunca pudesse te encontrar. Você podia ter ido para qualquer lugar. Este país é grande. Você não tinha por que fazer tudo isso.

Duque assinalou vagamente a cara dela, seu peito e por último sua virilha.

— Também operou aí?

— Você não entendeu nada. Não operei para fugir do Ramiro. Não se lembra da Roberta Close?

— Claro que sim.

— Você a achava bonita, diga-o sem se envergonhar, superbonita. Acho que pareço com ela. Olhe como tenho pernas compridas. — Mariela as esticou meio de lado e aproveitou para olhar seus saltos pretos. — Minha voz sempre foi um pouco aguda.

— Se você tivesse nascido com um pomo de adão como o meu, não teria podido fazer nada.

— Imagino que você continue a odiá-lo. Odeia tantas coisas. Eu caí fora para não continuar odiando. — Ergueu a vista de novo. — Salvo aquele parque, suponho. Ainda gosta dele, não?

— E você? Por que me seguiu? Não ficou com medo? Por que veio?

Duque esteve a ponto de chamá-la de Jairo, mas se conteve. Os dois estavam cansados. A vontade momentânea de jogar se extinguiu.

— Sabe por quê? Porque ainda me lembro daquela regra babaca que prometemos cumprir.

— Qual? — perguntou Duque com genuína curiosidade.

— Você sabe muito bem qual. Você é que a estabeleceu. Nunca matar uma mulher. Eu achei uma bobagem, mas você sempre insistiu. Me dizia que tínhamos pelo menos de ter uma regra, uma regra só.

Mariela parou. Tinha ficado nervosa depois de ver os olhos de Duque, suas pupilas dilatadas.

— O que você vai fazer? Podia ficar aqui comigo. Ramiro não tem tanta influência como você acredita. Só em você. Quer voltar para quebrar umas porras de pedras? Você não tem nada por lá. Nada. Poderíamos ir para Los Angeles. Os atores são fascinados por relógios. Você poderia me ajudar a procurar uma referência do Patek Philippe. O 3449. Só há três no mundo. Se o encontrássemos, não precisaríamos trabalhar um só dia mais.

Duque não disse nada. A luz de neon entrou pela janela e iluminou metade de sua cara. Mariela olhou para a capanga e repetiu a pergunta.

— O que você vai fazer, Duque?

Por um momento hesitou. Mas a esfera de metal veio em sua ajuda. Falou com ela. Viu o futuro a seus pés mais uma vez. Era morte e destruição. Sacou o revólver. A pulseira de cobre brilhou. Disparou no centro do peito, no meio das duas próteses, debaixo da artéria que se avolumava em seu pescoço. Não foi capaz de lhe dar um tiro na cara, como Ramiro tinha ordenado.

A selva o esperava. Agora mais do que nunca teria de continuar tomando vitaminas. Não usaria meias, pensou. Andaria descalço.

1986

RODRIGO REY ROSA

Para Pere Gimferrer

1

Quando acordou, as formigas continuavam desfilando pela choça, mas já não passavam sobre seu corpo como faziam da última vez que abriu os olhos na escuridão, igual a um delirium tremens. Estava em algum lugar rodeado de árvores, cujos galhos eram sacudidos por um vento gelado, que parecia cair do céu, e ele jazia encerrado num quarto rústico, com teto de folhas de palmeira. Sentia frio e muita vontade de urinar. Onde havia passado as primeiras horas da noite? A luz fraca que entrava em forma de agulhas pelas fendas da parede tinha um tom rosa quase imperceptível. Era a lua? Tinha adormecido pouco antes do anoitecer, quando o céu cinzento já havia perdido as últimas cores. As formigas eram um presságio de chuva, lembrou-se.

Teve vontade de dar um grito. Porém, em alguma noite anterior, já havia feito isso — dar gritos —, longa, inutilmente, lembrou-se com uma surpresa sonolenta. Chegou à conclusão, mais uma vez, de que era prisioneiro. Mas de quem?

Nos últimos dias, a comida — feijão-preto e tortilhas camponesas de uma cor azul-esverdeada ou suco de milho frio com leite em pó e um estranho sabor mineral (que talvez fosse a razão das cólicas e gases horríveis, pensava o prisioneiro hedonista) — tinha sido mandada num prato de estanho, introduzido na cabana por uma pequena portinhola rente ao chão, em frente à qual se sentava para comer. Nunca soube quem lhe levava a comida, bem cedinho de manhã e ao anoitecer; só conseguia ver, pela portinhola, os pés calçados com botas de borracha e a mão que empurrava o prato. Filhos de uma grandessíssima puta, disse consigo, pensando em quem o havia trancado ali. O canto das rãs — supunha que eram rãs — parou de repente. Como se todas houvessem obedecido a um só sinal, pensou.

As gotas d'água sobre as folhas de palmeira, a princípio, lembravam um rufar de tambor surdo. Depois o ruído se transformou num vasto rugido, que de certa maneira o reconfortou: já lhe era familiar. Mas a vontade de urinar tinha se tornado insuportável. O balde fedorento que devia usar como latrina estava cheio. Pôs-se de pé para lançar o jato por uma fresta da parede; as gotas que lhe pingaram nas pernas e nos pés pareceram muito quentes sobre a pele gelada.

Começava a se acostumar com a choça escura de três por dois; havia passado ali bastante tempo. Sabia que um raio de sol filtrado pelas estacas cairia sobre a portinhola da comida e dos excrementos mais uma vez. Sabia que um bando de papagaios voaria acima da choça um pouco mais tarde. Mas quanto tempo passava entre um voo e o seguinte? Uma lagartixa apareceria mais cedo ou mais tarde entre as folhas do teto. Ou se ouviria o ruído de um rato que passava correndo por ali... Tudo isso já era conhecido. Mas a incipiente sensação de familiaridade também era irreal (as drogas), e sabia que seu relógio interno era um relógio alucinado. As horas — ou os dias, ou as semanas, ou os meses? —

haviam transcorrido entre as cortinas de uma névoa alucinógena. Não sabia quais drogas lhe haviam ministrado (e, aliás, quem eram *eles*?), mas supunha que o estado entre sonolento e meditativo em que se encontrava era efeito de alguma substância combinada com o ópio. Um ano podia contar como um minuto nessa lógica.

Foi com muita dificuldade que conseguiu trepar, numa daquelas tardes, como um sonâmbulo, por entre as árvores de uma trilha estreita, com um garrafão de água amarrado às costas — um castigo? —, enquanto outros jovens mais robustos que ele subiam com rapidez, no que devia ser uma espécie de competição. Tratava-se de ver quem transportava mais depressa a água de uma poça fria no fundo de um barranco até uma lombada desmatada, quilômetros acima, onde os guardas empilhavam os garrafões em estruturas de metal que lembravam alvéolos, e entregavam aos estudantes garrafões vazios.

Filhos de uma grandessíssima puta, disse de novo. Ia matá-los.

Com um cansaço quase prazeroso tornou a fechar os olhos. Dormiu um sono profundo até o amanhecer.

Ouviu-se um sino de igreja repicar. Não se sobressaltou, não se alarmou. O som tinha algo de alegre. Não se lembrava, naquele momento, de que o sino havia repicado ontem e anteontem. Imaginou que poderia ser um dia de domingo. Ou não dormira ontem à noite na mesma choça que nas noites anteriores (e sim numa quase idêntica) de onde não se ouvia o sino? Mas ontem estava longe demais, como se o tempo houvesse sido um túnel, um duto que se ramificava, se enredava e ganhava altura, e depois se desvanecia quando tentava examiná-lo. O sino continuava repicando.

Ao ouvir um ruído de passos que se aproximavam e, depois, batidas na porta de madeira espinhenta, se levantou. As paredes da pequena choça em cujo chão de terra nua jazia não eram as mesmas — as frestas não estavam em seu lugar...

— Já se acalmou — disse uma voz.

Não era uma pergunta nem uma afirmação; era uma ordem. Aquele homem cuja voz tinha ouvido antes, lembrou-se agora — mas de onde se lembrava? —, se comunicava quase exclusivamente no modo imperativo, e com acentuado sotaque americano. Suas perguntas também eram enunciadas em forma de ordens, pensaria depois o hedonista. Voltou a cair de costas, sem dizer nada.

O homem, cuja silhueta mal se distinguia através das frestas, bateu com força (com um bastão?) na portinhola de *tasiste.**

— Quando se acalmar eu volto — falou.

— Estou calmo — disse o hedonista.

— Muito bem. — Ouviu-se um ruído de correntes, uma chave que penetrava na fechadura de um cadeado. — Vou entrar.

A luz era muito suave. O homem era alto. Usava chapéu texano e uma camisa amarelo-clara; na cintura, um cassetete. E não era uma pistola aquilo que se avolumava sob a camisa, à direita?, perguntou-se o hedonista.

— Quem é o senhor? — disse e se aprumou no chão, tomando cuidado para não tocar a parede da choça com o ombro.

— Sou parte de uma equipe. Você não está bem. Tentaremos curá-lo.

Me curar de quê?, perguntou a si mesmo.

— Não estou doente. Me sinto bem.

O visitante não riu; conteve-se.

— Levante-se. O doutor já vem vê-lo.

O hedonista se levantou, bem devagarinho.

* Palmeira nativa da América Central. (N. T.)

— Muito bem, Dario.

— Darío — corrigiu. — O senhor não é médico?

O visitante fez uma careta para minimizar a importância da pergunta.

— Senhor — falou, e se surpreendeu enquanto articulava o protesto —, as formigas entram nesta choça e de noite passaram por cima de mim!

O outro soltou uma bufada.

— Elas gostam do seu sangue! — exclamou com uma intensidade maníaca; ou foi o que pensou o hedonista, que negou com a cabeça. — É o lixo que você tem no seu sistema. Quando o eliminar, não vão mais incomodar você.

— São saúvas — disse com calma, em tom sensato. — Vivi no campo e as conheço. Estou no caminho delas, e elas passam por cima de mim. Não picam nem mordem, mas são *incômodas*.

O visitante (ou antes, pensou, o Caubói) sacudiu a cabeça.

— Vamos — ordenou. — Hoje pode tomar o café da manhã com os outros, se quiser. — Olhou para o lado de fora por cima do ombro. — Diógenes vai trazer seu calçado e sua roupa. Depois vamos ouvir um pouco de música na sala de reuniões. Diógenes levará você.

Girou sobre um só calcanhar e deixou Diógenes em seu lugar, recortado contra a moldura da porta.

Diógenes era um homenzinho de pele escura e olhos cinzentos. Sua cara angulosa havia sido talhada à faca, pensou o hedonista. Sorria de modo incompreensível. Num braço, trazia uma trouxa de roupa bem dobrada e um par de botas de borracha; na outra mão, empunhava um facão comprido, sem bainha, que, como o hedonista supôs, levava sempre consigo.

Enquanto se vestia, o hedonista perguntou a Diógenes, que continuava de pé junto da porta, de costas para o interior:

— O que é isso? Uma prisão? O que foi que eu fiz para me manterem assim?

Diógenes se virou para encará-lo.

— Um sanatório. Não sei — respondeu. — Só estou ganhando a vida.

— Puta — disse-lhe o hedonista, e enfiou as botas; para sua surpresa, eram muito cômodas.

— Se já está pronto, vamos — disse Diógenes, com respeito.

O outro conhecia seu lugar, pensou o hedonista, satisfeita sua vaidade.

Enquanto subiam saindo de sua nova choça — que estava no que Diógenes chamou de "setor A" — para a sala de reuniões, pensou que aquilo não podia ser um sanatório. Diógenes era um simples campônio, não tinha nada de enfermeiro; e o Caubói não era um doutor. Iam por uma trilha entre árvores enormes, onde a luz era muito tênue. Numa bifurcação da trilha, passaram junto de um soldado camuflado (um *kaibil*?)* e o hedonista teve maus pressentimentos; estava num campo de detenção. A trilha os levou a uma clareira, onde, além da sala de reuniões, ficava o refeitório — um rancho aberto de cujo teto de folhas de palmeira enegrecidas se elevava preguiçosamente a fumaça de um fogão — e outra choça, um pouco maior que a dele, pensou o hedonista, que devia ser um armazém.

De um lado do caminho lamacento estava o sino, sustentado por uma viga entre dois pilares curtos, ao alcance da mão, sem proteção. Havia parado de soar, e agora só se ouviam os piados de vários pássaros, enquanto a bruma se desvanecia sobre a relva da clareira com os primeiros raios de sol. O ar era frio e úmido e recendia a terra molhada e a podridão vegetal.

* Soldado da tropa de elite do exército guatemalteco. (N. T.)

Em frente à sala de reuniões, um rancho circular, sem janelas e escuro como uma cabana africana, tinham se reunido vários guardas, os colegas de Diógenes, enquanto outros jovens, de roupa menos limpa que a dele, observou o hedonista, entravam na penumbra. Dentro havia uma pequena arquibancada de três fileiras, de madeira rústica, em forma de meia-lua. Pendurados no teto de folha de palmeira com fibras de pita, havia dois grandes alto-falantes. De repente, um possante órgão começou a soar. Bach ou Palestrina?, se perguntou. A música saía de um toca-fitas que estava numa mesinha de vime ao lado da porta, viu quando seus olhos se acostumaram ao escuro.

O efeito da música sobre ele — música que lhe agradava — foi estranho, surpreendente e também opressor, lá em cima, entre as nuvens e as árvores altas. Os outros jovens que já estavam sentados na arquibancada — uns vinte, as cabeças quase raspadas, inclusive a das mulheres, que eram seis — olharam para ele com curiosidade. Ele sentou na ponta de um dos bancos. De vez em quando se ouviam os tapas que os estudantes deviam dar em si mesmos para matar os mosquitos que os atacavam.

Um homem vestido todo de branco e com um medalhão em forma de estrela no peito entrou com ar solene pela porta. Seus olhos eram de um azul intenso, e seu olhar, realçado por um leve sorriso, parecia benévolo; esse homem era capaz da maior indulgência, queriam dizer seus olhos. Deu alguns passos diante da arquibancada. Havia algo de afeminado nele, decidiu o hedonista. Mancava, mas com muita discrição. Usava uma muleta, que podia se converter num assento de três pés. Os jovens, menos o hedonista, fizeram uma pequena reverência. De modo furtivo, um deles fez um gesto jocoso de estar levando a cabo uma vigorosa masturbação. O gesto harmonizava com a música.

A música parou e o homem de branco sentou à mesinha e fechou os olhos, satisfeito de si, como se a música houvesse sido sua, pensou o hedonista. O Caubói entrou e se plantou no centro da sala em frente à arquibancada. Dirigiu-se primeiro à sala em geral, com uma voz serena bem modulada, e em atitude paternal. Depois olhou fixo para o hedonista.

— Bem-vindo, Darío Alaluf, de San Pedro Sula, Honduras. — Uma pausa, risinhos entre os jovens, tosses. — Aqui todos estão doentes do espírito, ou da mente, mas vamos curá-los. Sua doença, seu *hedonismo* — olhou de novo para ele por um instante —, provém de uma grande ignorância. Vocês estão aqui para aprender. — Fez outra pausa, bem demorada, como que estimulando o protesto. — Me explico. Há regras que devem ficar bem claras e cuja quebra significa uma punição. As punições que vocês receberam e que sem dúvida receberão no futuro são parte de um plano e foram comandadas por um amor desinteressado, um amor universal e superior, não devem se esquecer disso. Vamos repassar agora algumas regras…

Enquanto o Caubói falava, o homem de branco ouvia com o rosto voltado para o alto, sem abrir os olhos.

— Em primeiro lugar — explicou o Caubói —, na área sob o teto da sala de reuniões é proibido que os "estudantes" troquem palavras. A punição por quebrar essa regra é a proibição de falar em qualquer lugar um dia inteiro. E a punição por não cumprir a punição é a duplicação do castigo. Também é proibido falar sobre o passado individual de cada um, ou cantar, ou se referir à pessoa do doutor diretor — o homem de branco — em qualquer circunstância.

Quando o discurso terminou, o homem de branco se levantou e foi para o centro da saleta circular, enquanto o Caubói ia sentar na arquibancada com os estudantes, que mantiveram um silêncio quase perfeito; não se ouviram nem risos nem tosses. A madeira dos assentos rangeu uma vez sob o peso do Caubói.

— Alguém tem alguma pergunta? — começou o homem de branco, mas ninguém se atreveu a dizer nada.

Falou depois sobre as formigas, sobre uma inteligência superior e sobre a alma coletiva. Não olhava para ninguém enquanto discursava, o olhar perdido em algum ponto acima da congregação. Ele não tinha opiniões, disse chegando ao fim, quando uma voz de mulher (americana) lhe perguntou o que pensava sobre a injustiça.

— O que é ser mulher, afinal de contas — disse ele, e fechou e abriu os olhos. — Do meu ponto de vista, é a mesma coisa que ser homem. Não há que pensar nessas coisas, não são parte da nossa natureza superior.

A música recomeçou. Como autômatos, os estudantes foram desfilando para a saída, e passavam perto do homem de branco, que tinha se postado a um lado da porta e lhes dava uma palmada no ombro a modo de bênção quando saíam. Uma das moças — uma loura gorducha com cara de poucos amigos — repeliu a palmada e começou a gritar e estapear. Dois guardas a derrubaram de costas e sentaram em cima dela no chão de barro.

— Primidona! — exclamou numa voz não muito alta um estudante, ao sair ao ar livre.

— Fenitoína! — replicou outro.

— Silêncio! — ouviu-se a voz do Caubói.

Não viram por muitos dias nem essa mulher nem o jovem da masturbação.

Nunca saberia quanto demorou para se acostumar com a rotina do suposto sanatório. O tempo, à parte o momento presente, continuava sendo um mistério. Mas logo descobriu que quase todas as regras podiam ser quebradas, contanto que nem o homem de branco nem o Caubói ou seus colaboradores estivessem por perto. Com os estudantes, a comunicação costumava se dar por meio de mensagens escritas: no chão de barro, na casca de uma árvore, numa folha de palmeira. E com alguns dos guardas podiam conversar durante as caminhadas.

O senhor de branco aparecia pouco por ali — às vezes numa mula, às vezes num helicóptero (militar?) que aterrissava numa clareira entre a sala de reuniões e a zona tabu, como chamavam a área habitacional para lá de uma paliçada — a fim de passar em revista e fazer um sermão (sobre o carma; ou sobre o fato de que, para o sábio, o céu não é azul; ou algum tema tão abstruso que ninguém parecia compreendê-lo). O hedonista havia notado que ele não largava a muleta e que andava sempre armado com uma pistola, ainda que de maneira dissimulada. Seu lugar-tenente vivia na casa grande da zona tabu, e não era tão rigoroso quanto ele, mas também andava com uma pistola.

Havia dois grupos distintos de estudantes: os norte e os centro-americanos (havia os da Guatemala e de El Salvador), que não se misturavam, salvo em raríssimas ocasiões — e algumas destas eram brigas corpo a corpo ou batalhas com paus, a que os guardas e os *kaibiles* deviam pôr fim —, à parte a sessão de música e as refeições. Os norte-americanos, uma dúzia, eram menos jovens que os outros; diziam que três deles haviam combatido no Vietnã. Um — era claro — estava louco: muitas vezes era visto perambulando, com seu guarda a certa distância, cheirando o conteúdo de uma bolsinha de plástico: seus excrementos, Diógenes lhe assegurou. O hedonista era o único hondurenho.

De manhã, com o som do sino, a vida começava no setor A. (Ele sabia que — para lá do setor B, em que havia passado uma porção indeterminada de tempo — existia um setor C, onde diziam que havia uma só choça para um só estudante, ou prisioneiro, mas deste, ao que parece, ninguém sabia nada. Ou será que já não havia ninguém lá?, perguntou-se algumas vezes. Talvez o estudante isolado tivesse morrido ou sido libertado ou fugido...) Antes do café da manhã, se reuniam religiosamente para a sessão de música, quase sempre teutônica, quase sempre de órgão.

2

Era um dos raros momentos em que se podia trocar palavras. De manhã cedo, o ruído do helicóptero havia anunciado a partida do homem de branco, e o Caubói sumira de vista quando saíam da choça circular, depois da música. Uma das mulheres dirigiu um sorriso ao hedonista, que tinha ficado um pouco para trás do grupo quando se dirigiam para o refeitório. Chamava-se Juliana. Era alta e corpulenta e atraente, pensava. Perguntou a ele em voz baixa:

— Você gosta desta música, não é?

Era. O lugar-tenente do doutor não tinha mau gosto em matéria de música clássica. Aquela manhã tinha posto o *Réquiem em ré menor* de Mozart.

— Gosto, sim — respondeu. — E você?

A mulher negou com a cabeça.

— Gosto de rock.

— Mas... — ele começou a dizer. — Claro, eu também. Não seria nada mau um pouco de rock pra variar. E você, por que está aqui?

— Meu pai me mandou pra cá, por causa das drogas.

O pai de Juliana, militar guatemalteco, não podia se permitir ter à vista de todos uma filha drogada, havia sido essa a explicação. Ela tinha de *se corrigir* de uma forma ou de outra. Iam interná-la num centro de reabilitação em Belize, à beira-mar. Seriam umas férias, disseram a ela. Na véspera da internação, a mãe tinha ido com ela comprar roupa de praia. Mas havia sido tapeação. Na manhã seguinte, dois policiais mascarados foram buscá-la em sua casa e, à força, a meteram num automóvel de vidros escuros. A caminho do Atlântico, deram-lhe álcool para beber, e ela estava certa de que a tinham drogado. Mal lembrava da subida, em lombo de mula, até o cume do monte San Gil, onde — informou ao hedonista — se encontravam.

— Em Izabal, sabe?

Era a primeira vez que ouvia o nome. De repente, enquanto falava em voz baixa com Juliana, tivera a brusca lembrança de um retrato de família: seu pai (adotivo) e sua irmã (sua mãe tinha morrido poucos anos antes) abraçados, olhando para a câmara, no jardim da casa materna.

— Quem é o senhor de branco?

— O chefão. Um gringo inglês. Um *grandessíssimo* filho da puta. Acredita ser Deus, o Benfeitor.

Haviam chegado ao refeitório. Um ganso emitiu seu trombeteio de algum ponto além da cozinha. Entraram em silêncio e sentaram à grande mesa com os outros, em frente de suas tigelas de leite em pó e suco fresco. Era difícil engolir aquele pó, mas todos o tomavam.

Uma tarde, enquanto na clareira ao lado do sino o Caubói e sua mulher cortavam o cabelo de três ou quatro estudantes sentados em pequenas cadeiras de vime, o hedonista e Juliana — que escaparam do olhar dos guardas — foram até o heliporto; os *kaibiles* que costumavam vigiar a área não estavam ali naquela tarde. As cigarras produziam um ruído ensurdecedor. Ela começou:

— Vamos cair fora, eu e Martín (um estudante muito jovem que acabara de passar algum tempo no setor B).

— Vão fugir?

— A-hã. Amanhã.

— Diógenes disse...

— Você acredita nesse canalha?

Tinha tentado violentá-la, lhe contou.

Pararam de andar; não se via ninguém. Um vaga-lume passou junto deles, lançando seu pequeno e inútil feixe de luz. Ficaram olhando para ele um instante, até que se perdeu entre as árvores e se transformou numa luzinha na penumbra.

— Posso ir com vocês? Qual é o plano?

— Sinto muito, cara — disse Juliana, com uma expressão contrariada. Não podia acompanhá-los. Eles tinham feito um trato, ela e Martín. — Você pode tentar fugir um pouco mais tarde. Te conto um pouco do plano.

Olhou para a direita e para a esquerda.

— Tudo certo — disse.

Era bom tentar no fim de semana, quando os guardas estavam menos atentos e não se carregava água, o que os deixava esgotados; de dia, para poderem se afastar do hospital com luz. Além do mais, como ele sabia, de noite lhes tiravam as botas, e fugir descalço era uma loucura. Martín, que havia tentado escapar cinco vezes nos três anos em que estava ali, chegara bastante longe em duas ocasiões; em ambas foi capturado por militares ou policiais ao pegar a estrada. Agora iam tentar se afastar na direção oposta, morro acima no início, seguindo um dos riachos que nasciam no cume. Do outro lado estava o caudaloso rio Dulce, entre o lago de Izabal e a baía de Amatique, no Caribe, e em sua orla havia povoados de gente *kekchi*, tradicionalmente inimizada com os fazendeiros locais, os gringos e os militares. Tinham a esperança de que eles os ajudariam a se esconder e a escapar. Martín já conhecia toda sorte de plantas comestíveis e de cipós-d'água, de modo que isso — falou — não era um problema. Podiam inclusive se alimentar de *jutes*, uns caracóis escuros que abundavam nos riachos, e peixes. O hedonista também sabia quais plantas e frutas podiam comer; em Honduras, seu pai tinha uma fazendola em terra quente, e ele havia passado boa parte de sua infância lá, disse a Juliana.

— Nós dois levamos quatro facões — ela prosseguiu. Martín, na última tentativa de fuga, só levava um. Ao partir um palmito, o facão se quebrou. — Se ferrou, mano.

Tudo ia depender — disse por último — de como os recebessem na primeira aldeia ou casario que pensavam encontrar. Chamava-se Río Bonito, e sua gente era cem por cento *kekchi*.

3

Diógenes havia assumido o papel de professor. Durante suas caminhadas até a Poça Fria ou quando o acompanhava ao setor A, onde tirava as botas dele e o trancava em seu *separo* — como o pessoal chamava as choças cercadas de arame farpado — dava suas pequenas lições. Além dos brotos de palmito e das frutas do *ujuxte* que pareciam pêssego, uma árvore grande que não conhecera em Honduras, mostrou-lhe a forma das folhas de uma planta cujos frutos eram tóxicos.

— Sua barriga fica inchada assim, se você comer essas bagas — falou. — Leva dias para morrer, com grandes dores.

Havia contado os dias transcorridos — incisões nas estacas de *tasiste* — a partir da fuga de Juliana, um domingo ao meio-dia. Naquela manhã, ela não ficou para trás no grupo como de costume, e evitara falar com ele. Durante o café da manhã, o hedonista observou os dois dissimuladamente. Uma hora, pareceu-lhe que Martín escondia umas tortilhas debaixo da camisa. Juliana tinha se levantado para se aproximar do fogão, ao redor do qual as cozinheiras estavam reunidas. Dona Aura, que era mulher de Diógenes, uma mestiça bem-apessoada, caolha e alegre, havia soltado suas gargalhadas altas enquanto conversavam. Juliana lhe perguntou alguma coisa sobre a lua e a chuva. Ia chover aquela noite, lhe disse a outra; tinha visto as formigas e a lua crescente, e as pontas de seus cachos apontavam para baixo, riu-se. A chuva era boa, pensou o hedonista hondurenho: apagava as pegadas.

Fizera vinte e uma marcas nas estacas, e ninguém parecia saber nada sobre o paradeiro do par de estudantes fugitivos.

Perto do armazém, que os americanos chamavam de "o inventário", tinha visto em várias ocasiões uma menina de uns doze anos, que diziam ser filha do enigmático homem de branco. Era pálida e usava umas tranças grossas que lhe chegavam à cintura. Uma manhã, depois do transporte de água, o hedonista a viu na porta do inventário. Levava na cintura um facão curto. Ele ficou para trás do grupo de estudantes e se aproximou dela. A menina o fitava com uma cara sem expressão.

— Olá — disse a ela. — Como vai? Me chamo Darío.

Por fim a menina sorriu.

— E eu Laurel — disse.

— Quantos anos você tem, Laurel?

— Onze.

— E já usa facão?

A menina fez que sim com a cabeça.

— É preciso — disse. — Por causa das cobras. E dos ratos.

— Ratos?

— Às vezes chegam aos montes. Outro dia, aqui — disse e olhou para dentro do inventário —, matei mais de vinte.

— É mesmo? Com esse facão? Que horror! — disse o hedonista, e fez uma cara de nojo.

A menina deu uma risadinha.

— Um horror mesmo — disse, e seu narizinho sardento se franziu.

— Você fala espanhol muito bem — disse ele. — Onde aprendeu?

— Com os guardas.

O Caubói soltou um grito, do refeitório.

— Voltaremos a falar, não é, Laurel? — disse ele à menina.

— Estou proibida, mas tudo bem — respondeu a ele, e seu narizinho voltou a se franzir.

Era uma espécie de sorriso, decidiu o hedonista.

— *Laurel! Watch out!* — gritou o americano às suas costas.

Laurel entrou no inventário sem dizer mais nada.

Chegou o dia em que, graças ao transporte de garrafões de água, se sentiu em forma.

Ao empreender a fuga, era preciso evitar os caminhos mais frequentados, por onde os *kaibiles* faziam suas rondas, e que eram dois. Um descia a vertente sul do morro e levava a uma aldeia chamada Los Ángeles; o outro, a oeste, atravessava uma fazenda de gado, propriedade de um militar, Juliana tinha lhe avisado. Melhor seria ir abrindo passagem morro acima, sem deixar rastros, o que não seria fácil. Cortar um palmito ou um cipó podia te delatar, dissera-lhe Juliana. Havia sugerido seguir o curso de um riacho, onde as pegadas se apagavam rápido e, na hora de buscar alimento, afastar-se da água.

Tornou a ver Laurel em frente ao templo uma manhã, depois da música.

Aproximou-se como da primeira vez.

— Olá, Laurel.

— Olá.

— Gostei do seu facão — disse a ela.

A garota tocou no cabo do facão que carregava numa bainha de couro pirogravado: uma pirâmide maia, um quetzal. Do indicador da mão esquerda, o hedonista percebeu, faltava a metade.

— Não posso te dar.

— Claro.

A menina olhou para ele.

— Você vai escapar?

— Pss! — fez ele, surpreso, e olhou ao redor. — Vou.

— Eu também vou escapar um dia.

— Pode me ajudar a arranjar dois facões?

— Não sei. — Olhou para o chão, traçou um semicírculo com a ponta da bota. — Posso tentar.

— Verdade?

A menina fez que sim.

— Você é um anjo — disse o hedonista.

A menina franziu o nariz e baixou os olhos para o chão.

— O que foi? — Olhava para o dedo mutilado.

— Um cavalo. Carma. Por eu ter mostrado o dedo do meio, disse *father*.

— Não pode ser! — fez ele. — Um cavalo te mordeu?

A menina assentiu com um rápido movimento da cabeça.

Foi numa quarta ao meio-dia que voltou a falar com ela. Cruzaram-se na clareira, a caminho do refeitório; a menina estava meio escondida atrás do sino. Diógenes tinha avançado e conversava com dona Aura, que soltava gargalhadas à menor provocação.

— Já arranjei — disse a menina. — Estão na última virada do caminho do rio Frío. Atrás de uma pedra redonda. Debaixo de umas folhas.

Agradeceu; era mesmo um anjo, disse a ela.

— Boa sorte — replicou a menina, com uma intensidade que o surpreendeu.

4

Como seus predecessores, afastou-se do hospital ao meio-dia, enquanto os guardas almoçavam. O riso de dona Aura, aquelas gargalhadas alegres e alopradas que lembravam a voz de um papagaio, foi o último som humano que ouviu, antes de se embrenhar por entre as árvores.

Enquanto se afastava do setor A, imaginava a reação dos guardas e dos outros membros do pessoal. Viriam logo atrás dele? Quantos sairiam em sua perseguição? Que direções tomariam? Confiava em que não o seguiriam morro acima, como não haviam seguido Juliana e Martín.

Desceu até a Poça Fria (onde na véspera os guardas haviam afundado o americano da sacolinha de excrementos até fazer que se cagasse todo e desmaiasse; segundo Diógenes, uma espécie de exorcismo; ou uma forma extrema de punição?) depressa, correndo quando o terreno permitia. Deu escorregões no chão molhado, caiu no mato e acabou na lama mais de uma vez. Os facões estavam onde esperava, debaixo de umas folhas. Para lá do poço, durante as primeiras horas, seu curso foi ascendente. Em pouco tempo começou a ofegar; perguntou-se se na verdade estava em forma para a fuga que empreendia. E qual seria a punição se o pegassem? (Carregava dois facões, pelo menos.) Avançava um instante pelo leito do riacho, onde ia catando *jutes* (não conseguiu pegar nenhum peixe), e depois se afastava da água em busca de bagas, brotos de palmito e frutos de *ujuxte*. Dormiu a primeira noite trepado numa árvore de tronco bem grosso. Foi acordado pela bicada de um pica-pau, pertinho acima de sua cabeça. Depois de picar o tronco, o pássaro rodeava-o com rapidez para ver se algum inseto oculto sob a casca saía ao sentir as batidas, agarrava-o com o bico e o engolia. Passou a noite seguinte ao pé de uma pedra enorme, que conservava um pouco do calor do dia. Amanheceu com névoa, mas o sol não demoraria muito a dissipá-la. No meio da manhã alcançou o alto do morro, e ao longe, ao norte, pôde ver a costa e, coberto ainda em parte por um vasto manto de névoa ao pé do San Gil, a foz do grande rio.

5

A descida foi mais árdua que a subida; passada a crista do morro, chegou à beira de um penhasco, que teve de contornar. Será que não o estavam seguindo?, perguntava-se de vez em quando. A água, depois de deixar para trás o riacho, começou a lhe fazer falta. Agora estava em terra quente. Recorreu aos cipós-d'água, que cortava com um facão. Será que os cortes, cada vez mais frequentes, não o delatariam? Ao entardecer, os pernilongos o atacaram. Naquela noite dormiu muito mal e temeu ter febre. Na manhã do quinto dia avistou, perto da margem do rio, do outro lado de uma colina com um milharal, os tetos de folha de palmeira de uma pequena aldeia. No sexto dia, depois de esconder um dos facões entre as raízes de uma paineira nas imediações da aldeia, se aproximou das casas, temeroso. Um porquinho preto andava por ali, farejando o chão. Depois uma mulher (devia ser *kekchi*, com aquelas largas anáguas azuis e a blusa branca que não ocultava o umbigo) cortou-lhe a passagem e olhou para ele com estranheza, assustada talvez.

— Bom dia — disse o fugitivo. — Venho em paz. Preciso de ajuda.

A mulher falava pouco espanhol. Pôs-se a gritar, e pouco depois apareceu atrás dela um adolescente de olhos muito grandes que, ele sim, falava espanhol.

— O que deseja? — perguntou.

O fugitivo repetiu:

— Preciso de ajuda.

O rapaz falou em sua língua com a mulher. Depois:

— Os outros senhores disseram que talvez viesse alguém como o senhor.

Com alívio seguiu os *kekchis* até uma das casas, na qual o convidaram a entrar. Ofereceram-lhe assento numa rede desfiada e lhe deram uma taça de suco e tortilhas com sal, que ele devorou.

Como Juliana tinha lhe dito, aquela gente não gostava de seus vizinhos americanos do outro lado do monte, nem dos peões mestiços e dos soldados que tinham às suas ordens e que os impediam de subir para caçar por lá. Estavam dispostos a ajudá-lo a continuar a fuga.

Mostraram a ele uma poça de água morna e verde, deram-lhe um sabonete, uma toalha puída e até um aparelho de barbear descartável que parecia novo e que o estudante fugitivo agradeceu com efusividade. Sua roupa estava esfarrapada, mas lhe deram uma muda limpa que, fora a calça que lhe chegava ao tornozelo, não ficou tão mal. Ao se barbear, mirou-se num espelhinho lascado. Quanto tempo fazia que não se olhava num espelho? Tinha a cabeça quase raspada e uma barba de cinco dias; nunca havia se visto assim, e não gostou muito do que viu. Serviram-lhe um abundante almoço de feijão-preto e arroz, e de noite compartilhou com os índios um peru silvestre com molho de urucum.

Passaria na aldeia trinta e seis horas, calculou. Falou por um longo tempo com o rapaz de olhos de gamo, cujo nome era Calín; aprendeu o cumprimento *kekchi*, dirigido ao coração. ("Como está teu coração", dizia. Ou cantava. *Ma saa laa ch'o'ool?*) Na manhã da segunda noite que dormiu ali, deu de presente para a família do rapaz os dois facões que Laurel tinha lhe dado, e depois dois homens o levaram numa canoa a remo rio acima — remavam com rapidez, a fim de deixar para trás as encostas verdes e azuis do San Gil, que parecia uma grande onda a ponto de rebentar, e passaram junto de uns pescadores de idade diversa que, de pé em canoas diminutas, com excelente equilíbrio, jogavam suas tarrafas, em frente a pequenas enseadas onde veleiros de recreio e iates brancos estavam ancorados na água verde e quieta — até o povoado chamado Río Dulce, que se estendia ao pé do lado ocidental da grande ponte da estrada que une Petén a Izabal, onde se despediram.

6

Agora era um X duplo, um homem sem documentos que subiu devagar por uma ruazinha lamacenta, em cujo centro serpenteava um filete de água suja e fedorenta, na qual teve o cuidado de não pisar com os tênis de couro de paca, presente da família de Calín. Nunca haveria imaginado tanta generosidade da parte dos índios, ia pensando, e no entanto a encontrara, e isso alegrava — como diriam eles — seu coração.

Pegou a estrada, que também era a rua principal do povoado e que se transformava numa enorme ponte de concreto armado, que parecia pertencer mais ao futuro que ao presente. Será que alguém o esperava ali?, se perguntou. De um lado e de outro da rua estavam apinhados uns tantos comércios: pequenos mercados, barraquinhas de comida, duas ou três lojas de ferragens, uma pequena agência bancária. Caminhões de cana ou de gado, ônibus de passageiros que, pelas janelas, compravam guloseimas de vendedores vociferantes, e jipes e picapes caindo aos pedaços rodavam com grande lentidão entre as pessoas. Com seus motores e pneus superaquecidos faziam que o calor, já excessivo, aumentasse. Dois mochileiros, um deles com uma máquina fotográfica, pareciam em busca de algo pitoresco naquele lugar feioso, que antes da construção da ponte deve ter sido apenas uma aldeia de pescadores.

Fantasiou a ideia de sujar a cara com um pouco de terra, transformar-se em pedinte. Quanto será que custava a passagem até Bananera, o povoado à margem do Motagua (onde começava Honduras)? Perguntou a uma vendedora de frutas e refrescos. Trinta quetzales, lhe disse a mulher. Uma caminhonete passava por ali às três da tarde, acrescentou, vinda de Petén, e apontou na direção oposta à da ponte.

Viu voltarem os mochileiros da câmera, que rua abaixo haviam entrado na agência bancária, em cuja porta estava postado um *kaibil*. Quando passavam a seu lado, ouviu que falavam em francês e decidiu segui-los. Ele falava um pouco de francês, e isso era muito bom, pensou.

Seguia-os a certa distância, e os perdeu de vista um pouco antes de chegar ao lugar onde o caminho se elevava para se transformar numa ponte. De um lado do aterro havia uma ruela estreita que descia até o rio. Perto da margem havia vários quiosques de comida. Num deles, uma barraquinha pintada de cor de laranja, duas estrangeiras estavam tomando cerveja. Os mochileiros reapareceram vindos de trás de uma guarita e foram se reunir com as mulheres.

Desceu pela ruela, que era fresca por causa da sombra e fedia a fruta podre. Aproximou-se devagar do quiosque. Uma das mulheres era uma autêntica beleza, pareceu-lhe, suas pernas e braços brilhavam com algum creme. Ao vê-la, sentiu o sangue pulsar. Esperou os homens sentarem e chegou ao lado da mesa. Falou:

— *Bonjour*.

Era difícil não dirigir os olhos para as pernas brilhantes da afrodite, mas não queria causar má impressão e conseguiu manter o olhar no nível das cabeças.

— Não quero incomodá-los. Aconteceu uma coisa incrível comigo...

Os quatro estrangeiros se entreolharam, um pouco alarmados.

— *Non, merci* — disse a afrodite, que ele, debilitado, olhava nos olhos. Afastou o olhar.

— Por favor, estou em perigo — disse em seu francês rudimentar. — Posso explicar.

— Deixe-nos em paz — disse ela, sem encará-lo.

O fotógrafo tinha se inclinado para ele em atitude de escuta; pôs-se de pé.

— *Venez* — disse-lhe, e começou a se afastar da guarita em direção à margem, sem que os outros aprovassem nem se opusessem. — *Bien. Je vous écoute*.

Deram alguns passos até a água. Na margem lodosa do rio, um rapaz de traços dravidianos estava sentado numa pedra, consertando uma tarrafa. O sol já estava no alto e picava a pele quando seus raios não passavam pelo filtro de alguma nuvem.

O pedinte improvisado começou a contar ao outro uma versão muito abreviada de sua vida. Seu pai era um burguês tirânico, dono de fazendas e, ainda por cima, juiz. (Mãe, não tinha mais.) Ao terminar o colegial, não quis estudar nem trabalhar. A única coisa que lhe interessava era ler e escrever poesia, negava-se a fazer outra coisa. Isso o havia inimizado com o pai. Além do mais, gostava de fazer experiências com drogas. Depois de ser descoberto durante uma viagem alucinógena, foi mandado para uma instituição de Honduras, sem resultado. Continuou experimentando. Muito. Há coisa de um ano, talvez mais, tinha sido sequestrado depois de uma noite de porre. Acordou seminu no chão de uma choça, a porta trancada com corrente e cadeado... Esse lugar, um suposto sanatório, ficava na montanha que se via — o cume azul com seu mutável capuz cinza de umidade — para lá da ponte e que era mais alta e estava mais longe do que parecia. Tinha conseguido escapar! Temia que o estivessem perseguindo. Estava com medo de falar com as autoridades — como sugeriu o francês —, porque tinha certeza de que o mandariam de volta ao falso sanatório, que era vigiado por *kaibiles*. Tinha amigos em San Pedro Sula, Honduras, e a única coisa que queria era voltar para lá. Não podiam ajudá-lo a chegar até a fronteira? Do lado de lá, ele podia se arranjar. Sabia que era possível atravessar o Motagua sem ser detectado, e não teria problemas para chegar a San Pedro...

— *Et qu'est-ce que vous voulez que je fasse?* — perguntou o fotógrafo.

— Preciso de dinheiro pra passagem.

Aonde ia? Quanto custava a passagem?

O pedinte explicou que ia para Bananera, uma plantação fronteiriça; cinquenta quetzales lhe bastariam.

O fotógrafo olhava para a água; o sol se transformava em moedas de ouro que cintilavam nervosamente na superfície. Enfiou a mão no bolso da calça, tirou um moedeiro de borracha. Abriu-o e tirou um rolinho de notas, desenrolou-as e pegou uma nota cor de laranja.

— *Tenez* — disse, e a estendeu ao pedinte, que agradeceu e guardou a nota.

— Venha — disse o outro. — Convido-o a uma cerveja, se quiser.

Subiram até o quiosque.

— Posso tirar uma foto sua? — quis saber quando ainda estavam sob o sol.

— Não, por favor.

— Bom, vamos.

Os três ou quatro passos que esperou para continuar andando atrás do fotógrafo foram suficientes para decidir que não queria a cerveja. Os outros três lhe davam as costas. Passou ao largo da barraca com um olhar oblíquo e ergueu a mão acima da cintura para dizer adeus. Não tornou a olhar por cima do ombro.

Chegou até a rua principal. Viu passar uma patrulha militar, rumo a Petén, e em vez de seguir pela ponte se foi estrada abaixo, as mãos nos bolsos, cabisbaixo, pensativo. Os *separos*, lembrou-se. Tinha visto um estudante acorrentado a uma árvore; por um dia inteiro ouviram-se seus gritos no setor B.

Outros turistas desciam pela rua. Americanos, diziam seus bonés de golfe e suas bermudas. Pensou em lhes pedir mais dinheiro, mas se absteve. A um homem de aspecto rústico que passava a seu lado, perguntou:

— Desculpe, senhor, que dia é hoje?

— Sábado, dez.

Ainda não era meio-dia. Com um pouco de sorte, cruzaria a fronteira antes do anoitecer e podia chegar a San Pedro no domingo às onze da manhã. Onze era seu número de sorte, e domingo era um bom dia para chegar em casa, pensou. O ano, acabava de ficar sabendo, ao passar ao lado de um jornaleiro: 1986.

7

Sentado bem atrás do motorista num velho ônibus caindo aos pedaços, adormeceu. Como através de uma espessa névoa viu uma fila de jovens, cada um com um garrafão cheio de água nas costas, que subiam por uma trilha entre as árvores e depois se lembrou das formigas que carregavam nas costas folhas cortadas — o material que, uma vez decomposto, seria um cultivo de fungos, alimento delas, no interior dos montículos... O ar quente entrava em rajadas pela janela; o cheiro de cana podre, excremento de vaca, pasto, tudo isso agia como um bálsamo que o impedia de se lembrar da ira, por momentos.

Chegaram a Bananera com o sol candente das três. O ônibus parou numa praça aberta. Os passageiros desceram e se dispersaram em várias direções. Era um povoado sujo e barulhento — alto-falantes evangélicos, rumba, vendedores —, o mato crescia nas ruas e havia fragmentos de lixo plástico presos no mato. O pedinte se dirigiu a uma vendinha de refrescos numa ligeira elevação do terreno. Do outro lado estava o Motagua, um cordão marrom no meio de morros de vários tons de verde.

Tomou um refrigerante, bem depressa.

— Me dá o troco em lempiras? — perguntou ao pagar.

— Com muito gosto.

Olhou para o outro lado do rio, onde começava Honduras.

— Ouça.

— Diga.

— Por onde se pode passar?

O vendeiro indicou um lugar impreciso às suas costas.

— Daqui pra lá a passagem é livre, desde que a imigração não te veja. Do contrário custa um pouco mais.

Ainda havia bastante luz no céu quando chegou a uma prainha de areia grossa e cinzenta, que rangeu sob seus pés. Antes de ver o cadáver, a brisa o golpeou com o cheiro; uma vaca morta, o couro inchado como um globo, perto da água. Dois urubus estavam puxando suas entranhas pela parte traseira e davam pulinhos ao trabalhar. Bruxas animais, ele pensou (teria lido?), ou freiras artríticas; talvez pudesse compor, com aquela imagem, algum poema.

8

Atravessou o rio sem dificuldade, com a água mansa um pouco acima da cintura. Um grupo — duas mulheres e três homens — olhava para ele de uma elevação coberta de pasto, do lado hondurenho. Não disseram, não fizeram nada. Talvez — pensou — estivessem esperando sua hora para atravessar, quando já houvesse menos luz, em direção contrária, rumo ao norte. Ele tampouco queria fazer contato. Continuou andando.

Uma trilha de cavalgaduras conduzia pelo costado do morro de pastagem. Subiu por ela, depois desceu e continuou andando mais além, pela planície, entre novos seringais e plantações de palmeira africana, onde só se ouvia o canto das cigarras. Duas horas depois — com a última luz — se achava nos arredores de um povoado. À esquerda e à direita, sob as bananeiras ou à sombra de um cedro ou de uma paineira, havia casinhas de madeira e de bloco pintadas de cor de sangue ou de um azul intenso, de turquesa ou de rosa. No campo de futebol, no centro do povoado, o lixo multicor tremia com a brisa. Um sol vermelho afundava mais além das copas das árvores altas.

— Como se chama este lugar? — perguntou a um menino que brincava com uma bola de trapo.

— Las Margaritas.

— Sabe a quanto tempo estamos de San Pedro?

— De ônibus? Três horas, mais ou menos.

— Tem onde dormir aqui?

O menino fez que sim. Ao lado da venda de dom Lencho, que ficava do outro lado do campo, davam pousada.

9

Na venda de dom Lencho, tomou de café da manhã um suco de abacaxi. Pegou o primeiro ônibus para San Pedro. Chegou às nove em ponto.

Como todos os domingos, sua irmã levaria o pai para dar um passeio, que incluiria almoço, na fazenda de café que tinham nos arredores de San Pedro, a caminho de La Ceiba. Salvo talvez o Bobby, um velho pastor-alemão, a casa estaria vazia até bem entrada a tarde.

Embora houvesse pensado em ir ao mercado do bairro e usar ali as últimas lempiras para tomar um café de milho e comer umas tortilhas, decidiu nem sequer se aproximar do bairro. Alguém, um empregado da vizinhança, uma criada, um vago paroquiano poderia reconhecê-lo, e não queria correr esse risco. Melhor seria perambular pelo centro, embora tivesse de aguentar um pouco mais a fome. Teria tempo de sobra para preparar uma boa comida na cozinha de casa. Depois tomaria um banho demorado em seu banheiro, vestiria sua roupa limpa e disporia das suas coisas, como lhe cabia.

A casa paterna — que na infância e também no começo da adolescência ele havia usado para impressionar algum amigo, pois era uma casa senhorial, rodeada por um amplo jardim que, pensou agora, era como uma bolha de selva — era oculta aos olhos do público, no fim de um beco. Ninguém o viu chegar até ali na manhã cheia de passarinhos, nem pular — com a prática de vários anos — a grade de ferro pintada de branco. O cachorro não estava; vai ver que morreu, pensou. O canto dos *zanates* chegava até ele do grande pé de lichia que seu avô materno, agrônomo, havia plantado quase um século atrás. Ficou um momento olhando, da calçada de cascalho branco, a fachada da casa, que estava como que recostada num promontório de terra arenosa vulcânica que fazia pensar num montículo maia. Os patamares de uma escada semicircular subiam por entre as árvores — pés de pitanga, lichia, jabuticaba, abacate — até a estrutura de madeira branca estilo Nova Orleans, de forma octogonal e telhado de várias águas e telhas verdes. O juiz era então o dono da casa, havia sido desde a morte da mãe; mas isso, disse ele a si mesmo, estava para mudar.

10

No jardim, ele era outro. Aspirou o ar com todas as suas forças até lhe doer nos pulmões. Subiu correndo os degraus do terraço e, depois de verificar que as portas-balcão estavam trancadas, trepou até uma das janelas superiores (com movimentos de felino, pensou, orgulhoso de sua boa forma física), forçou uma das folhas e derrubou a tela de um só golpe. Primeiro passou uma perna, depois o torso, a outra perna e se deixou cair na sala. Ali, como havia esperado, entre uma rosa branca e uma vela, numa espécie de altar em cima da lareira, havia uma foto de sua mãe. A mãe ainda moça, formosa, sorridente, antes de conhecer o juiz.

Aproximou-se para beijá-la na testa através do vidro frio; depois enfiou um dedo na cera derretida ao redor da chama e untou a própria testa — um ritual simples, secreto e curiosamente reconfortante.

Da sala, passando pelo corredor de parquê de mogno e ipê,

dirigiu-se a seu quarto, sentindo-se feliz no casarão vazio, que havia sido seu desde a infância e que o juiz e sua filha tinham depois tornado inabitável para ele.

Deteve-se em frente ao gabinete do juiz. Era uma pequena biblioteca bem mobiliada, com as paredes forradas de códigos jurídicos e volumes de história. Entrou e deixou-se cair numa poltrona de couro preto, em que afundou. Pôs-se a xeretar nas gavetas da grande escrivaninha de madeira negra, que desde sempre lhe foi um objeto hostil. Uma delas estava trancada; não foi difícil forçá-la. Dentro, como havia esperado, encontrou pilhas de papel, um cofrezinho (que nem tentou abrir), um livro de contas, um revólver. Pegou um maço de papéis e pôs-se a examiná-los. Havia três cartas de um tal de dr. Burden, datadas de entre 1984 e 1986, que leu com crescente interesse. ASPREJO — Associação para a Reorientação de Jovens — era o nome do lugar do qual havia escapado, averiguou. Pôs-se a folhear um prospecto dela. Bangalôs atraentes, cavalos de sela, jovens que pareciam contentes. O diretor do hospital utilizava métodos naturistas combinados com exercícios espirituais, terapia musical e outras técnicas inovadoras, e sobretudo garantia total discrição. O juiz pagava o doutor com generosidade para que o mantivesse naquela prisão, descobriu o hedonista. Leu uma ficha clínica (de outro sanatório) encabeçada por seu próprio nome:

> O paciente evidencia um caso típico de transtorno afetivo paranoico. Apresenta eventos alucinatórios e delírios místicos e de grandeza. Embora de natureza hedonista, é desconfiado, mentiroso e vingativo. Seu complexo de inferioridade, que é em grau patológico, pode ser atribuído a certas características genéticas notáveis: herança indígena, semítica e negroide. Recomenda-se a administração imediata de medicamentos antipsicóticos e calmantes. (To-

razina e semelhantes.) O tratamento é complicado; a duração, indefinida, e duvidosa a prognose.

Fazia quase dois anos que o juiz pagava o dr. Burden — que na realidade não era médico, conforme averiguou depois — por sua reclusão.

O livro de contas, que estava no fundo de outra gaveta, lhe disse o que ele queria saber: ia se transformar num homem riquíssimo.

11

Com um renovado ataque de fome, em vez de ir para o quarto, foi para a cozinha. Abriu a geladeira, viu que estava cheia e tornou a fechá-la. Entrou na adega e saiu armado de um pé de porco e uma garrafa de vinho tinto, que deixou na mesa da despensa. Ia — pensou — fazer por fim uma comilança. Voltou à cozinha e abriu a geladeira mais uma vez.

Mais que satisfeito, dirigiu-se ao banheiro. Deixou a água correr na banheira, pôs-se a assobiar; a água começou a soltar vapor enquanto ele ia se despindo. Temperou-a com água fria. Inclinou-se sobre o vaso sanitário e vomitou um pouco de comida excessiva — queijo, fruta e vinho tinto. Lavou a boca e entrou na água, onde ficou momentaneamente adormecido, até a água esfriar.

Transbordando de bem-estar (de um modo quase mágico), depois do banho entrou em seu quarto. Tudo estava no lugar. Tirou roupa limpa do closet, vestiu-se.

Revistou as gavetas de sua cômoda; tirou um maço de notas e vários documentos: carteira de identidade, passaporte, carteira de motorista. Deixou lá sua caderneta de poupança, um talonário de cheques, uma agenda. Agora as lembranças se acumulavam em sua cabeça. Com um ligeiro enjoo, caiu de costas na cama e ficou olhando para o teto, com as mãos entrelaçadas atrás da cabeça. O resto apareceria nos jornais e é verificável. O juiz e sua filha morreram misteriosamente nas chamas aquela noite.

Darío Aluf, que atravessou de novo a fronteira clandestinamente na noite do incêndio, viveu apartado do mundo, em San Andrés Itzá, Petén, por três anos. Depois, declarado herdeiro universal do juiz, já que não tinha mais irmãos nem parentes, voltaria a se instalar em Honduras. Hoje, passados mais de vinte e cinco anos (Burden morreu de velho; o falso sanatório foi abandonado e esquecido), pode contar sua história — embora não queira revelar seu nome verdadeiro. Como diziam os próprios códigos jurídicos que alimentaram as chamas no gabinete do juiz, o parricídio é um crime prescritível, e a lei não pode, e talvez tampouco queira, recair sobre ele nem mesmo tocá-lo, pois Darío se tornou uma pessoa honrada e de respeito, como se diz por aqui.

Emunctórios

RODRIGO BLANCO CALDERÓN

Para Hermán Sifontes

Esta história ocorreu em julho de 2012. Fazia dez anos que eu não ia à Venezuela, e era o quinquagésimo aniversário da primeira edição de *A cidade e os cachorros*. Embora pareça absurdo, a segunda data é a que importa.

Ao acordar e ver as costas de Sofía, eu me disse que era preciso voltar de muito longe, ser, de alguma maneira, outro, para que essa cachorra fosse para a cama comigo. Mas é mentira. Isso eu penso agora, quando não posso tirar da cabeça "as cachorras, as cachorras", como as chamou o comissário Cursio. No momento, as cólicas não me deixaram pensar nada e mal tive tempo de chegar ao banheiro.

O coquetel da embaixada tinha me caído muito mal. Também podem ter sido as cervejas que tomamos depois. Vá saber. O país inteiro me caía mal. E eu também lhe caía mal. Por esse motivo, ao voltar desta vez acabei indo preso e por isso mesmo não penso em voltar mais.

Abaixei a alavanca da caixa da privada e me obriguei a olhar para o conteúdo do vaso, como se quisesse me lembrar que uma vez também fui *aquilo*. Assomei um instante no quarto para ver se Sofía tinha ouvido (ou sentido o cheiro de) algo, mas um novo espasmo me fez voltar. Lembrei-me então da advertência de Sofía quando chegamos:

— Não tem água.

Apertei as nádegas o mais que pude e saí para dar uma volta de reconhecimento no apartamento. Se Sofía tinha sido capaz, no meio do porre da madrugada e dos tropeços, daquele gesto de urbanidade, devia ter tomado suas precauções. Tinha que haver, na área de serviço ou na cozinha, algum balde d'água. Mas não. Ou quem sabe a pressa tenha me impedido de procurar com mais atenção. O caso é que tive de correr de novo para o banheiro, tentando não acordar Sofía, que era um saca-rolhas de carne em meio à bagunça dos lençóis. Peguei o cesto, tirei a tampa e defequei. Depois me arranjei o melhor que pude e fechei o saco de lixo. Ao sair do banheiro, procurei no closet e peguei uma sacola da Nina Ricci. A espessura do papelão e a tonalidade me deram confiança. E assim, com a sacola na mão, procurei as chaves e saí à rua.

Não encontrei ninguém no corredor, nem no elevador nem na porta de entrada. Ao sair do edifício e ver a cor do céu com o Ávila ao fundo e a segunda transversal de Los Palos Grandes livre, compreendi que ainda era muito cedo naquela manhã de domingo.

Pouco antes de alcançar o outro lado da rua para chegar à lixeira da esquina, um motoqueiro passou a toda e me arrancou a sacola.

Vi-o se perder na direção da Quarta Avenida.

Uma das coisas que me surpreendeu na minha volta à pátria foi o fato de que os motoqueiros tinham se transformado nos carrascos da cidade. Gostei de saber que sem querer me vingara dessa casta odiosa.

Sim, tinha cagado neles.

A vida é uma afronta; o organismo é uma rede de emunctórios, recitei. "*Life is an affront; the organism is web of emunctories*", na minha versão.

Por um pudor elementar, não podia contar a Sofía. Foi nesse instante, quando vi que não havia ninguém a quem contar esta história, que aceitei que perdera um país. Ou que na realidade nunca tivera um. Julián era o único amigo que me sobrava em Caracas, mas estava preso.

Por ele aceitei o convite da embaixada americana. Era a desculpa perfeita para voltar ao país e visitá-lo. Um conhecido tinha me informado da sua situação: como o ministro da Economia o sacrificara para se congraçar com o presidente, os três meses que não via a luz do sol, os comentários que Julián havia feito a alguns escritores sobre minha ausência e meu silêncio.

Minha estadia foi breve. Três dias eram o bastante para apresentar a antologia de Ramos Sucre, visitar Julián e assinar alguns documentos para que o advogado pusesse à venda a casa dos meus pais. A Universidade de Columbia havia falado tão bem da minha tradução da obra de Ramos Sucre ao adido cultural, que o convite se transformou numa espécie de homenagem.

Nessa primeira noite, Sofía não desgrudou de mim. Horas antes, enquanto me entrevistava, senti que seu olhar ia além do interesse que um jornalista deve ao seu entrevistado. Inclusive pelo fato de ambos serem velhos conhecidos que se reencontravam depois de muitos anos. Então fiquei sabendo que Sofía não havia terminado letras. Tinha se formado em comunicação social e agora cobria as páginas culturais de um vespertino.

Depois da entrevista, ela me acompanhou a uma livraria, onde comprei a edição de aniversário de *A cidade e os cachorros* que a Real Academia acabara de publicar. A prisão tinha servido a Julián para refletir e ser mais disciplinado. Estava aprendendo italiano e lendo os clássicos.

— Vargas Llosa clássico, Julián?

— Claro, Gilberto.

Permitiam que Julián usasse o celular. Sofía e Julián, fiquei sabendo naquela tarde, eram amigos. Foi ela que me deu o número de Julián.

— Está grampeado — foi a primeira coisa de que Julián me avisou ao ouvir minha voz.

Coube a algum agente secreto do SEBIN escutar um debate sobre o classicismo e o realismo na literatura latino-americana contemporânea.

— Você vem amanhã, então?

— Claro. A que horas?

— Venha às dez. Na sede do SEBIN.

— O.k.

SN, DIGEPOL, DISIP, SEBIN eram siglas que a polícia política havia utilizado na Venezuela ao longo dos últimos cinquenta anos: pura cacofonia espiritual. Pode ser que por essa razão eu tenha me confundido. Não perguntei a Julián onde ficava a sede do SEBIN. Fiz uma reconstrução caótica das lembranças dos meus anos universitários e às nove e trinta da manhã estava em El Helicoide, esse monstruoso centro comercial construído durante a ditadura de Pérez Jiménez, onde agora funcionava um centro de detenção. Tão parecido, pensei, com a enorme massa de merda que foi nossa história nacional. Não pude passar pela minha casa. Mal tive tempo de beijar o ombro adormecido de Sofía, pegar o livro e sair.

No primeiro posto de controle não sabiam de quem eu estava falando. Um dos policiais me observava de cima a baixo enquanto o outro dava um telefonema.

— Tem que esperar até as onze — disse o policial, depois de desligar.

— Meu amigo me disse que podia visitá-lo às dez.

— O segundo turno é às onze.

Fui até uma padaria na avenida Victoria. Devorei lá um sanduíche de presunto e degustei, como se fosse um vinho requintado, meio litro de Riko-Malt. Pensei que aquele sanduíche e aquele Riko-Malt eram a única coisa que justificava a existência de um país tão miserável quanto a Venezuela.

Ver Julián nessa situação, ou a perspectiva de vê-lo, me desanimava. Julián havia construído uma fortuna e tinha se dedicado a investi-la no país. Pior ainda, ele a investira nessa enteléquia chamada cultura. E tudo isso para quê?

Pus-me a folhear o livro de Vargas Llosa. "Quatro, disse o Jaguar." Cava. Jiboia. O Poeta. Arana, o Escravo. A história estava intacta, não só no livro, mas na minha memória. Quando fui ver, eram onze e cinco. O exame de química havia sido roubado, o Círculo se constituiu oficialmente e logo começaria a vingança.

Os policiais voltaram a me perguntar, como se não se lembrassem de mim, quem eu tinha ido visitar.

— Julián Rangel — falei.

O mesmo policial deu outro telefonema e desta vez me deixaram passar.

Subi em ritmo acelerado a enorme curva da Roca Tarpeya que levava ao edifício de El Helicoide. A favela do bairro de San Augustín parecia uma multidão amontoada, pronta para observar um ato de magia. O prodígio nunca se produziria e a multidão sabia disso, mas também sabia que ela só existia para esperar.

Quando cheguei à entrada do edifício, encontrei outro posto de controle. Ocupava-o um guarda nacional, que voltou a me perguntar quem eu ia visitar. O guarda, um gordo com ar de motorista de ônibus, deu seu telefonema. Desligou, me pediu a carteira de identidade e também o celular. Tomou nota, pôs meu telefone e minha identidade numa espécie de caixa de madeira com frestas e me entregou uma ficha numerada.

Depois do segundo posto havia uma esplanada de concreto que levava a um estacionamento aberto e a uma porta vigiada por outro policial, dessa vez bem grande e forte, que portava uma arma comprida. No estacionamento, refulgiam sob o sol duas caminhonetes Hummer e uma fileira de cinco ou seis motos, todas pretas. O sol arrancava delas um brilho noturno de meio-dia.

O gorila da porta me perguntou quem eu procurava. Repeti pela quarta vez o nome de Julián e entrei no que parecia ser a sala de espera da área de visitas. Mandaram eu me sentar num móvel de couro marrom, enquanto um policial fazia uma família assinar um livro de registro. À minha frente havia uma parede coberta por uma quadrícula de escaninhos. Eu só estava com o romance e não tinha nada a guardar.

O policial que estava atrás da mesa despachou a família e fez um gesto para que eu me aproximasse.

— Vem visitar quem?

Parecia um pesadelo. Disse o nome.

— Que relação tem com o citado?

— Amigo de infância.

— Seu endereço.

Foi nesse momento, pela terceira vez no dia, que fiz a cagada.

— Los Palos Grandes.

Não sei por que menti.

O policial me perfurou com o olhar.

— Segunda transversal com a Terceira Avenida — acrescentei, enterrando-me na merda que acabava de soltar. Uma enorme merda helicoidal.

Dessa vez o policial atenuou o olhar. Até me presenteou com um meio sorriso.

— O que você tem aí?

— Um livro.

— Me permite?

— Claro.

Revistou a capa e a contracapa, em vez de fuçar entre as páginas, como se não fosse um policial, e sim um crítico literário.

— Me acompanhe — disse, ficando com o livro.

Não sairia dali até a manhã seguinte.

O leitor já terá entendido duas coisas fundamentais. A primeira é que aquela não era a sede do SEBIN. Ou, em todo caso, que Julián não estava recluso no El Helicoide. E a segunda, mais importante ainda, que aquele policial era o motoqueiro que tinha me tomado a sacola.

Ainda demorei um instante para me dar conta disso. A princípio, estava ocupado demais tentando decifrar qual dos meus companheiros de cela ia me estuprar e assassinar. Ou me estuprariam sucessivamente e só depois me matariam? Logo me tranquilizei. Só havia três engenheiros de petróleo, acusados pelo incêndio de uma refinaria. O quarto homem havia sido diretor do programa de alimentação popular do governo, o responsável direto (segundo as fontes oficiais) pelos contêineres de comida podre que haviam aparecido em diferentes portos do país.

— E você? — perguntou um dos engenheiros. — Que morto querem te pôr nas costas?

Disse que não tinha a mais remota ideia do que me acusavam.

Nesse instante entrou o funcionário Centeno e me levou a uma sala. Na sala, reclinado na poltrona e com os pés em cima da mesa, estava o detetive Pulido. Assim se apresentou, para depois também me apresentar.

— Gilberto Porras — disse, lendo minha carteira de identidade.

Lembrei-me de que ainda tinha no bolso da camisa o número que o guarda nacional tinha me dado. Sem saber por quê, dei-o a ele. Pulido pegou-o, olhou para a ficha com muita atenção.

— Vou jogar nele. Definitivamente, este é o meu número — disse, me devolvendo a identidade.

Aquilo não me agradou e comecei a falar de maneira compulsiva. Tornei a contar, dessa vez com profusão de detalhes, quem era, onde trabalhava, desde quando vivia nos Estados Unidos, qual minha relação com Julián, minha volta prevista para a noite seguinte.

Pulido me observava divertido, quase contendo o riso.

Esse riso me meteu mais medo e eu já me dispunha a continuar falando, quando Pulido baixou os pés, se inclinou para pegar alguma coisa no chão e pôs a sacola da Nina Ricci em cima da mesa.

A primeira coisa que pensei foi na eficácia do meu procedimento. Nenhum cheiro invadiu o cômodo. Quando Pulido empurrou a sacola com um golpe do indicador, me dei conta de que estava vazia.

Me senti empalidecer. Pulido havia deixado de sorrir.

Então ouviram-se gritos no cômodo. O holandês, outro preso, tinha se livrado das algemas. Pulido saiu da sala e o encontro se interrompeu. Um instante depois reapareceu Centeno e me levou de volta à sala comum.

Meus companheiros me asseguraram que não havia nada de sério a temer. O holandês, ao contrário do nosso Dorancel Vargas, o famoso "Come-Gente" que preferia carne masculina, só comia mulheres. Era procurado em vários países da Europa e ninguém tinha a menor ideia de como e por que havia chegado à Venezuela.

— Gosta de comer ovários.

Ao fundo, com alguns minutos de diferença, ouviam-se gritos de outros policiais, cortados por expressões incompreensíveis. Estavam acabando de acalmar o holandês. Eu devia ter uma expressão de horror, porque Henry, um dos engenheiros, se apressou em me avisar:

— A surra que deram no Diomedes foi pior.

Diomedes era um narcotraficante colombiano que arrebentaram a porradas quando chegou, algumas noites antes. Desde então não havia saído da cela, a não ser para ir ao banheiro.

— Mas, à parte isso — disse Rafael, o que falou do comedor de ovários —, é tranquilo por aqui.

Passei a tarde na minha cela, um cômodo de dois por dois, deitado numa esteira em cima de uma laje saliente de concreto, que fazia as vezes de catre. Pus-me a chorar e a amaldiçoar Julián, meus pais, Sofía e Ramos Sucre. Eram tantas e tão feias as histórias que tinha ouvido sobre os cárceres da Venezuela que eu temia o pior.

Por volta das cinco ou seis da tarde ouvi um violão de quatro cordas e uma cantoria. Saí e vi Henry, Rafael, Daniel, os três ex-*pedevesas*,* e Sebastián, o ex-diretor de alimentação popular, começando o que parecia ser uma festinha. Ao me ver, pararam e me convidaram.

— Hoje é meu aniversário — disse Henry. — Molhamos a mão de Cursio e ele nos deixou pegar o violão e uma garrafinha.

Me serviram um trago de uísque.

— Quem é Cursio? — perguntei.

— O chefe da prisão — disse Sebastián.

Então me puseram a par de Cursio, Centeno e Pulido.

* PDVSA: Petróleos de Venezuela. (N. T.)

Quando a garrafa ia pela metade, entramos na etapa de exaltação da amizade. Nos compadecemos do nosso amigo holandês, e Henry cantou uma canção para ele:

— "Eu sou um canibalzinho, e ninguém gosta de mim/ Não tenho com quem brincar, pois comi meus amiguinhos."

Eu conhecia essa canção de Virulo. Acompanhei Henry cantando em tom baixo e batendo palmas.

— Tem festa?

Foi como se desligassem um aparelho de som.

— Tem ou não tem?

Abrimos um espaço para Diomedes. Ele tinha um olho praticamente fechado pelo inchaço, mas o resto da cara, sobretudo a expressão, brilhava como se não houvesse acontecido nada.

— E as velhas? Uma festa sem velhas é a coisa mais triste do mundo.

Diomedes se levantou, foi até a grade que limitava a sala e soltou um grito:

— Escute, Centeno. Sim, você, seu pentelho, quem mais? Me chame o comissário Cursio.

Em vez de trazer o comissário Cursio, levaram Diomedes para fora da sala. Todos esperávamos o pior. Centeno logo voltou, abriu a grade e Diomedes entrou. Centeno voltou pelo corredor. Me surpreendeu que deixasse a grade aberta.

— O que está acontecendo? — perguntou Henry.

— Vamos comemorar seu aniversário como Deus manda, seu veadinho. É o que está acontecendo.

Centeno voltou carregando um aparelho de som. Diomedes, como se estivesse em casa, saiu e voltou com uma garrafa de espumante. Logo chegaria uma remessa de dez garrafas de uísque doze anos.

Durante os primeiros goles, nenhum de nós entendia muito bem o que ia ser aquilo. Então apareceu Cursio. Parecia Marlon

Brando em *Apocalypse Now*, só que moreno. Sentou-se entre nós como um anfitrião e nos cumprimentou um a um. Assumia o tom forte e caipira de um criador de gado.

Foi então, nos segundos de silêncio entre uma canção e outra, que ouvimos uns ruídos no teto.

Cachorros, pensei. Cachorros do esquadrão antidrogas, disse comigo mesmo. O som era como de um regimento de unhas marchando compassadas.

Diomedes baixou o volume do aparelho e apontou para o teto com um ar de falsa intriga, como um Papai Noel descoberto. Poucos segundos depois, uma a uma, anunciadas pelo tique-taque das agulhas dos seus saltos, entraram as putas.

Cursio e Diomedes foram os donos da festa. Deixaram a gente tomar todo o uísque que quisemos e dançar duas ou três músicas com as mulheres. Como eram quatro, pensei que foram calculadas uma para cada um: Diomedes, Cursio, Centeno e Pulido.

— Cadê o Pulido? — perguntei a Centeno.

— Hoje está de guarda — falou. — Sabe, de olho no holandês.

Imaginei outras festas e outros monstros.

Centeno falava comigo como se fôssemos velhos amigos. Ou, pior, como se eu também fosse policial. As pistolas descansavam em cima da mesa.

Daí em diante, tudo foi muito confuso. Lembro que no meio do porre comecei a falar de Ramos Sucre com uma das putas. Lembro que a mulher concordava com minhas palavras como se soubesse quem tinha sido Ramos Sucre, ou o que havia no fundo da poesia. Lembro de Cursio passando a mão na careca enquanto uma das meninas, a morena, dançava para ele. Lembro de Daniel levantando uma pistola da mesa para pegar um guardanapo e depois colocá-la de volta no lugar. Lembro de uma das mulheres convencendo Centeno a pegar uns gramas de cocaína no depósito.

O banheiro ficava no final do corredor das celas. Quando tive que ir, vi Pulido, numa espécie de quarto de serviço entre duas celas, de costas para a porta. Estava escarrapachado numa poltrona, os pés descansando num tamborete de plástico. Parecia estar dormindo. Segui até o banheiro. Ao passar de volta, parei na porta.

Podia aproveitar aquela insólita camaradagem da festa para falar com ele, desculpar-me pelo que eu tivesse feito e pedir que me deixasse ir embora. Ia fazê-lo quando ouvi o roçar inconfundível de uma página sendo virada. Pulido não estava dormindo. Estava lendo o romance.

Retrocedi em silêncio e me reintegrei à festa. Apesar do que aconteceu depois, não me arrependo. Os carrascos também têm direito a ler em paz.

Quando voltei à sala, o pó corria solto. De nós, só o ex-diretor de alimentação aceitou cheirar uma ou duas carreirinhas. Cursio começou a gritar "as cachorras, as cachorras", e não parou de fazê-lo até que, por fim, um bom tempo depois, uma das mulheres o levou para os quartos do andar de cima.

Centeno e Diomedes ficaram conosco até bem tarde. Depois, sem se despedirem, cada um desapareceu com a mulher que lhe cabia. Imediatamente depois, Henry e Rafael foram dormir. A quarta mulher, uma loura oxigenada, se levantou do sofá e foi ao banheiro. Fiquei sozinho, ouvindo entre bocejos a peroração frenética de Sebastián.

Em algum momento adormeci. Não devo ter dormido muito. Menos de duas horas, calculo. Não tive nenhum sonho, nenhuma premonição.

Quando acordei, estava sozinho no sofá. Tampouco via outra pessoa no espaço da sala. Alguém tivera o cuidado de apagar as luzes. A grade que separava a sala comum do corredor das celas tinha ficado aberta.

Fui ao banheiro.

Encontrei Pulido na porta de uma cela, agarrando com força as barras, como um preso. Ouviu meus passos e sacou a arma. A luz do quarto de leitura estava acesa e lhe permitiu identificar meu rosto. Eu também vi o dele. Depois vi o que havia no chão da cela.

O sangue chegava até a beira. A base de metal da grade era um dique que impedia que os fios de sangue passassem. A loura oxigenada mostrava um ferimento nebuloso no ventre, desses que uma granada deixa quando se tira seu pino de segurança. Um ferimento de mina escondida.

Imaginei o holandês com uma barba ruiva cheia de sangue, me vendo dormir e apagando as luzes.

Mijei nas calças.

Pulido viu a poça que se formou a meus pés e começou a rir.

— Já basta — falou.

Abriu a porta, me acompanhou até o escritório, me deu o celular e me levou para cima.

— Posso ir embora? — perguntei.

As Hummer e as motos continuavam estacionadas. Sem brilho, agora pareciam um sabá de corvos e urubus.

— Direi a Cursio que dormi. É o que direi.

— Mas como vão fazer?

— O holandês aparecerá. Ou pode ser que não.

— E a mulher?

— A puta? É isso. Só uma puta.

Tornei a ver o ventre mordido da loura, seus ovários mastigados e tive que ir para um canto vomitar.

— Se você abrir a boca, te mato — disse Pulido, enquanto me dava uma palmada dolorida nas costas.

Fiquei uns segundos observando o quadro do meu vômito no asfalto, distinguindo figuras dos restos do sanduíche, da torta e do Riko-Malt, como se fosse um teste de Rorschach.

Comecei a descer a ladeira. Fazia frio. Os casebres ofereciam as luzes indecisas das primeiras lâmpadas acesas do dia e das que não haviam sido apagadas durante a noite.

Liguei o celular. Vi a mensagem de Sofía.

"Voltaremos a nos ver?"

De repente senti que me agarravam pelo ombro. Já havia descido quase toda a ladeira. Fiquei paralisado por vários segundos.

O holandês, pensei.

Era Pulido. Tinha vindo correndo atrás de mim.

— Foi o Jaguar, não foi? — me perguntou ainda ofegante do esforço. — Foi ele que matou o Escravo?

Disse a ele o mesmo que disse a Sofía.

— Não sei.

No corpo escuro da noite

ANDRÉS RESSIA COLINO

Estou em frente à casa, com um copo de uísque sem gelo e fumando, ouvindo Dardo encadear apreciações bastante caprichosas e, de resto, desimportantes sobre um e outro dos que estão lá atrás, enquanto observo como o vento que sobe do oceano constantemente aviva a brasa do meu cigarro e o papel arde com seu faiscante fio helicoidal, liberando a nicotina que devia entrar nos meus pulmões e não se perder para sempre no campo às nossas costas. Penso na forma de me livrar de Dardo, apesar de ter sido eu quem quis ir para a frente da casa em sua companhia. É verão, e sinto que estamos presos, não exatamente aqui mas num lugar que poderia se chamar Nueva Juárez, outro nome para Punta del Este.

— São todos uns filhos da puta — insiste Dardo.

Quem não é? Por acaso não dormimos com eles, de certo modo?

— Sabe qual é o problema de Juanma, não? — pergunto.

Não sabe, mas preenche o vazio.

— Vou fazer uma coisa — diz ele.

Seria muito melhor se Dardo deixasse de dizer as coisas que diz, até mesmo de pensá-las. Arrasta-se para uma vida penosa declarando tão só sua pobre imaginação. Poderia se suicidar nesse instante e não faria muita diferença. A única particularidade seria ter na hora o número quatro gravado no caixão por sua geração, mais outro número mantido em segredo por sua família. E essas coisas mudam de um momento para o outro.

— Nunca imaginou o suicídio? — perguntei.

Vejo na sua cara a dor disfarçada de surpresa.

— Seu suicídio, quero dizer — e saliento a emenda. — Não teria sido muito melhor que você se matasse?

— De que você está falando? — disse, virando-se para mim. — Essa gente não entende o que é isso... É uma elaboração... uma introspecção demasiado elevada para eles.

A construção do contexto é meritória, Dardo, mas a falsa sentença é triste. De todo modo, está perdoado. Sei que você não pode mais falar de suicídio sem se envergonhar, eu também não gosto de ver Bet, sua irmã, injetada nessa mistura de fertilizantes e herbicidas para soja ou seja lá o que for, com seus órgãos sincopados, um rim purgando lítio, o outro, ansiolítico, o fígado inchado pelos antipsicóticos e todas as suas extremidades dando sinais que sua boca ignora, com a felicidade do picador molecular de gelo de Freeman & Associados estampada no rosto. Fico assustado com os possíveis resultados de tantas drogas quando a vejo estendida ao sol da manhã, em busca do bronzeado perfeito, e embora qualquer um pudesse culpar Juanma por essa crise, todos darão tapinhas nas tuas costas para te dizer que a loucura é um problema essencialmente feminino.

Dardo acende um cigarro e fumamos em silêncio.

— Você ficou calado — digo.

Raramente Dardo fica em silêncio.

— Juanma é um filho da puta. Tenho certeza de que não deixou essa garota na estrada, como disse.

Odeio as Mercedes-Benz brancas, e mesmo assim não posso evitar olhar para elas quando passam. Uma de vidros escuros passou devagar em frente à casa, enquanto Dardo falava dentro dela, e parou pouco mais adiante, onde ainda posso vê-la. Dardo joga fora a guimba do cigarro e volta para dentro da casa. Eu tenho que ver. Acabo o uísque, jogo o copo com certo cuidado sob os arbustos que delimitam o terreno e me ponho a fumar de novo.

O carro estacionado está um pouco de lado, inclinado a estibordo na valeta que seca a rua de terra e, quando a porta do motorista se abre, se eleva um pouco como uma asa e assim permanece. Uma mulher que mal distingo sai da Mercedes e sem se incomodar em fechar a porta dá um curto passeio pela rua, fazendo ranger o pedrisco solto em que vai pisando. Pouco depois e pela mesma porta surge um cara gordo que suponho ter uns quarenta ou cinquenta anos. Tosse e pigarreia e, endireitando as costas com um movimento exagerado, dá gargalhadas sonoras na noite. A mulher se vira e lhe diz alguma coisa. Penso que é um sujeito mau, ou pelo menos um homem francamente desagradável. Ela se aproxima, empurra a porta que se fecha, caindo, e com o braço erguido parece lhe ordenar uma ação. Junto dele, é jovem e magra; e se dirigem ambos para cá.

A uns seis metros o homem realiza com facilidade meu sórdido prognóstico. Vê-se que está suado e inchado, com bolsas meio esverdeadas como pálpebras e uma calvície incompleta raiada por finas mechas desgrenhadas. Na frente, algumas pintas ressaltam o vermelho vivo da pele queimada pelo sol de janeiro, a mesma cor que impressiona no nariz carnudo e largo e nas bochechas flácidas. Balança em seu andar mais atropelado do que veemente e parece carregar com incômodo o ventre enorme que quase o precede. Quem me surpreende é ela. Visivelmente mais moça do que ele, talvez ainda com menos de trinta, caminha e se impõe como nenhuma mulher que eu tenha visto nos cinquenta quilômetros que vai de José Ignacio a Punta Ballena. Com as pernas um tanto separadas, enfiadas num opaco jeans preto, sem saltos nem plataformas sob os pés, dá passos largos e se movimenta com o tronco um pouco curvado e com o ombro direito um tanto caído, com a cabeça levemente inclinada para ele, como que arrastando um esgar de desinteresse de alguma conversa passada, mas com o nervosismo de um tique congelado. Seus lábios grossos parecem murmurar, e os olhos vivazes me lembram graciosamente os de um rato de laboratório.

Acreditei que vinham em minha direção, mas é evidente que o interesse deles estava atrás da porta principal, e sei até onde, mais precisamente. Passam tão perto que eu podia pular sobre eles de surpresa, e nem olham para mim. Não deixa de me incomodar, mas sei que darão meia-volta em minutos, com as mãos suadas e o ritmo cardíaco retificado.

De repente, ela parece se dar conta de algo, para justo antes de pisar no umbral e murmura uma coisa ao gordo, que se adianta e entra na casa. Dando meia-volta ela se aproxima, busca meu olhar e põe um sorriso tímido na sua fisionomia nervosa.

— Olá — diz ao enfiar a mão nos bolsos do jeans.

— Olá.

— Desculpe, mas... tem um cigarro?

Demoro a dar uma resposta e a ouço aspirar um pouco de saliva com a língua grudada nos dentes.

— Claro — respondo, tirando o maço da minha calça.

Não quero nenhuma conversa forçada e idiota. Ela pega o cigarro que lhe estendo e espera o isqueiro. Vejo-a melhor à luz da chama. A pele um tanto seca e os lábios partidos, as mechas escuras do cabelo ligeiramente ondulado, os ombros ossudos e as sardas na pele, que a soleira da porta deixa ver. Com o olhar perdido, dá uma comprida tragada que retém por um segundo. Mexe o nariz como um rato antes de soltar a fumaça para o lado. Não fala nem devolve o isqueiro. Parece olhar para a Mercedes como se esta lhe evocasse uma nítida recordação.

— Tem algum lugar por aqui onde eu possa comprar cigarros?

— Se não quiser pagar vinte dólares por um maço de Marlboro, o posto de gasolina de La Barra.

— Longe?

— Um pouco.

— Não quer me acompanhar? É que me perco por aqui.

Não há nenhuma insinuação na sua voz nem na sua forma, só um repentino e simples tom de desamparo no fim.

Não respondo, estou dando um tempo, só porque tenho a oportunidade de dar.

— Tudo bem.

Anda de volta até a Mercedes, sem olhar para trás. Vejo como tira o carro da vala e espera, paciente, que eu suba. Mal fecho a porta, pisa no acelerador e pergunta meu nome. O dela é Lili. Me limito a lhe dar breves indicações enquanto dirige pelas ruas escuras e estreitas do balneário, sem trânsito mas repletas de carros mal estacionados e caminhonetes de proporções ridículas que a obrigam a ziguezaguear continuamente. Noto que está nervosa. Pouco muda quando alcançamos a estrada que acompanha a orla, bem iluminada e larga, exceto que ela pisa fundo no acelerador e põe o carro a cento e vinte quilômetros por hora num instante. Apesar do meu justificado desprezo pelas Mercedes, aprecio agora sua estabilidade e o confortável habitáculo. O banco de couro sustenta meu corpo numa posição relaxada, e há suficiente espaço para esticar as pernas. Pergunto se o carro é dela, e ela ri de uma forma que parece dizer seis ou sete coisas diferentes.

Me vejo de repente no lugar de uma das adolescentes que Juanma consegue fazer entrar no seu carro e bambear as pernas delas pisando fundo, como diz que sempre faz. Estou entregue à perícia e ao critério dessa Lili que desconheço. Seria razoável pôr o cinto de segurança agora, mas também seria um péssimo sinal para fazer amigos, e tenho certeza de que nenhuma dessas adolescentes faria isso, tentadas pelo iminente contato, esperando a mão que Juanma baixa até a alavanca do câmbio e volta ao volante até que, segundo ele diz, ao fazer uma curva para a esquerda a toda a velocidade, domina o volante em cima e leva rapidamente sua mão direita à coxa da garota e a enfia entre as pernas dela, sempre nuas, e se queima com o calor que encontra atrás do biquíni. Se há resistência, diz, ele sacode um pouco o volante e, como reflexo, a pressão entre as pernas muda e um calafrio percorre a garota. Duvido muito que Lili se atreva a algo parecido, mas há uma fantasia que começa a tomar forma na minha cabeça.

Desgrudo os olhos do lado de fora, que conheço de cor, e olho para ela.

— Cuidado quando estiver chegando — digo.

— Por quê?

O trânsito em La Barra a obriga a dirigir em marcha lenta num engarrafamento de uns mil metros de comprimento, formado por luxuosos carros conversíveis e grandes caminhonetes reverberando os acordes de seus equipamentos de som. Um desfile em mão dupla enquadrado por uma pequena multidão de homens cuidadosamente vestidos e penteados, e centenas de mulheres erguidas em sapatos de quatrocentos dólares, todas inequivocamente magras. Uma reunião menos flutuante do que parece, adornada pelos luminosos dos bares e pelas luzes das concessionárias de automóvel de alto padrão com suas taças de champanhe e suas poltronas caríssimas de couro branco em frente aos test-drive. Uma reunião especial, em que umas vinte promotoras envoltas em couro envernizado não chamam a atenção de ninguém.

— E o posto? — pergunta irritada.

— No fim.

Lili deixa o carro de um lado da pista de terra, longe das bombas de combustível, e vai até o local transparente saturado de luz pálida. Saio do carro e me afasto apenas uns metros para fumar. Foi aqui que a viram pela última vez. Olho para o telhado do posto com a atenção que só os empregados devem aplicar na hora mais monótona do seu turno. Ali estão as câmaras, quase uma dezena, com vistas cruzadas, contraplanos e panorâmicas, a seis metros do solo.

Ainda é cedo para a cena recorrente que, como Juanma e a jovem de iniciais M. N. protagonizaram onze dias atrás, cada madrugada novos atores repetem com melhor desenlace. Os grupos de jovens à beira do cone de luz ainda estão silenciosos, as motos não aceleram com desespero, os carros são poucos e é até possível ver alguns policiais que chegam para tomar uma coca-cola, mas qualquer um poderia dizer como aconteceu. Juanma e seu amigo, passeando na BMW, as meninas rindo e bebericando do outro lado da rua, entre as motos e alguns carros, como bares improvisados, de perfil para os que passam, esnobando-os com delicada indiferença e esperando. Então Juanma para não muito longe e o amigo chama a garota e desce do carro enquanto ela se aproxima, os dois se cumprimentam com um beijo e ela sorri, interessada pelo outro, na realidade. Inclina-se sobre a porta aberta do carro para continuar a conversa que já tem alguns capítulos e aceita, finalmente, dar uma volta com ele, ocupando o lugar do amigo que atravessou até o posto.

Na foto que uma das amigas tirou com seu celular pensando em como iriam rir depois e que os jornais reproduzem todo dia à saciedade, pode-se ver o céu refulgente de uma cor que é lógico atribuir ao amanhecer estival. O carro, preto ou azul-escuro com faróis amarelos, aparece meio longe da pista de terra, a uns vinte metros do olho da câmara que melhor poderia focá-lo.

Lili volta do posto com alguns maços de cigarro e duas garrafas pequenas de cerveja. Quando encontro seu olhar, ela sorri e desarma parcialmente a careta que eu já imaginava ser parte das suas feições.

— Cheio de crianças — diz entrando na Mercedes.

Imediatamente acende um cigarro, entre os vapores de gasolina e óleo diesel, e saímos da pista de terra.

Creio que tenta me dizer algo, ou talvez seja porque é a primeira vez que está olhando para mim, preocupada em ter uma rápida ideia de quem sou, como se só agora tomasse consciência do risco que implica para uma mulher compartilhar o cubículo de um automóvel com um homem na madrugada. Seu exame é tão breve que me parece temerário, e logo me surpreende desviando bruscamente para uma rua lateral mais escura, andando apenas uns metros e parando. Com um atrevimento que evidentemente busca cumplicidade, tira a cerveja da minha mão, bebe um gole e a devolve. Com os lábios apertados e mexendo o nariz, revolve um bolso justo da sua calça. O que acontecerá é óbvio.

Enquanto a vejo manipular com desembaraço o diminuto pacote e um artefato metálico para aspirar a dose justa, recebo uma noção visceral do seu sexo. Seus dedos finos e pontiagudos, as unhas curtas de um vermelho opaco um tanto gasto e os cristais esbranquiçados obedecendo ao exercitado procedimento concentram minha atenção. Suas mãos me atraem, e eu talvez quisesse que elas roçassem acidentalmente minha pele em algum momento dos próximos seis minutos. Vejo-a aspirar a primeira dose. Me pergunto se será melhor ou simplesmente a mesma que abunda na casa e se o gordo que a acompanhava chegou para comprar ou fazer uma entrega. Aceito seu convite e recebo o acessório e sua carga com dissimulada apatia. Por acidente, meu indicador roça na face interna do seu polegar.

O carro se sacode por um caminho que Lili desconhece. É um caminho sinuoso entre pequenos morros e parques arborizados, uma estrada escura que se afasta da costa e que, embora agregue um desnecessário desvio de uns vinte quilômetros à nossa volta, tomamos para evitar "toda a merda dessa La Barra", conforme Lili pediu expressamente. Eu, por outro lado, não tenho a menor pressa em voltar. Conversamos com a franqueza estereotipada que usualmente ocorre, e tento lhe dizer que nem um metro quadrado das terras que serpenteamos está limpo da fetidez que ela acabava de condenar e que acredita ter evitado. Se você tivesse a oportunidade de ser convidada um dia destes a uma dessas propriedades, tento dizer a ela, acabaria simpatizando primeiro e sentindo saudades, depois, da candura da maior parte das pessoas da orla, que te dão tanto asco. Você pode ver à sua esquerda as já tradicionais chácaras que se estendem até à beira da laguna, com seus buracos de golfe personalizados e suas fotos emolduradas atestando a visita do décimo primeiro-ministro de Israel, a dupla Pimpinela e Diego Armando Maradona nos anos 90, dom Augusto Pinochet com gesto amável pouco depois e Bush pai dando a mão a Julio María Sanguinetti e Luis Alberto Lacalle num trio inesquecível para encerrar o século. Mais adiante te esperam também os diques da nova e brilhante urbanização de Constantin, com seus molhes-passarelas circulares sobre o espelho d'água, de amarrações e heliporto numa só estrutura. Ou então você pode topar com algo mais inspirador e retirado, desviando para a direita estão os luxuosos chalés encarapitados na serra, Charruas Hills e outros nomes reles, com a panorâmica vista da laguna e quinze quilômetros de orla, a partir do luxuoso living onde se pode conversar cara a cara com o corpo vivo de Adolfo Yabrán, legalmente falecido onze anos atrás e pela providência despronunciado nos casos de assassinato e corrupção. Aí sim você teria merda, mas em sua forma mais pura ou fisiológica, por assim dizer. Uma merda que ainda não veio à luz e se move pelas intrincadas circunvoluções do intestino material com toda fluidez e comodidade, comunicando-se ainda com o resto do sistema, sustentando a mais rica colônia enterobacteriana conhecida e inquietos parasitas intestinais. Uma merda que se deleita com a visão de uma latrina pontifícia onde possa descansar, e paga para tanto. Eu queria te confessar tudo isso, Lili, mas só consigo modular uma mínima parte desse discurso que se agita e se aglomera em minha mente disparada como a Mercedes na descida pela qual caímos. Uma mulher não deveria dirigir assim, nem eu deveria me deixar levar desse modo. Vejo-a sorrir do meu gaguejar verborrágico, e um renovado impulso de me apossar do seu corpo estremece o meu, entumecido. Levo minha mão à sua perna e pego a coxa apenas por trás do joelho, arrasto a palma da mão sobre o jeans até alcançar as rugas da calça nas suas cadeiras e com a ponta dos meus dedos encontro seu ventre de zíper e pressiono e me afundo para medir a densidade da carne e não o tecido, e subo e desço e faço o mesmo percurso outra vez. Lili respira pela boca e move a mandíbula com o olhar cravado na estrada, agarrada ao volante. Acelera, e pouca coisa mais eu posso fazer.

Quisera eu ter a vontade de Juanma por um momento, encher minhas mãos com os cabelos de Lili, dar um nó neles e puxá-los até sentir a força das suas raízes, morder a inserção dos músculos do pescoço atrás da orelha, virar a cabeça e invadir sua boca, agarrar seu peito, enfiar dois dedos na sua vagina só com um pouco de cuidado, separando suas pernas que lutarão sem convicção. Mas estou no lugar de quem é submetido, e tentar dominar o carro da minha posição seria suicida. Imagino de repente como é o mundo para a garota que deu o passo equivocado. Tudo o que pode fazer é suplicar em silêncio o retorno ou uma salvação inesperada.

Luzes azuis e vermelhas piscantes e lampejos brancos sem ordem aparente surgem à frente. Desaparecem em cada curva que fazemos e voltam a surgir depois com maior intensidade. Lili reduz a pressão no acelerador e eu tiro a mão de entre suas pernas. Demoramos um tempo para entender que se trata de uma ambulância indo em nossa mesma direção, e um minuto mais para alcançá-la. Em relação à velocidade com que andávamos, a de agora se faz tediosa; considerando nosso estado e minha confusa excitação, cada rodar de pneus deste carro e do que nos precede carcome um pouco minha inteireza. Sucedem-se curvas e barrancos e não há um trecho livre no qual se possa ultrapassar a ambulância. Sua luminosidade é ridícula em sua velocidade, e a cintilação estocástica perturba a continuidade dos meus pensamentos. Tenho que parar de olhar ou pular fora do carro. Lili parece relaxada, e não tenho a menor ideia do significado do seu silêncio. Abaixo minha janela, acendo um cigarro e me distraio um instante adivinhando formas na escura paisagem dos morros.

Passou um tempo e mastigo outras ideias quando Lili finalmente esboça uma reação. Acomoda-se no banco e me pede fogo; com destreza faz um cigarro sobressair do maço e o coloca nos lábios. A ambulância parece ter entrado num processo de desaceleração infinitesimal que acrescenta silêncio entre nós. O terreno agora é plano e o caminho, reto e vazio sobre o campo inerte. Creio ouvir o chamado das rãs acima do murmúrio do rolar dos pneus que se desfia cada vez mais nitidamente. Todas as reverberações baixam de frequência e a Mercedes parece ficar em silêncio, ou mesmo se desligar quando ainda estamos em movimento. Lili pita o cigarro e solta a fumaça devagar. Agora poderia ultrapassar com facilidade a ambulância, mas continuamos tendo as luzes à frente. Vai ver está sendo paciente. Ou talvez esteja dando apoio a uma teoria conspiratória: um plano para me manter à sua mercê, ou à mercê de quem ela depende. Um sequestro expresso: esvaziar minha conta bancária num caixa eletrônico ou estourar meus cartões de crédito, ou até a extorsão com base na avaliação ridiculamente otimista de quanto meu influente pai pode apreciar seu fracassado filho de trinta anos.

A ambulância finalmente para. Nós também. Queria perguntar a Lili por que não seguimos nosso caminho, o que ela espera, mas estou tremendamente confuso, com incômodos sinais de uma abstinência antecipada, atolado na vergonha que me produz pensar na minha própria voz. A ambulância vira à esquerda e deixa o caminho por uma trilha invisível na noite. Vejo-a bambolear envolta numa poeirada que alivia o insuportável cintilar das sirenes. E se afasta. Lili fuma até queimar o filtro e então não há mais o que fazer. Nos beijamos.

Quando torno a nos ver um pouco, com distanciamento,

estou abarcando com a mão direita um dos seus seios, que sinto um tanto pequenos mas firmes e de mamilo bem-proporcionado e pontudo, tremendamente atraente. Estou ansioso para libertar a ereção, que não sem dificuldade se instalou em mim, e sentir a umidade da sua vagina, mas antes percorro seu peito e alcanço o pescoço que se estica. Sob a ponta dos meus dedos sinto os músculos, duros como tendões, e a rugosidade da traqueia. Por um momento tenho seu pequeno pomo sob meu polegar e horrendas imagens cruzam minha mente como se só por sua factibilidade meu cérebro tivesse de escolher caminhos. Me afasto brevemente de Lili e observo sua boca entreaberta, seu queixo e seu pescoço. "Seria uma loucura, mas hoje eu o faria", disse o poeta, mas a verdadeira loucura não se declara. Seus mamilos continuam eretos e seu peito incha e retrocede notavelmente. Mataria Juanma ao voltar para casa.

Tornamos a nos beijar e enfio a mão entre suas pernas. Lili se mexe e se curva um pouco à medida que abaixa a mão que percorria minha nuca. Consigo desabotoar seu jeans e mergulhar sob a calcinha. Seus movimentos me enchem de impaciência, suas mãos percorrem não sei o quê, mas não meu corpo, e a ereção que já é incômoda anseia ser tomada. Penso em levá-la até ali, quando seu contato me sobressalta. Olho para baixo num ato reflexo e sofro um espasmo. Sua mão direita empunha um revólver que se apoia no volume do meu pau sob o jeans. Sorri para mim, com os lábios úmidos e inchados, e seus olhos de rato pulam de um lado para o outro alternando o olhar em cada uma das minhas pupilas, como se precisasse se assegurar várias vezes de que havia captado toda a minha atenção.

— Até aqui — disse delicadamente.

Tenho a mão direita encaixada sob seu jeans e o braço imobilizado pelo dela, que, cruzando por cima, mantém a arma entre minhas pernas. Queria me afastar no mesmo instante, mas tenho medo de um disparo acidental. Lili sorri e me beija, apertando com o metal ali embaixo e buscando com sua lágrima a minha.

— Ponha o cinto — me sugere depois, e afasta o revólver.

Lili guarda a arma em algum lugar do seu lado esquerdo e liga a Mercedes, acelerando sem pressa. Engata a quinta e agarra meu joelho, arrasta a mão sobre o jeans, subindo pela coxa até alcançar minha virilha. Estou muito longe de me excitar. Olho para ela. Só oferece seu perfil, concentrada no caminho, mas creio que está mais atenta em ocultar seu gozo.

Vejo alguns lampejos coloridos ao longe, por trás de Lili. Reconheço as luzes piscantes e distingo alguns focos brancos flutuando no campo negro. A distância que nos separa parece enorme e demoro para reconhecer que a estranha textura do terreno perto das luzes nada mais é que a superfície da laguna que antes ladeamos. Então entendo: quando Juanma diz "ela disse que não, e a deixei na estrada", está nos poupando o penoso relato de um homem que arrastou pela terra encharcada o corpo de uma mulher que lhe disse não.

Volto a me concentrar no rosto de Lili. Guardo o segredo da minha descoberta que permanece às suas costas e imagino como brilharia seu rosto e o que conheci do seu corpo depois de onze tórridos dias nas águas rasas da laguna.

— Qual é o problema do seu amigo? — ela solta de repente com ironia e uma voz nova, uma voz forte e clara que acentua os silêncios que mantém entre dentes. — Juanma — acrescenta sem tirar os olhos da estrada.

Percebo algo úmido na sua dicção, água na sua boca, e ouço-a saborear minha surpresa.

— Vai ver que você não sabe, mas esses segredos correm

rápido. Você nunca esteve com uma ex-namorada dele ou algo assim? A maioria das mulheres se dá conta só de conhecer um pouco o cara, nada mais. Quando o Gordo começou a me contar qual era o assunto… Tem um pau pequeno, eu disse a ele, ou tem um problema fodido com isso, e é assim que começa a discussão. Porque eu vejo a coisa deste jeito: se o cara tem esse tipo de problema, se por causa da frustração e do ódio reprimido por não ser capaz de fazer uma garota gozar é capaz de matá-la quando deveria fodê-la, então lhe darem um tiro nas bolas é fazer justiça. Mas quero que ele sofra o resto da vida e assim, mal ou bem, vai se acostumar… A gente se acostuma a qualquer coisa. Vamos ver se fui clara. Eu já estou convencida, mas sua opinião me interessa. Se não fazemos nada, já se sabe mais ou menos como é que isso termina. Em princípio, não teria nem mesmo por que cair, de modo que o mais provável é que saia limpo. Quando encontrarem o corpo já terão passado muitos dias e, ainda que procurem, não vão encontrar DNA dentro, porque é óbvio que não a estuprou. Duro, desesperado, a guria se arrependeu num instante; ficou desconfiada, olhe que te digo que uma mulher se dá conta, e disse a ele que não. E o grande filho da puta, que já tinha se metido num caminho perdido para aliviar a vontade de uma trepada fácil sem ter que ver como ela vai se decepcionando e lhe pede para ir ao banheiro com qualquer desculpa, como sempre lhe acontece, e sai já quase vestida, evitando seu olhar e pronta para cair fora, vê que essa guria também quer se safar e então tenta bancar o espertinho e o durão, começa a apertá-la, e a pobre garota que mal pode se mexer no carro não consegue nem mesmo lhe dar um pé nos colhões. Esse filho da puta vê, agora sim, que pode fazê-la gritar, e não para. Mas não há muitas provas contra ele, alguém que os tenha visto juntos, nada mais. E aqui ninguém vai vir fazer interrogatórios em pleno verão com essa linda gente. Sem falar em todos os contatos, e nos advogados da família, e em todas as famílias unidas e seus advogados, e suas facilidades com os juízes e os procuradores... O que pode acontecer? Pior caso: prisão central por um tempo até que o juiz resolva. E o juiz também se compra. Uma cela que é um quarto em pleno centro, internet, TV a cabo, futebol, e saídas à vontade. Se você tem grana para pagar isso, claro, mas é assim. No máximo um ou dois meses. E se se complica muito, porque acontece que a garota tinha por sua vez um parente com mão forte por aí: transferência para uma cidade do interior. Uma penitenciária agrícola por um tempinho, e em poucos meses você já pode sair nos fins de semana. Ir aonde? Dançar, é claro, pegar alguma garota. Um par de anos, três estourando, e de volta pra casa. Como uma viagem demorada, do tipo que esses mimados fazem a três por dois... A essa altura, poucos vão se lembrar do caso, se a imprensa não se meter, claro, que com ninguém da General Paz pra cá ela vai se meter... E para os conhecidos, outra flagrante falha do poder judiciário e político. E é aí, entende?, que eu quero que continue sofrendo. Que continue padecendo, que cada vez que pagar uma puta para dar seus gritinhos ele vai saber... E que o medo o espreite cada dia e o pegue no momento menos esperado. Que a irmã sofra um acidente terrível um dia. Que o pai acobertador leve dois tiros em cada perna e um no peito, surpreendido por um tiroteio à saída do seu clube. Tudo para lhe arrancar cinco mil pesos. A mae... Pobre veterana. E olhe que deve ir todos os domingos de tarde à missa e que ajuda a família das suas empregadas com alguma coisinha... Isso seria justiça... Mas você viu como é. Não há espaço para ideias novas. Muita ansiedade na volta, e ninguém tem tempo para pensar em nada. O que você faria?

Voltamos para a casa. Deixo que Lili vá à frente quando descemos do carro e caminho organizando um plano para tanta novidade. Lá dentro a música soa estridente, e na cozinha, no banheiro principal e perto da piscina encontro pequenos grupos de garotas absortas em conversas que só à distância parecem animadas. Bebem, fumam e dão gargalhadas gritando coisas que ouviram mil vezes. A cena de sempre, podre de velha. Eu me pergunto quanto tempo levariam para proteger o assassino com indulgência se eu lhes contasse de repente do corpo inchado que Juanma arrastou até a laguna. Ninguém é julgado aqui pelo que faz, como ninguém nunca foi. O cálice de sangue une a todos, e eles poderiam comer os miolos dos seus mortos se se vissem perdidos na montanha e papai demorasse algumas semanas mais do que o previsto para ir buscá-los. Só Bet, a formosa irmã de Dardo, me confunde. Agora ela sorri para mim e, ao observá-la, vejo que suas pupilas, secretamente, e só elas, me chamam.

Continua meu percurso, procurando Dardo, sentindo o cheiro do Gordo, medindo a tensão em cada aposento. Vejo armas onde antes só havia soberba e uma espessa névoa de frivolidade. Chego até a beira da piscina e esquadrinho seu fundo trêmulo, temeroso de encontrar o corpo nu de M. N. com as impressões azul-esverdeadas e roxas das mãos de Juanma. E lá está ele. Meio sorridente e de olhos fechados.

Todas as vozes masculinas provêm da churrasqueira.

Eu só estava esperando que o sol e a fauna da laguna apagassem toda prova, é o que vou dizer a Dardo.

Já a encontraram, faz pouco.

E aquele Gordo e esta garota: recendem a quê?

E no entanto tenho que me deter para ver a mais grotesca pantomima. Dardo, de pé, ri por cima do Gordo, sentado à mesa de pôquer carregada de fichas e algumas notas enroladas como tubos finos. Juanma, que participa da mesa, exagera incredulidade ante as copas expostas do Gordo, enquanto Súper e Fantástico, cada um com seu crucifixo de ouro no peito da camisa aberta, também à mesa de jogo, apertam impotentes suas cartas perdedoras escolhidas pelo intruso e meneiam suas cabeleiras louras parafinadas, francamente confusos. Lili já está ali, fumando, um metro e meio atrás de Dardo e do Gordo. Olha para mim e sorri.

— Bom, rapazes — pigarreia o Gordo juntando as fichas. — Me desculpem, mas vou mudar isso agora.

— Você é um mestre, Gordo, mas vou já rebentar teu cu, você vai ver — diz Juanma, nervoso, passando de uma mão à outra um bobo amuleto familiar desperdiçado. — A qualquer momento.

O Gordo, com o suor brilhante na testa e as mãos desajeitadas recolhendo seus pertences, olha para ele sem levantar o rosto e faz uma careta. Olho para Lili, para Dardo e para Juanma outra vez. A pequena multidão em torno da mesa se atomiza e os perdedores se levantam. Juanma endireita o tronco.

— Vamos agora? — pergunta.

Olho para o Gordo, que acaba sua tarefa e o fita, erguendo as sobrancelhas. Só emite uma voz gutural que parece afirmar de má vontade.

Lili anda até mim com sua falsa simpatia outra vez, jogando novamente sua carta de sedução ameaçadora. Por prestar atenção no Gordo, perdi Dardo de vista.

— Agora não sacaneie, bonitão — ela sussurra grudada em mim com sua boca d'água. — Viu como eles são. Se a coisa se complica, complicam mais. É a isso que se dedicam.

Nem olho para ela.

— Eu até te daria meu telefone, mas por ora não quero que me estrangulem — acrescenta sem graça.

Preciso de um carro. Dou meia-volta e entro na casa para encontrar Dardo. Continuam aqui as mesmas garotas e agora há outras, que parecem recém-chegadas de uma festa. O clube de pôquer inteirinho desenrosca garrafas e faz saltar tampas de cerveja. Do meu amigo, nem sinal. Sei que tenho muito pouco tempo. Um banheiro ocupado, o outro também. Subo e entro em cada aposento, na sala de jogos, nas três suítes. Encontro menos sexo e mais droga do que poderia imaginar. De repente tenho um pressentimento, ou são vozes que chegam de longe. Me apresso a entrar num dos quartos que dão para a frente e saio ao terraço em sombras. Vejo Lili na rua; Juanma e o Gordo conversam atravessando o jardim. Alguns metros atrás deles, ou já deliro nesta noite de morte, Dardo os segue.

Estou voando escada abaixo e ouço os insultos da garota cujo peito acabo de ensopar com a própria cerveja dela. Minha ajuda agora se chama Bet, Bet, Bet, Bet. Merda. Por que tem tanta gente aqui? Com licença. Desculpe. Idem pra você, pentelha. Lá está.

— Bet. Bet. Preciso das chaves do Peugeot. Me empreste o carro. Por favor. Já.

Estou olhando para ela e quase a ponto de contar toda a história para que me dê as chaves. Mas não. Posso dizer: já a encontraram. Não. Acabo de lhe dar dois segundos inteiros e ela não responde.

— Bet. É pelo seu irmão.

Três segundos.

— Obrigado.

A Mercedes está acelerando quando saio da casa. Corro o mais rápido que posso e a vejo se afastar. De Dardo, nem sinal. Como pode ter entrado naquele carro? Temo que o imbecil tente defender Juanma na hora H e termine complicando ainda mais a trabalhosa felicidade da sua família.

Entro no Peugeot e dirijo pelo balneário procurando as luzes nas ruas escuras. Passo por dez, vinte cruzamentos até que finalmente as vejo, duzentos metros campo adentro. Apago os faróis do carro e entro na trilha de uma ocupação, que adivinho. Vou devagar, mas diminui a distância da Mercedes que avança devagar, afastando-se da costa.

O farol de uma moto aparece de súbito à frente. Treme sobre o cascalho. Suponho que são eles e levanto o pé do acelerador. O farol cruza com o trajeto da Mercedes e levanta-se uma pequena poeira que esfuma as luzes vermelhas brilhantes ao parar. Paro.

Quando torno a distinguir as formas, vejo dois caras que, com seus capacetes na cabeça, tiram com violência Juanma do banco de trás do carro. Saio do Peugeot e me proponho a me aproximar sem chamar a atenção, protegido pela escuridão. Há gritos e forcejos, o Gordo aparece pela porta do acompanhante do outro lado e dá ordens pouco convincentes para que o larguem. Juanma cai no chão e um dos macrocéfalos aponta e dispara no seu corpo. Seu grito é dilacerante. Estou a meio quarteirão, paralisado, pensando no que fazer sem poder pensar. Juanma solta um alarido desesperado e é então que o lampejo de uma arma através do vidro traseiro da Mercedes e o som seco e forte do disparo um milésimo de segundo depois surpreendem a todos. Um dos cabeçudos cai, e outro lampejo e sua explosão saem em seguida da Mercedes pela porta aberta. Ouve-se um grito e seguem-se quase sem pausa sete ou oito tiros como o último. Cai o segundo. O capacete bate no chão e rola. Os gritos de Juanma se apagam. Os disparos reverberam no campo quando cessaram, enquanto três ou quatro quero-queros rasgam a noite com seus pios, afastando-se.

O Gordo enfia a cabeça de novo no carro, ouço sua voz, agora forte e clara.

— O que você está fazendo, seu filho da puta! O que você está fazendo!

Dardo sai do carro e evita os corpos, aproximando-se de mim sem saber. A Mercedes ruge e some no campo.

— Vamos embora — diz Dardo quando me encontra.

Voltamos em silêncio até o Peugeot. Os quero-queros insistem no oeste escuro, a claridade do amanhecer se divisa sobre o mar. Já não há vento e estou gelado.

— Solucionou a vida dele — digo.

— Ele merecia. E eu também.

Vejo meu pulso tremer no volante.

— Vá em frente que acabamos na estrada — me diz, quando eu me disponho a fazer meia-volta.

Acendo as luzes de posição e avanço com cuidado. Passamos junto dos corpos, mordendo a beira do caminho. Olho de esguelha. Dardo parece não ver.

— Típico ajuste de contas — murmura olhando para o outro lado.

— E tudo por quanto?

— Vinte mil pesos.

Ciúmes

BERNARDO CARVALHO

Se estou contando, é porque você não vai sobreviver. Não sou louco de deixar uma testemunha viva. Quer dizer, quanto mais eu falar, mais vou me comprometer — e menores serão suas chances. Toda história é uma contagem regressiva. Você está entendendo, não é? Ninguém vai saber que estive aqui. Não fica bem. Não estou em posição de me comprometer. Eu podia parar agora mesmo. Bastava você abrir a boca, me interromper, dizer alguma coisa. Mas como, pelo jeito, você não vai me perguntar nada, também não vou ter que responder. Pode haver encontro mais ridículo do que o nosso? Afinal, pra que é que você me fez vir até aqui, se não foi pra revelar alguma coisa? Ou vai dizer que não me fez vir até aqui? Você pode não responder, mas nada me impede de continuar perguntando, correto? É claro que, a cada nova pergunta sem resposta, suas chances de sobreviver diminuem um pouco mais. Que é que você queria? Por acaso achou que a gente não sabia que ele tinha saído daqui com uma mensagem? Uma mensagem secreta — e em código! E não é pra rir? É lógico que a gente sabia. Você também sabia que a gente estava atrás dele, ou não sabia? Se não, por que é que resolveu usar ele como mensageiro? Você queria que eu viesse aqui perguntar, não é isso, pessoalmente? Você me fez sair da minha casa pra vir até aqui perguntar. É claro que eu fiquei perplexo. Se você resolveu usar ele como mensageiro, é porque boa coisa não é. Você está puto desde que te transferiram pra cá, é isso? E agora está mais puto ainda, porque cortaram o sinal do seu celular? Você esperava o quê? Que ele fosse impedir a transferência? Achou que ia ficar aqui com sinal de celular? Não imaginava? Agora, o que é que você acha que leva um homem como ele a defender um homem como você? Os princípios básicos do direito? Que todo homem, por pior que seja, até o maior representante da pior escória, tem direito a defesa? É isso? Correto. Mas o que é que leva um advogado como ele a se prestar a menino de recados da escória da humanidade? Claro, se você abrisse a boca, me diria que ele não defende qualquer um e não é menino de recados de qualquer um. Você se acha muito especial, não é? Tem que se achar. Como maior representante da escória humana não podia achar outra coisa, correto? Correto?! Não podia ser um homem qualquer, um cara comum, como os outros. E ele também não. Ele também tem que ser um cara especial. É o mínimo que eu posso dizer. Você sabe que a gente se conheceu antes de entrar pra faculdade de direito? É, eu e ele. Acontece. Adolescente. Sabe como é? Vai dizer que nunca teve nada com um coleguinha de escola, quando era moleque? É claro que isso não quer dizer nada. Coisas de garoto. Pode contar. Meu negócio, por exemplo, é mulher. Sou um homem casado e com filho. E não estou aqui pra me comprometer. Você entendeu, não é? Não disse que, se eu continuasse falando, você não saía daqui com vida? Então? Está espantado? Antes de virar secretário de Segurança, também estudei direito e fui promotor, veja só! Você não imaginava? Claro que imaginava. Mandou levantar minha ficha e a dele. Estou sabendo. Mas aposto que não sabe que ele foi um provocador na faculdade. E que interrompia as aulas pra explicar aos professores que a justiça não tem nada a ver com a verdade. No fundo, era pra eu ouvir, claro. É, desde aquela época. Ele só se matriculava nos cursos que eu fazia. A justiça não tem nada a ver com a verdade. Pra eu ouvir. Não acha a mesma coisa? Não concorda? Acha que ele resolveu te defender por afinidade de ideias? Por acreditar no mesmo que você? Você acha que ele resolveu te defender no dia que te ouviu falando de Kierkegaard e da necessidade de acreditar no inacreditável? Ou foi quando te ouviu recitando Dante no YouTube? O *Inferno* não é seu livro de cabeceira? Não é isso o que você anda alardeando por aí, quando abre a boca pra falar das injustiças do sistema carcerário e dos direitos dos presos? Essa merda toda. Não é essa a sua foto oficial, posando com o *Inferno* de Dante na mesa de cabeceira da sua cela? Babaca. Vai dizer que não sabia que ele estava sendo seguido? Que a gente seguia ele há um ano e que seguiu ele daqui até o hotel e no dia seguinte do hotel até a rodoviária e da rodoviária até o aeroporto? Vai dizer que achava que a gente não sabia que ele tinha saído daqui com uma mensagem? E que essa mensagem, num código que nem ele podia revelar se fosse preso, tinha que ser entregue pessoalmente, e só depois de ele ter despistado quem estava atrás dele? Não vai me dizer agora que não passou pra ele uma mensagem em código, que ele ia ter que transmitir aos seus subordinados, sem usar telefone nem celular, porque estava sendo monitorado? Vai dizer que não sabia que eu tinha posto toda uma equipe trabalhando dia e noite pra decifrar seus códigos? Mas, então, pra que é que resolveu usar ele de mensageiro, se não foi pra atrair minha atenção? E por que é que me fez vir até aqui, se não foi pra me revelar alguma coisa? É lógico que pra mim é incrível. Como é que ele foi se prestar a isso? E, afinal, que mensagem é essa que só ele podia levar? Que foi? É lógico que estou preocupado. Você acha o quê? Que foi que você planejou dessa vez, que só ele podia transmitir, em código, sem fazer a menor ideia do que se tratava? Você quer voltar a espalhar o pânico? É isso? Vai paralisar a cidade de novo? Não me diga que mandou matar o chefe de uma facção inimiga! Não! E que vai desencadear uma nova guerra do crime! Ou está orquestrando mais uma onda de sequestros e chacinas? Ou será que é alguma coisa totalmente nova? Uma surpresa? Porque até agora continua tudo calmo e já faz três dias que nós o perdemos de vista. É, perdemos. Ou você acha que eu estaria aqui se ele estivesse preso? Agora, me diga: você acha que ele tomou o que você deu pra ele tomar no caso de ser acometido por alguma hesitação? Mas, então, você também achou que ele pudesse se arrepender de servir de menino de recados pra escória da humanidade, levando pra fora do presídio de segurança máxima ordens secretas e desconhecidas que o cliente — ou será que ele já te chama de chefe? — não podia mais dar diretamente, por telefone, por causa do bloqueio do sinal de celular, não achou? Você achou que talvez ele pudesse se sentir humilhado? Você é um cara sensível. Prefere que eu te chame de gênio do crime? Acha que se ele preferiu usar o transporte público, em vez de pegar um táxi, foi pra não correr o risco de ser sequestrado? Acha ou sabe? Não foi instrução sua? Não é estranho? Se não foi instrução sua, eu diria que é mesmo superestranho, você não acha? Porque alguma coisa aconteceu no meio do caminho. Acha que o que você deu pra ele tomar, pra evitar a má consciência, a humilhação e o medo, pode ter relação com o fato de ele ter pegado o transporte público na direção errada e, em vez de ir direto pro aeroporto, acabar num bairro controlado por facções inimigas? Não é estranho? Até aí, a gente ainda estava seguindo ele. Veja: não estou insinuando nada. Você acha que ele se enganou? Acha engraçado seguir uma pessoa que nem sabe pra onde vai? Um cara que anda a esmo pela cidade? Ou será que o erro era deliberado? Senão, como é que você explica ele não pegar o transporte público de volta, na direção contrária, assim que se deu conta do erro, e, em vez disso, ficar vagando pelo bairro inimigo, pondo em risco a própria segurança e a própria missão? Só se foi mesmo pra confundir e desnortear a gente, porque sabia que estava sendo seguido, não é? Ou será que ele estaria traindo a organização? Porque, se não, que é que ele foi fazer ali? Você acha que ele podia, digamos, sei lá, também ser advogado do gênio do crime de uma facção inimiga? Estar trabalhando pros dois lados ao mesmo tempo? Na surdina, só dando consultoria, por exemplo. Duas caras. Já pensou? Prefere não pensar? Não há dois gênios do crime? Não pode haver. Só um. Claro. Desculpe. Você acha que o efeito do que você deu pra ele tomar — pra afastar a má consciência, a humilhação e o medo — explica ele ficar dando pinta num bairro inimigo? Como se tivesse saído de casa pra comprar uma cerveja no bar da esquina ou dar uma volta na praça? Ainda mais com uma mensagem secreta, e em código! O que te faz pensar que ele não poderia defender o chefe de uma facção inimiga? Kierkegaard e Dante? O que é que você acha que ele viu em você? Você acha que ele viu a representação máxima das contradições da sociedade e da justiça? Que foi que ele te disse quando se ofereceu pra te defender? Não te contou que na faculdade ele sempre tomava o partido da contradição? Então! E que bastava eu concordar com alguém pra ele me contrariar? Não te contou que, desde que a gente se viu pela primeira vez, ele tentou me convencer do contrário de tudo o que eu achava que era certo? Mesmo quando o que eu dizia era só uma questão de bom senso? Não te contou como vestiu a camisa de defensor do indefensável? E tem alguém mais indefensável do que você? Então! Só que isso foi bem antes de ele ouvir falar em você. E bem antes de ouvir você falando em Dante e

Kierkegaard. O que te reduz à ilustração do que ele já pensava bem antes de te conhecer, entende? Babaca. Você veio a posteriori. Eu já estava lá, a priori. Que foi? Ele não te contou que foi um adolescente inconformado com as injustiças do mundo e um estudante engajado cada hora numa coisa, contanto que fosse o contrário do que eu pensava? Na certa, ele te falou que os tribunais são encenações onde o que conta é a retórica e a atuação, não? E não te contou que, desde que entramos pra faculdade de direito, a vida dele se resumiu a tentar me convencer disso? Não te disse que há proporcionalmente mais criminosos livres e impunes entre os poderosos do que condenados e presos nas prisões superlotadas? Porque essa é uma máxima que você mesmo podia adotar e repetir à exaustão, apesar de ser leitor de Kierkegaard e de Dante e de ter um repertório bem mais sofisticado aí ao seu alcance, não? Você acha que a gente não achou estranho o jeito dele, atravessando com toda aquela desenvoltura um bairro controlado por facções inimigas, como se não houvesse ninguém nas ruas, sem medo de levar um tiro? O que você deu pra ele tomar não afastou só a má consciência, a humilhação e o medo; afastou também, e com muito mais sucesso, o bom senso que ele sempre combateu, pela via da argumentação, em nome da contradição e do paradoxo. Porque pra ele eu representava o bom senso. Agora, quer maior paradoxo do que o secretário de Segurança conversando com o gênio do crime num presídio de segurança máxima por causa de uma mensagem em código que ainda não chegou ao seu destino? O secretário de Segurança tentando convencer o gênio do crime a mudar de ideia e evitar que essa mensagem chegue ao seu destino? Que foi? Quer maior contradição? Ele não te disse que foi fazer direito penal porque eu também fui, só pra me convencer das ideias dele? Ou me dissuadir das minhas? Ele não te disse que só fazia os cursos que eu fazia? E você não sabe que, como advogado criminalista, ele ganhou todos os processos nos quais fui promotor? Só pra provar que a justiça não tem nada a ver com a verdade? Não foi isso o que ele disse quando se ofereceu pra te defender? E você não ficou espantado de ver um advogado como ele à sua disposição? Não foi isso o que ele te disse quando te procurou? Que a justiça é só teatro, retórica e encenação? E pensar que, com esse idealismo todo, ele acabou reduzido a mensageiro do crime! Um cara brilhante. Não acha que ele devia ter pensado duas vezes antes de oferecer seus préstimos ao crime organizado? Porque agora ele já não tem como recusar uma ordem dessas, tem? Reduzido a menino de recados. Ou você acha que ele fez isso por livre e espontânea vontade? Acha que nem precisou tomar o que você deu pra ele vencer a má consciência, a humilhação e o medo? Eu também me pergunto. E é claro que fiquei perplexo quando soube que você estava usando ele como mensageiro. Você não ia fazer ele levar uma mensagem qualquer, não é? Tinha que ser coisa séria. Agora, como é que ele se prestou a um negócio desses? Será que foi só por provocação? Ou será que o poder de andar por aí com uma mensagem capaz de destruir o mundo subiu à cabeça dele? Quer maior poder do que o que você deu pra ele com essa mensagem que nem ele sabe o que é? Que foi? É isso que você quer provar? Que basta o poder pra levar um homem como ele a se rebaixar à pior escória da humanidade? E que basta o poder pra transformar um advogado brilhante em menino de recados? Foi pra isso que você me fez vir até aqui? Pois eu vou te dar meu ponto de vista. Você sabe o que leva um homem como ele a fazer isso? O que leva um advogado como ele a fazer isso é o que você não previu quando confiou nele como advogado. É o amor. E o amor é volúvel. Ou não é? Você achou que era amor pelo que você representa? A gente seguiu ele. A gente viu como ele entrou e saiu de um bar, num bairro controlado por facções inimigas, como se o bar fosse apenas uma sucessão de portas e salas vazias, ignorando tudo ao redor, como se fosse o homem mais destemido do mundo. A gente viu como ele avançou pelas ruas, como se estivessem vazias, num bairro controlado por facções inimigas, como se dançasse entre tiros invisíveis, no meio de um tiroteio inexistente. E você acha que é só o efeito do que você deu pra ele tomar? Ou será que ele está te traindo mesmo? Isso não te passou pela cabeça quando você mandou ele transmitir essa mensagem, pessoalmente? Que foi? Ainda acha que pode confiar? Acha que um homem como ele pode ter sido educado pra defender a pior escória da humanidade sem segundas intenções? Só estou perguntando. A gente seguiu ele. É. Eu podia te contar mais um monte de coisas, mas quanto mais eu contar, menores vão ser suas chances de sobreviver. Você já entendeu, não é? Porque quanto mais eu falo, mais me comprometo. E não estou em posição de me comprometer. Sou um homem casado. Você podia me interromper e me dizer alguma coisa, qualquer coisa sobre essa mensagem. O melhor seria você me interromper de uma vez. Você acha que, a essa altura, ele já entregou a mensagem? Acha a pergunta redundante e inútil? É que a gente perdeu ele há três dias e até agora não aconteceu nada. É, perdemos, no meio do caminho, como Dante. Eu sei o que você está pensando. Eu estava pensando a mesma coisa. Talvez ele seja mais esperto que nós dois juntos. Porque a essa altura a gente já devia ter sentido os efeitos da mensagem, não é? Alguma coisa tinha que ter acontecido. E, se não aconteceu, é porque ele não entregou a mensagem. Que foi? E enquanto ele não entregar, ainda faz algum sentido eu continuar perguntando, ou não faz? Ainda tenho alguma chance de te convencer a falar? A gente podia até entrar num acordo. Veja: vai que a mensagem cai em mãos inimigas, mesmo com um código indecifrável. Não seria melhor a gente abortar logo essa merda? Você acha a pergunta idiota? Mas entendeu o que eu disse no início, não? Entendeu que, quando eu não tiver mais nada pra perguntar, você também não vai ter mais razão pra continuar vivo? Você acha que, morto, vai desencadear o caos? Ninguém tem culpa se gente de outra facção que, por coincidência ou infelicidade, se encontra representada nesta mesma prisão de segurança máxima conseguir corromper os guardas pra vir te fazer uma visita esta noite. Ninguém é incorruptível. Por enquanto, são só conjecturas, claro. Vou repetir pra te dar um pouco mais de tempo: estou vendo que é difícil pra você engolir que ele faça tudo isso só pra me provocar, não é? É normal. Mexe com seu amor-próprio. Você achava que era por você e pelo que você representa. Mas não vê nenhuma conexão no fato de que ele só se ofereceu pra te defender depois de eu ter sido nomeado secretário de Segurança Pública? Não vê nenhuma relação? Acha que eu exagero? Que sou narcisista? Que quero estar sempre no centro das atenções? É isso? É o que dizem por aí. É o que a mídia diz. E que mais? Acha mesmo que, pra ele, você encarna o paradoxo de um país injusto e de uma justiça de araque? É isso? Você acha que, pra ele, você é Robin Hood? Mas você acha que Robin Hood mandaria uma mensagem de retaliação, pra aterrorizar a população de uma cidade, só porque está sem sinal de celular? Você acha que Robin Hood era vingativo assim? Acha que nós não estamos preparados para o pior? É claro que fiquei preocupado quando soube que ele estava levando uma mensagem. E ainda mais agora que ele sumiu. Pensei duas vezes antes de vir aqui te fazer essa proposta. Não fica bem pra mim, entende? Mas acredito que você ainda possa mudar de ideia, abortar essa história toda e salvar sua pele. Basta abrir a boca e revelar o que diz a mensagem. Que é que você acha? E se a gente permitir que você faça mais uma ligação de celular, ou duas — além, é claro, da que você vai ter que fazer de qualquer jeito pra anular a mensagem? Uma ou duas ligações de celular pra poder resolver as questões mais urgentes da organização? Não é uma boa? A gente aborta essa mensagem antes que ela chegue ao destino. E ninguém fica sabendo que você se arrependeu no meio do caminho, até porque o gênio do crime, leitor de Dante, não seria volúvel e indeciso a ponto de mandar uma mensagem e mudar de ideia no meio do caminho, ou seria? Ninguém vai acreditar numa contradição dessas. E não tem um monte de bode expiatório dando sopa por aí? A começar por ele, seu advogado, que você transformou em menino de recados? Você não podia pedir mais esse favor pra ele? Pra ele fingir que te traiu? Não é perfeito? Todo homem não é um traidor em potencial? Ainda mais quando estamos falando de amor. Não foi por amor pelo que você representa que ele passou a te defender? Não foi por que a justiça não tem nada a ver com a verdade — só com teatro, retórica e atuação? Não é nisso que você acredita? Não foi o que ele te disse? E não é o que ele vem me jogando na cara desde que me viu pela primeira vez, adolescente? Não foi pra me convencer disso que ele me fez perder todos os processos quando eu era promotor? Pra provar que justiça e verdade são coisas diferentes? Enquanto eu achava que fazia justiça buscando a verdade? Ele não está me perseguindo e me provocando e me desafiando desde que me viu pela primeira vez? Então, se não é amor, como é que você chama isso? Não estou insinuando nada. Não quero te decepcionar, mas está percebendo agora que ele só foi te defender por minha causa? Não está percebendo que essa história já vem de longa data e que ele só está levando essa mensagem pra me desafiar? Pra instalar o caos durante minha gestão? Ou você achava o quê? Você acha mesmo que ele ia se apaixonar pelo que você representa? Um homem com a educação dele? Você está vendo como estou adiando sempre um pouco mais a pergunta final? E me repetindo. Pra te dar mais uma chance de voltar atrás e responder de uma vez por todas que porra de mensagem é essa! E você acha que, se a gente não tivesse perdido ele, eu estaria aqui apelando pra você, me submetendo ao ridículo, fazendo perguntas que não têm resposta? O secretário de Segurança apelando ao gênio do crime? Mas você está entendendo que é uma situação sem volta? Está entendendo que é insustentável? Que, se eu também me rebaixei a esse ponto, é porque ou saio daqui com uma resposta ou você não sai com vida? Desculpe se estou me repetindo, mas é que achei que o gênio do crime fosse mais inteligente. E pensar que, mesmo sob efeito do que você deu pra ele tomar pra afastar a má consciência, a humilhação e o medo, mesmo assim, com a consciência alterada, ele ainda conseguiu despistar a gente! Você acredita? Vai me dizer que ele não é velhaco? E vai me dizer que nunca passou pela sua cabeça que um sujeito assim podia te abandonar nesta merda de presídio de segurança máxima de uma hora pra outra? Que ele podia te trair, indo defender o líder de alguma facção inimiga que passasse a representar melhor os paradoxos e as contradições da justiça? Você, que é o gênio do crime, não sabe que o amor é lábil? E, se não é amor, como é que você explica que ele tenha me perseguido todos esses anos, só pra me confrontar e me desafiar em público? Que nome você dá a isso? Você não desconfiou nem um tiquinho quando ele perdeu a ação pra evitar que você fosse transferido pra cá, pra um presídio de segurança máxima sem sinal de celular? Uma ação tão simples. Logo ele, que nunca perdeu ação nenhuma? Vai que isso não te passou pela cabeça! Em hora nenhuma? Sério? Não te passou pela cabeça que ele pudesse ter outros interesses além do seu bem-estar? Interesses pelo bem-estar de outros, talvez? E que você fosse apenas um joguete nas mãos dele? Não te passou pela cabeça que você pudesse ser apenas o pretexto pra causa que ele defende contra mim? E que se há um espectador no mundo pra quem ele encena esse ato de amor, esse espectador sou eu? Não percebe que ele faz tudo contra o que eu faço e contra o que eu penso? Eu não queria estar no seu lugar. Deve ser foda ser o gênio do crime, hein? Não dá pra confiar em ninguém, não é? E, por ser gênio, deve ser pior ainda, porque você vê longe, não? E percebe de longe quando vai ser enganado, quando um colaborador está pra virar traidor, não? É que nem viver cercado de gente te amando ou dizendo que te ama. E o amor é volúvel. Deve ser um inferno viver cercado de amor. Essa história de mensagem, por exemplo. Só porque bloqueei o sinal dos celulares? O que eu pergunto é: não dava pra esperar um pouco? Você não sabe que essas medidas nunca duram muito? Tenho que vir até aqui explicar pra você, gênio do crime, que também sofro pressão? Não sabe que tem mídia, partido político, opinião pública? Fica aí lendo Kierkegaard e Dante, ou diz que fica, tira foto com o *Inferno* de Dante na cabeceira, mas não entende o básico? Não entende que tudo o que ele faz é pra me pôr à prova? Vai ficar à mercê dos caprichos dele? Afinal, que é que diz essa porra de mensagem?! Que é que você resolveu aprontar agora? Ou será que foi atrás dos conselhos dele? Será que eu é que vou ter que te abrir os olhos? É lógico que ele faz por amor. Mas amor por mim, amor pelo que eu represento, não pelo que você representa! Pense bem. Por que só agora? Agora, que sou secretário de Segurança e tomo uma medida drástica como bloquear o sinal dos celulares nos presídios de segurança máxima? Por quê? Tem outra explicação? Pra me provocar, pra me desafiar. Só pensa em mim. Pois se, pra ele, você representa o paradoxo, eu sou o bom senso. Ou você não tinha notado? Acha que meu ego não tem limites? Que só falo de mim? É o que dizem. Agora, criar todo esse alvoroço por causa de um bloqueio de celular? Você caiu na lábia dele. Mas ele só pensa em mim, percebe? Ele tem problema com autoridade. E, quer saber? Você quer que eu diga mesmo? Ele só te defende pra despertar meu ciúme. Porque eu sou tudo o que importa pra ele. Aposto que você nunca tinha pensado nisso. Você nunca desconfiou dele? Nem depois de ele não conseguir evitar sua transferência pra cá? Quer saber mesmo? Eu nunca tinha visto ele perder uma ação. Não quero insinuar nada, tirar seu sono, mas fiquei surpreso. É claro que você desconfiou. Em algum momento. Porque, se não desconfiasse, não era gênio do crime. E ainda fica dando mole? Ainda confia nele pra entregar uma mensagem secreta, em código? Isso é que não dá pra entender. Que foi? Você nem sabia que ele andava por aí, dando bola em bairro dominado por facção inimiga. Ou acredita mesmo que era só pra despistar a polícia? A verdade é que você tem todos os motivos pra desconfiar. Digamos, hipoteticamente, que ele tenha se apaixonado, sim, pelo que você representa. Então, pode muito bem ter se apaixonado também pelo que representa o chefe de outra facção criminosa, percebe? Ou você acha que só você representa o paradoxo da justiça neste país? No seu lugar, eu também desconfiaria. Ninguém é único e insubstituível. Porque a esta hora ele já devia ter entregado essa mensagem, não? E, se tivesse entregado, nós já saberíamos das consequências. Não foi assim das outras vezes? Mas se não vai abrir a boca, pra que é que me fez vir até aqui? É lógico que queria me dizer alguma coisa quando decidiu fazer dele um reles mensageiro. Já faz três dias que nós o perdemos de vista. E, se até agora não houve nada, nenhum pânico, nenhuma chacina, nenhuma onda de sequestros, nenhuma retaliação violenta contra o bloqueio do sinal de celular no presídio de segurança máxima, é muito possível, e mesmo muito provável, que ele não tenha entregado mensagem nenhuma, concorda? Em outras palavras, pra ser mais preciso, é bem possível que ele tenha te traído. E, nesse caso, pra segurança de todo mundo, não seria melhor me dizer de uma vez por todas qual é o teor dessa merda de mensagem antes que alguém use suas ordens contra você? Já pensou se essa merda de mensagem cai nas mãos de uma facção inimiga? Vai que decifram o código. E se eles assumem a autoria do desastre, no seu lugar? É sua autoridade posta à prova, não a minha. A não ser... A não ser que a mensagem não seja exatamente o que a gente está pensando, não é? A não ser que no fundo você não tenha mesmo nada pra me dizer e esteja só blefando desde o início. Não vai dizer que me fez sair da minha casa à toa. E que essa mensagem, num código que nem ele pode ler, claro, e que ele se esforçou pra fazer chegar ao seu destino, seguindo suas instruções, vencendo todo tipo de perigo e de obstáculo, despistando os homens que eu botei atrás dele, se embrenhando por bairros inimigos pra nos desnortear, não tenha mesmo nenhuma consequência, não seja nada. É isso? Não vai me dizer que me fez de palhaço. E que fez ele se rebaixar ainda mais, por nada, pra levar uma mensagem que não passa de um capricho, talvez um acerto de contas, uma questão de foro íntimo. É isso? Não vai dizer que se aproveitou dele pra mandar o seu veredicto pra um desses tribunais clandestinos, esses arremedos de justiça que vocês mantêm na periferia. Só faltava você fazer ele passar pela humilhação de levar uma sentença dessas, pra selar a sorte de um colaborador qualquer, um pobre coitado caído em desgraça, numa dessas imposturas de justiça que vocês montam por aí. Só faltava! Só pra humilhar ainda mais o advogado que não conseguiu evitar sua transferência pra cá, é isso? Só pra jogar na cara dele, não é? Tá rindo do quê? Qual é a graça? Afinal, que porra de mensagem é essa que não tem efeito nem consequência? Você sabe que seu tempo está se esgotando. Que foi? Pare de rir e fale, porra! Não me fez vir até aqui por causa de uma merda de mensagem... O quê?... Mas você não é nem louco! Não. Por ciúme? Não vai me dizer que fez ele levar, sem saber, a própria sentença de morte até um desses tribunais, vai?

Tanta água tão longe de casa

RODRIGO HASBÚN

A Julia fica adormecida no banco de trás da van enquanto a Carmencita e a Ro conversam com o motorista. É meio inacreditável, mas ele insiste, Brad Pitt e sua outra mulher, a de antes da Angelina, não me lembro mais do nome, vieram ao Chapare faz alguns anos, o Leonardo DiCaprio também, o do *Titanic*, e aquela outra, como se chamava?, a que fez o papel de assassina sexy. Sharon Stone?, ajuda-o Carmencita, cujas olheiras bastante acentuadas a envelhecem pelo menos uma década. Uma mulher tão linda, diz Ro, que entre as amigas foi a última a cruzar a odiosa fronteira dos cinquenta, mas ainda se conserva de uma forma invejável. Espetacular, diz o motorista, talvez devessem dizer alguma coisa a Tula, não fica bem o motorista tratar seus clientes com tanta confiança, como se os conhecesse a vida toda. Estava sozinha, ele continua, é assim que esses ricaços gostam de viajar, passam a dica um ao outro e vão chegando um por um e, bom, que país é melhor que a Bolívia para passar as férias incógnito. Além do mais, como o Chapare não há em lugar nenhum do mundo, acrescenta pouco depois, e continuam sem saber se devem acreditar nele, pelo que sabem o hotel da amiga delas não é tão luxuoso assim, além do mais ela nunca lhes disse nada. Ao contrário, corria o boato de que ela ia de mal a pior desde que descobriu o Jaimito com uma camponesa do pedaço, uma das meninas da limpeza, que ele inclusive havia engravidado, não muito antes da Tula descobrir e mandá-lo embora da sua vida e do hotel. Falando nisso, você não imagina do que acabo de saber, a Julia tinha dito a Ro na noite anterior, pelo telefone, e lhe contou que aquela índia continuava trabalhando lá, ao que parece a Tula não quis despedi-la. Ai, filha, é que a culpa também não é toda dela, a Ro tentou defendê-la. Como é que não, interrompeu-a Julia, como?, então quem tem?

Olhando pela janela a vegetação cada vez mais frondosa, a Carmencita se distrai pensando na onda de afeto que sentiu aquela manhã pelo Jonás, quando o viu dormindo encolhido no seu lado da cama. Em geral, ele acordava primeiro, fazia anos que não o via assim. Parecia em paz mas não estava e nunca estaria, desde o acidente dos meninos tinha se acostumado demais à tristeza, a se perder fácil por dentro. O que faria no fim de semana? Como seriam essas horas a sós? Ele também se pergunta mal acorda, e embora os viesse esperando, os três dias que começam agora lhe parecem impossíveis de percorrer. Estou no princípio, pensa Jonás ainda deitado na cama, e já me custa levantar, me mover meio metro, chegar a lugar nenhum. Continua adormecido, o cheiro dos lençóis o faz pensar na Carmencita na noite anterior, de pernas abertas mas cobrindo o torso com a toalha, envergonhada por seus peitos caídos, seus mamilos esticados, sua barriga. Como se nunca antes os tivesse visto. Treparam depois de meses, ao que parece a perspectiva da viagem com as amigas tinha renovado suas energias. Como seriam para ela, depois de tanto tempo, essas horas longe de casa? Ontem à noite dormi como morta, está lhe dizendo Ro, na van. Por quê, senhora?, se intromete o motorista. Estava cansadíssima, além de fazer a mala tive que fazer mil coisas o dia inteiro, responde Ro e se lembra da briga com o Hans, que foi o que realmente a esgotou, o desrespeitoso se aproximava a cada instante e com qualquer desculpa para boliná-la. Também não havia muita coisa para levar, diz Carmencita. Sim, esses três dias vão passar voando, diz Ro. É que o Chapare é tão bonito, diz o motorista e depois põe-se a contar de um padre do povoado que tinham acabado de encontrar roubando os adornos da igreja. Carmencita insiste na sua lembrança do Jonás encolhido no seu lado da cama. É o homem que seus filhos não chegariam a ser, pensou enquanto o via, e agora na van volta a pensar, é o homem que nossos filhos nunca serão. Depois de vários minutos de incerteza, ele consegue se levantar e escovar os dentes e urinar, mas faz tudo com um esforço desmedido. Meia hora depois, quando chega à loja, os empregados estão parados ao lado da grade de metal e já há três clientes esperando, num país onde sobram carros não existe melhor negócio do que vender peças de automóvel. Bom dia, dom Jonás, cumprimentam-no os empregados, e ele cumprimenta por sua vez os clientes, bons dias, senhores, desculpem a demora. No banco de trás da van, enquanto isso, a Julia se espreguiça com espalhafato, porque afinal está acordando mas também para chamar um pouco a atenção. Diz que sonhava que já tinham chegado e, sem que ninguém lhe perguntasse, acrescenta que havia uma espécie de convenção e que centenas de homens se punham a aplaudir e a assobiar ao vê-las chegar. Ai, filha, você sonha com cada coisa, diz a Ro, e se ri nervosa, por causa do sonho da sua amiga, mas também pela forma que o motorista a está olhando faz tempo pelo retrovisor. Que inveja, como você dorme profundamente, diz a Carmencita à Julia, quisera eu dormir assim. É o segredo de tudo, responde a outra, a chave da juventude e da beleza. É a melhor droga que pode haver, acrescenta a Ro, e o motorista diz que, na certa, o Chapare se encheu seriamente de pó, é por isso que se vê tanto estrangeiro. Depois sugere, além do mais, que é essa a verdadeira razão pela qual os famosos veem. Tal como nos 80, diz a Julia, não havia cantor que não quisesse vir à Bolívia, parece que eram pagos direto com cocaína.

Alguém insinuou uma vez que seus filhos estavam drogados quando se acidentaram, lembra a Carmencita, e para rebater essa calúnia se força a pensá-los fazendo exercícios (os garotos jogando no time de futebol do colégio ou no jardim lançando o *frisbee* que o pai tinha lhes dado de presente ou, já perto do fim, voltando do ginásio com suas regatas, seus bracinhos cada vez mais torneados). Embora nunca mais fale do acidente, não há um só dia, nem uma só hora quase, que não pense nos filhos. O Roque ainda era pequeno e é difícil incluí-lo na maioria das recordações. Podia ter estado no carro, mas seus irmãos lhe disseram que não estavam voltando para casa, que a avó ia ficar preocupada, que deixasse de encher o saco de uma vez e pegasse o ônibus do colégio, que eles também pegariam se não tivessem conseguido que a avó lhes emprestasse o carro naquele dia, o primeiro que passavam aos cuidados dela. Então o Roque pôs-se a lacrimejar, e um dos dois, não se lembra qual, lhe deu uma palmada no ombro e o outro lhe disse que não fosse maricas, ou pelo menos isso foi o que o Roque contou depois e do que agora a Carmencita se lembra, como se ela mesma tivesse estado lá. Mas ela estava num avião que horas antes saíra do Rio de Janeiro, onde foram obrigados a fazer escala. Tinham sido horas felizes, cheias de sonhos, ela e o Jonás iam pela primeira vez à Europa, embora em retrospecto só consiga recordá-las como horrendas. Horrendas mesmo, angustiantes, as piores da sua vida, foram as horas que vieram depois de ficarem sabendo, quando ligaram para falar com eles de uma cabine pública em Madri. Com o telefone ainda na mão, seu marido não conseguia parar de tremer. Dom Jonás, lhe diz agora um dos seus empregados, um cliente quer saber se podemos lhe dar um desconto sem fatura. Você sabe que sim, responde, sucinto como sempre. É um bom cliente, informa-o o empregado. O Jonás pergunta o que está levando e, como se trata de uma compra vultosa, diz a ele que dê vinte por cento. No geral, passa o dia na loja mas agora está nos fundos, no escritório. São apenas nove e meia da manhã e já se sente cansado, com vontade de voltar para a cama, de ficar o dia todo nela, sem fazer nada. Não faz nada agora, embora esteja com o computador ligado. É como se não estivesse onde está, como se tivesse virado fantasma. É como se eu tivesse virado um fantasma, o Roque também pensa de si mesmo às vezes, do outro lado do mundo, em Barcelona, mas gosta dessa sensação. Acaba de acordar da sesta e está pronto para voltar ao trabalho. Avança numa nova série sobre animais mortos que situa em todo tipo de contextos, uma vaca degolada na entrada de um centro comercial, quatro galinhas decapitadas penduradas num sinal de trânsito, uma sacola cheia de coelhos ensanguentados que uma mendiga arrasta pelo corredor de uma igreja. Tem ideia para pelo menos mais dez quadros e, às vezes, agora por exemplo, enquanto prepara um café antes de voltar ao trabalho, se sente um fantasma, fantasma ou animal morto ou órfão simplesmente. Como artista boliviano, não se deu mal. Mas artista boliviano de família endinheirada, porque só assim pôde conseguir uma passagem para Barcelona e estudos na Pompeu. O estudo era uma desculpa para ir embora, ele sabia e seus pais também, e está há dois anos e cinco meses sem falar com eles. Dos seus vinte e três anos, mais de dois foram de distância radical. Dos seus vinte e três, não volta há quatro. Vai à janela, mora no décimo andar. Há uma piscina lá embaixo e Roque a imagina cheia de cachorros afogados, e toma seu café.

O som do celular devolve a Carmencita à van, às suas amigas, ao motorista que se cala para deixá-la atender. Leva alguns segundos para se dar conta do que está acontecendo. É a Tula que quer saber se houve algum percalço. A Carmencita parece confusa, e o motorista a ajuda dizendo que chegarão em no máximo quinze minutos. Em quinze minutos chegamos, diz. Por favor, diga ao Juancho que preciso de cigarros, lhe diz a Tula, que traga três maços de uma vez, e depois a ligação se encerra de repente. Oi, diz a Carmencita, alô, oi, e a Ro diz que deve ser o sinal. Sim, é o sinal, senhora, confirma o motorista. A Tula quer que você leve uns cigarros, diz a ele. Ele esclarece que já estão chegando. A Carmencita olha pela janela toda aquela exuberância. Já, já, chegam, fica pensando, já, já, chegam.

Banheiro sujo, pensa a Julia, e não sabe se senta no vaso ou não e por fim prefere se segurar. O que faz em vez disso é verificar no espelho se não há nada entre seus dentes e arrumar o cabelo e, já que está nisso, não pode evitar, se vira e examina as pernas por alguns segundos. Diz a si mesma que não, que quase não, que praticamente não se nota a celulite, embora mais uma vez sinta uma pontada de raiva quando se lembra do Rodolfo lhe contando faz umas semanas sobre os novos tratamentos oferecidos na clínica Santa Rita. Ela havia passado a noite anterior esperando que ele voltasse da reunião com os banqueiros vindos de não sei onde (zapeando como uma boba, fazendo e desfazendo a mala, sem saber para quem mais ligar), e quando por fim voltou, por volta das quatro, ele foi direto para o quarto de visitas, supostamente para não acordá-la. Mas não vai pensar no Rodolfo, pensa a Julia, essa vai ser sua vingança, não vai pensar nele nem mais uma vez em toda a viagem.

No seu quarto, a Ro toma uma chuveirada menos rápida do

que esperava e põe um vestidinho preto, que é o que melhor ressalta seu corpo. Atenuei o calor, pensa enquanto se dirige à sala de refeições para encontrar as amigas, atenuei, atenuei, atenuei, mas o que na realidade a alegra mais é a possibilidade de estar longe, do Hans e das suas irritações, da sua filha e das suas confusões e das obrigações da casa, de que não é nada fácil cuidar, agora menos ainda do jeito que as empregadas se tornaram atrevidas. A Julia e a Tula já estão numa mesa, cochichando sobre não sei quem, mas não há mais ninguém na sala de refeições e a Ro se pergunta se os outros hóspedes continuarão dormindo ou se não há mais hóspedes ou o quê. Mal se senta, uma mocinha de uns dezesseis anos se aproxima para perguntar se a senhora deseja café. Sim, diz a Ro, e sorri, bonita menina! Filha, você tem que nos pôr a par da sua vida, diz ela à Tula. Uma maravilha o hotel, diz a Julia. Sim, corrobora ela, mas já começa a se dar conta de que a coisa está ainda pior do que pensava. A mocinha lhe traz seu café e lhe pergunta o que vai comer, tem *cuñapés*, empanadas, *masaco* e sucos de fruta. A Ro dá uma olhada na mesa e vê que está vazia. E vocês?, pergunta às amigas. Estávamos esperando você e a Carmencita, diz a Tula, mas se quiser vá pedindo. Não, também vou esperar, diz, apesar de estar morrendo de fome, as quatro horas na van não foram brincadeira. Muito bem, senhora, diz a mocinha e volta à cozinha e só então a Ro se pergunta se terá sido com ela que o Jaimito se meteu, mas não pode ser, é quase uma menina e além do mais não tem barriga. Olha para a Julia e a Julia devolve o olhar e parece que é porque sua amiga está fazendo essa cara de repulsa que ela conhece tão bem. Não sabem quanto as esperei, como imaginava que já estivessem aqui, diz a Tula. Nós estávamos desesperadas para chegar, diz a Ro. É que não há mais nada que fazer, diz a Tula, principalmente quando a luz acaba, a gente se põe a imaginar coisas, a pensar, nada mais. Isso não faz bem a ninguém, diz a Julia. Que abusada, diz a Ro e se ri, e a Julia insiste em que está falando sério, que pensar muito não é bom, que por isso ela está o tempo todo fazendo alguma coisa. Depois se queixa da Carmencita, por que não vem. Melhor irmos pedindo de uma vez, diz a Ro. A Tula bate palmas duas vezes e a mocinha volta a aparecer, e dessa vez a Ro e a Julia examinam seu corpo, suas cadeiras, seus peitos, é bem magrinha, talvez estejam sendo maldosas. Traga um pouco de tudo, Teo, diz a Tula, para que estas senhoras saibam o que é um café da manhã de verdade. Segundos depois, mal ela se vai, a Tula lhes confirma que é a garota de que o Jaime se aproveitava. Nenhuma delas sabe o que dizer, e a Tula acende um cigarro e a Ro toma seu café e a Julia vê que do outro lado da piscina a Carmencita vem se aproximando, a coitada anda devagar, como uma velha. Ai, filha, que barbaridade, diz a Ro por fim. Não vale a pena se amargurar, diz a Tula, até já me esqueci. Melhor, diz a Julia, e aproveita para perguntar se tem um banheiro por perto, porque agora sim ela não aguenta mais, e se levanta e diz algo à Carmencita e começa a andar, sentindo que suas amigas estão julgando sua celulite, que comemoram sua desgraça, mas a verdade é que nem olham para ela.

Duas horas depois estão deitadas ao sol e nos alto-falantes do hotel soa uma canção romântica depois da outra, a maioria canções que estiveram na moda em algum momento, faz tempo. Um pouco como nós, está pensando a Ro, todinha suada, mas não importa porque logo vai pular na piscina. A Julia e eu arrasamos no colégio, pensando o quê?, na realidade ela mais que eu, é que os méritos dela eram muitos, não? Durante anos todos as consideravam irmãs, primas pelo menos, pelo que se faziam passar às vezes, as duas meio lourinhas, altas para os padrões da cidade, risonhas, inteligentes, que mais se pode pedir.

Não por nada éramos tão cotadas, pensando o quê?, e como acontece tantas vezes, lembra-se de quando tinham treze ou catorze anos, antes de nenhuma das duas ter beijado ninguém, como praticavam algumas vezes. Ai, filha, se ruboriza ela lembrando como eram emocionantes aqueles beijos, que vergonha, se até com a língua e tudo praticávamos. Com quantos homens Julia terá estado?, pergunta-se a Ro para pensar em outra coisa, uns quinze, vinte, quem sabe?, e olhe que se fazia de santinha. Eu só com quatro, ela pensa e faz uma revisão mental: o Pancho, que era tão bonitinho, mas que depois do colégio foi estudar na Argentina (só fizeram aquilo três vezes), o Lucas, que era meio bobinho, mas que a convidava para os restaurantes mais luxuosos (só uma vez), o Alvarito, que foi por quem esteve mais caída, disso não há dúvida, talvez com ele tivesse se casado (não quer pensar quantas vezes fizeram aquilo, mais de vinte com certeza), e o Roberto, que foi quase um prêmio de consolação e com quem compartilhou quinze anos inúteis (nos quais quase não fizeram), até que por fim tiveram a coragem de se divorciar. Bom, e o Hans, lembra-se a Ro, estava me esquecendo do Hans, e ativo do jeito que ele é, quer o tempo inteiro; cinco então, cinco em cinquenta anos.

A seu lado, a Julia está há um bom tempo teclando no celular. Tem sinal aqui?, pergunta à Tula, que fuma na beira da piscina. É intermitente, responde a outra, precisa telefonar? Talvez depois, diz a Julia, e a Ro lhe pergunta para quem. Eu me esqueci de pedir uma coisa ao Rodolfo, diz a Julia. Ai, filha, diz a Ro, acabamos de chegar e você já está pensando no Rodolfo. Uns trinta metros além, o motorista corta o gramado. Juancho, lhe grita a Tula, mas ao que parece a máquina não o deixa ouvi-la. Juancho!, insiste em vão. Este merda sempre se faz de surdo, ela se queixa depois, e sem que nenhuma das outras consiga dizer nada, por exemplo sobre como foi abusado com elas quando as trazia, pergunta à Carmencita se está tudo bem. Ela parece estar dormindo, diz a Ro, e a Julia comenta que volta e meia também lhe dá vontade de dormir, que na noite anterior quase não pregou os olhos, só que ao sol é ruim para a pele. A Carmencita as ouve, mas prefere não dizer nada, a viagem não está lhe fazendo bem, ela ficou nostálgica demais. Não pode parar, a todo instante lhe aparecem o Jonás ou os meninos e até o Roque, faz tanto tempo que não pensava nele e ele volta logo hoje, talvez porque em breve o acidente completa dez anos. E do outro lado do mundo, no seu apartamento de Barcelona, o Roque pensa algo parecido, dentro em breve serão dez anos. Passaram duas horas e ele está esperando que a água ferva para fazer outro café, e olha para o esboço do novo quadro, nele aparecem pendurados no teto de um carro o pescoço e a cabeça de uma girafa. Faltam três meses para ele montar sua primeira exposição individual, numa galeria pequena, mas não importa, por algum lugar tem de se começar, e progride melhor do que jamais teria suposto. Trabalha também de *bartender* num bar gay, mas só algumas noites. Agora que a situação ficou tão incerta e que muitos dos seus amigos estão desempregados, se aferra à pintura. Talvez por isso os quadros saiam um atrás do outro, pensa o Roque, e apaga o fogão e põe a água recém-fervida na cafeteira, enquanto volta a pensar depois de tanto tempo nos seus irmãos e no pai e na mãe, em como os odiou e em como hoje esse ódio se desfez um pouquinho. O Jonás, enquanto isso, fecha a loja e começa a andar. Igual à sua esposa, nunca conseguiu se livrar da culpa, da culpa ou da vergonha ou das duas coisas ao mesmo tempo, porque é indecente que os filhos morram antes dos pais e que os pais não tenham feito nada para evitar isso, que nem sequer estivessem presentes. Normalmente vai para casa almoçar, mas agora que está sozinho procura onde comer. Dou um passo e depois outro e mais um e assim até chegar, diz a si mesmo, e imagina a coisa como uma proeza. Acaba de soar uma hora e parece que estou acordado há cem horas, pensa também, e se pergunta o que a Carmencita estará fazendo, se continua tirando um cochilo enquanto toma sol com as amigas, pensando que, no fim das contas, a viagem está lhe causando algum tipo de mal, se reavivou nela uma sensibilidade que já considerava adormecida, se ela até chorou de manhã mal entrou no quarto que lhe deram.

A Ro se levanta e arruma o maiô antes de ir para a piscina, mas, num impulso estranho, em vez de mergulhar empurra a Tula. Que merda te passou pela cabeça, a Tula a recrimina segundos depois, e a Ro não para de rir. Com o alvoroço, a Carmencita e a Julia abrem os olhos, mas ainda não entendem direito a situação. A Tula mal se mantém na superfície enquanto xinga. Que merda passa pela cabeça dela, está dizendo, e isso aumenta a risada da Ro, à qual logo se somam as risadas da Julia e da Carmencita. Pelo menos me ajude a sair, diz a Tula, e quando a Ro lhe dá a mão, a outra a puxa para a piscina e a queda faz um barulho estrepitoso. Ai, filha, diz a Ro ao subir à tona, e agora sim as quatro se matam de rir. É como se tivessem trinta e poucos de novo, a idade que tinham quando todas se tornaram amigas. Eram mães jovens e esposas felizes ou mais ou menos felizes e ninguém, mas ninguém mesmo tinha morrido ainda, pensa a Carmencita em meio a seu riso inesperado. Agora você, a Julia a está empurrando e ela se deixa levar e caem juntas na água. E como isso é bom, as duas pensam enquanto vão afundando até tocar o fundo com os pés.

Preciso te contar uma coisa, diz o Roque ao Jordi naquela noite. Já estão na segunda garrafa de vinho e a massa que prepararam começa a ter um cheiro incrível e o Jordi fica sério e diz a ele que não o assuste. É algo sobre minha família, acrescenta o Roque e enxerga o alívio na cara do Jordi. Essa camisa xadrez lhe cai muito bem e ele descobre mais uma vez que está supergamado, mais do que nunca antes em toda a sua vida. Enche as duas taças e eles as chocam olhando-se nos olhos, porque caso contrário são sete anos de sexo ruim, isto é, o próprio inferno, e o Jordi lhe diz que ele o está deixando nervoso, que conte logo de uma vez.

Estão juntos há onze meses. Se conheceram numa festa e cafungaram não sei quanta coca, e o Jordi chupou o pau do Roque na rua e ainda dava a impressão de que ia ser coisa de uma vez só, de duas ou três vezes no máximo, o que demonstra que sempre dá melhores resultados não esperar nada. O Jordi é caixa de uma agência da Caixa e sabe pouco de arte, mas o apoia muito e quase todas as noites em que o Roque tem de trabalhar no bar o Jordi está ali, a seu lado, não por ciúme mas simplesmente para acompanhá-lo. Só uma hora mais tarde, deitados na cama, diz que não tem certeza de ser filho único ou que talvez seja mas nem sempre foi, que em algum momento teve dois irmãos. O quarto está na penumbra e isso o ajuda a falar. Depois de lhe contar a história, diz que durante anos o atormentou a ideia de que podia tê-los salvado, de que se tivesse insistido em ir com eles não teriam corrido tanto e o acidente teria sido evitado. Fui embora de bico calado, disse, odiando-os porque não me aceitavam como um deles. Quando meus pais voltaram, estavam tão imersos na sua dor que pararam de me ver, disse, era como se eu também houvesse desaparecido. E então você foi embora, se atreve a dizer o Jordi. Sim, diz o Roque, quando pude, vários anos depois, e para eles deve ter sido um alívio, e quando fui embora para valer, quando deixei de responder aos telefonemas e às cartas deles, eles aceitaram a coisa de imediato. Na Bolívia ninguém quer um filho bicha, murmura depois. Ninguém quer um filho bicha em lugar nenhum, lhe diz o Jordi. Ele também tem um segredo, que quando tinha sete anos um amigo do seu pai abusava dele, mas só lhe contou isso no terceiro ou quarto encontro, e desde então nenhum dos dois tornou a mencionar o fato. Merecemos lembranças melhores, pensa o Roque, merecemos famílias melhores. No entanto, depois de um instante, ele diz ao Jordi que vai ligar para os pais, não sabe direito por quê, mas quer fazê-lo, precisa, agora mesmo, depois de tanto tempo, vai fazê-lo.

Eu não quis que houvesse ninguém no hotel este fim de semana, diz a Tula no terraço, já bem pilecada, para que pudéssemos estar todas juntas sem que ninguém encha nosso saco. A Ro olha para a Julia e vê de novo aquela sua expressão reveladora, tão cheia de ceticismo. A Carmencita, que depois de anos está meio bêbada, só atina a dizer que o *mojito* estava delicioso. Esperem que eu prepare os daiquiris, diz a Tula, e para não abandonar tão depressa o assunto anterior, acrescenta que o daiquiri é o favorito dos clientes, mas que agora quis que não houvesse cliente nenhum. Bate palma duas vezes e aparece a menina, é como se estivesse esperando as palmas para sair correndo. É o que ela faz, se pergunta a Julia, esperar e esperar? Falando em espera, o insensível do Rodolfo não ligou para ela naquele dia, e ela, por orgulho, também não. Deve estar com os banqueiros de não sei onde ou com suas amantes ou com seus amigos, a vingança de não pensar nele não funcionou. Como é que se chama?, pergunta a Ro mal a menina se afasta. A gente chama ela de Teo, diz a Tula. A Julia gostaria de perguntar a ela se é verdade que está grávida, mas é difícil tocar em alguns assuntos, para começar nenhuma ainda se animou a dizer nada do Jaimito. Mãos à obra, diz a Tula e se aproxima da mesa onde a menina deixa agora as frutas. Como farão os camponeses que vivem nos arredores, como será a vida sem eletricidade dos cultivadores de coca, como se virarão em condições tão precárias, se pergunta a Ro durante três segundos, dando-se conta de como tudo em volta está escuro, e depois se distrai examinando a menina, tão delicada e angelical, talvez a gravidez esteja lhe causando isso. Bote uma música, Teo, lhe diz a Tula. É como se o hotel estivesse a cargo apenas delas duas, e do Juancho, que além de motorista serve de jardineiro e de homem da manutenção e de faz-tudo. O Hans me disse que ia sair com o Rodolfo, diz a Ro, e com o Jonás, se conseguirem localizá-lo. Tem preguiça de atender, diz a Carmencita. Esse Rodolfo não me disse nada, diz a Julia, e não consegue continuar esperando, vou ligar pra ele.

Cambaleia um pouco e se pergunta se suas amigas terão percebido e, enquanto se afasta, digita o número do marido. O salva-vidas já está dormindo, cuidado para não cair, grita a Tula, efusiva, e se ri, e a Carmencita se ri também. Nesse momento a música começa a soar. Obrigada, Teo, vocifera a Tula, e os daiquiris já estão quase prontos, só falta misturar tudo no liquidificador. Soa uma *cumbia*, de que a Ro gosta e cantarola a música olhando de longe para a Julia, formosa no seu short branco e sua blusa azul. A Tula lhe dá um daiquiri e dá outro à Carmencita. Saúde, amigas, diz com uma alegria que não viram nela o dia todo, transformada pelo álcool e também, um pouco, talvez, por essa trégua à sua solidão, embora mais cedo tivesse dito a elas que não volta para a cidade nem morta. Mais alto, Teo, grita, e o volume sobe de imediato, começa outra *cumbia*, “não quero saber mais nada de ti, não tem sentido, tudo acabou, a brincadeira terminou, estamos perdidos”, e depois grita também que lhe traga mais gelo. A Julia volta puta da vida, o Rodolfo nem se dignou a atender. Ai, filha, lhe diz a Ro e acaricia suas mãos, e a Tula lhe diz que os homens, as senhoras me permitam, são uma reverenda merda, todinhos, sem exceção, e mal a menina traz mais gelo a Carmencita diz à Tula que já deveriam deixá-la ir dormir. A Teo dorme tarde, diz a Tula, não é como o Juancho, que parece uma galinha. Ou não, Teo?, pergunta e a menina faz que sim, sorrindo pela primeira vez. Como é possível que o Jaimito tenha se aproveitado dessa garotinha, a Ro está se perguntando, como é possível, como, e a Julia estaria perguntando a mesma coisa se não estivesse tão enfurecida com o Rodolfo. Alegria, amigas, anima-as a nova Tula, a Tula irreconhecível, a Tula bêbada, neste hotel é este o lema: alegria, caralho! E dois daiquiris depois diz a elas do nada que a Bolívia está renascendo, mas não por gente como nós, nós somos uma caca, não damos bola nem para nosso próprio rabo. A festa não é nossa, diz a Tula, e na verdade nenhuma delas a entende direito, nem sabem se é acusação ou o quê, a solidariedade e a entrega não são nossas, senão olhem quanto demoraram para vir me visitar.

Uma hora depois dançam sem nenhum pudor, completamente liberadas. Se alguém as visse de longe, digamos, desde onde Juancho as vê enquanto acende um cigarro à porta do seu quarto, pareceriam quatro adolescentes bêbadas. Se as vissem de menos longe, digamos, desde onde as vê à medida que vai se aproximando para apreciar melhor o espetáculo, pareceriam quatro moças desenfreadas na casa dos vinte. De perto, de onde as observa com atenção, oculto a poucos metros do terraço, são quatro cinquentonas que pela primeira vez em décadas decidiram passar um fim de semana juntas. Nenhuma pensa em mais nada. Dançam, e só, e cantam com todas as suas forças, e se embriagam, e nenhuma pensa em mais nada.

No dia seguinte, a Ro não tem certeza se foi um sonho, mas a sensação é angustiante e não sabe quantas coisas mais, e nunca mencionará isso, nem mesmo nos interrogatórios da polícia.

No sonho ou na realidade ficou dormindo numa das cadeiras dobráveis da piscina, absurdamente bêbada, como poucas vezes antes na vida, até que começou a sentir que alguém a estava sacudindo. Tornou a dormir, pensando que as outras deviam ter adormecido nas cadeiras dobráveis à sua volta, e pouco depois começou a sentir que agora lhe acariciavam as pernas. Não quero, Hans, parece que murmurou, mas ouviu outra voz, a voz do motorista. Dizendo vou levar a senhora para seu quarto, se ficar aqui os pernilongos vão devorá-la. Carregou-a sem dificuldade e era como voar e depois ele a estava lambendo sem dificuldade ali embaixo, na frente e atrás, na frente e atrás, meio forte, e ela se sentia quase o máximo e também se sentia repugnante, e no dia seguinte, mal abre os olhos, a primeira coisa que a Ro sente é uma confusão enorme. Os lençóis estão úmidos, mas não é de estranhar, faz tanto calor que não poderiam não estar. Está nua mas isso também não é estranho, porque sempre dorme assim, e se toca e está molhada, embora não o suficiente para saber com certeza o que aconteceu, pelo menos não sem explorar mais detidamente. Só de pensar, entra em pânico, e a única coisa que consegue fazer é tomar um banho. Depois se convencerá de que foi apenas um sonho, de que não pode não ter sido, e temerá perguntar às suas amigas o que lembram do fim da noitada, se o Juancho apareceu em algum momento, onde a viram pela última vez. E embora vá pensar nisso muitas vezes ao longo dos anos, nunca falará do assunto, nem mesmo nos interrogatórios.

À Carmencita, quatro horas de sono costumavam bastar, às sete e meia já estava preparando um café na cozinha do hotel, antes de empreender seu passeio matinal, se algo a aliviava desde o acidente, era isso. No dia anterior havia pensado demais nos seus filhos e no marido. O porre a distraiu, tornou-a mais leve. Mais leve ainda se sentia caminhando pela beira da estrada. Só de quando em quando passava um caminhão carregado de frutas, e cruzou com um ou dois estrangeiros, mas em geral parecia uma terra abandonada. O Jonás nunca a teria imaginado assim, sentindo de repente uma espécie de magnanimidade ou de não sabia o quê. Como ele teria passado? O Hans e o Rodolfo teriam conseguido afinal localizá-lo? Ligaram várias vezes para casa, mas o Jonás não atendia. Sinto cada segundo que passa, cada minuto, cada hora, sinto-os fisicamente, estava pensando deitado na cama, se me concentro ouço o tempo passar, o ruído das coisas que se transformam, que deixam de ser o que são para continuar sendo o que são. Minhas células, minhas unhas e meu cabelo, tudo o que há dentro de mim se move e eu posso ouvir, estava pensando o Jonás, e o telefone da casa continuava tocando e os toques eram apenas mais uma parte da grande orquestração. Soa e soa e ninguém atende, diz o Roque ao Jordi, que lhe diz que talvez não seja mais seu número ou que talvez não estejam em casa. Liguei também para o celular da minha mãe, diz o Roque, e o Jordi acaricia seu rosto e lhe diz que é tarde e que deveriam dormir logo de uma vez. Desculpe, diz o Roque, sei que isso tudo é muito idiota. Diz também que não vai voltar a telefonar, que na verdade não tem sentido, mas uma hora depois está de novo ao telefone e duas horas depois está de novo ao telefone, e Jonás ouve o fluxo do seu sangue, as batidas do seu coração, e ouve também os toques do telefone e pensa como seus amigos são chatos, e por fim o Roque se dá por vencido, sabendo que vão levar anos até que volte a tentar, e se despe e se deita, tinha sido um dia interminável. Rodeada de selva, ainda caminhando, a Carmencita tenta se lembrar se alguma vez foram ao Chapare em família. Propôs-se recuperar imagens perdidas, mas aparecem outras que já conhece bem, as férias em Santa Cruz, uma visita a uns amigos no Beni, um fim de ano em Iquique. Há fotos dessas viagens, fotos que amiúde desmentem algumas recordações, com céus menos azuis e cores mais desbotadas, e a Carmencita não chega a nada, não consegue lembrar se seus filhos foram ou não ao Chapare alguma vez. E já são quase dez horas, o que quer dizer que está há duas horas caminhando, e está toda suada e decide voltar, a Tula prometera levá-las a um parque nacional cheio de rios maravilhosos nos quais poderiam se banhar. Tanta água tão longe de casa, pensa a Carmencita, que apesar de tudo se sente tranquila, é a grandeza da natureza que aplaca suas misérias. São diminutas comparadas com isso, diz a si mesma, comparadas com isso quase não se veem.

A Julia, por sua vez, acorda tristíssima. É a que se deu melhor entre as amigas, não teve que se casar duas vezes como a Rocío, nem seus filhos morreram como os da Carmencita, nem se tornou uma falsa como a Tula. Então não tenho motivos para estar tristíssima, pensa depois dessa enumeração alentadora, isso sim é que não, e procura seu celular para ver se Rodolfo ligou e ao fazê-lo lembra que na noite anterior se desfez do aparelho, colocou-o no chão e o pisoteou num acesso de euforia comemorado pelas amigas. Sorri com incredulidade, deixa eu encontrá-lo de uma vez e largar de bobeira e de tristezas, diz a si mesma, mas o celular não está em lugar nenhum. A ducha morna a reconforta, assim vai se desfazer dos maus sentimentos. Ensaboa o corpo e lava e enxagua os cabelos, e depois se enxuga inteira e passa creme, nas mãos e nos pés, nos braços e nas pernas e no pescoço e na cara, e sim, em pouco tempo começa a se sentir melhor.

Me traz o café, Teo, grita a Tula sentada à beira da piscina, tem os pés imersos e fuma. E como não tem resposta, grita mais uma vez, forte, Teo, traz o café! Gosta das ressacas quase tanto quanto dos porres. Fazem-na sentir-se suspensa, alguns segundos atrasada em relação à realidade. Você está e não está, pensa a Tula enquanto fuma à beira da piscina, com os pés dentro da água. A Teo aparece com uma xícara de café e a deixa perto da patroa. Vão servir alguma coisa para o café da manhã? *Masaco?*

Cuñapé? Teo, a Tula a interrompe, você gosta de viver aqui? A menina olha para ela desconcertada, não sabe o que responder. Eu gosto, diz a Tula, gosto demais. Sim, senhora, diz a Teo, e fica quieta, olhando como a água e as cinzas se misturam nas ranhuras dos ladrilhos. Também sente o cheiro do fumo, às vezes ela e o Juancho filam cigarros da patroa e fumam na porta dos seus quartos. É um momento estranho, um desses momentos em que os segundos se encompridam e lhe dá vontade de ir embora correndo, mas é obrigada a esperar. Às vezes o Juancho lhe diz que no fim das contas o hotel vai ser deles, que é o que lhes cabe pela péssima maneira como o sr. Jaime se portou. Isso é o mínimo, o Juancho diz a ela às vezes. E além do mais sem nós dois isso não funcionaria. Vai ver como vamos deixar isso aqui, diz a ela, até pista de aterrissagem vai ter, para que os ricaços cheguem direto nos seus aviões. Que van nem mané van, diz a ela, vamos oferecer luxo de verdade, e se quiserem droga, droga vão ter, e se quiserem mulheres, mulheres vamos lhes dar, e se as mulheres necessitarem de macho, vai ter macho, ofereceremos para todos os gostos. E vamos tirar retratos dos famosos antes deles irem embora, diz o Juancho, ver o Brad Pitt e a Angelina ou a outrazinha se bronzeando felizes da vida, isso é o que na verdade atrai a clientela. Não sei que besteiras você está dizendo, ela lhe diz, e se despede rapidamente, porque está chateada ou cansada, mas no seu quarto fica pensando nas palavras do Juancho e pensa também em tudo o que o patrão a obrigava a fazer e em como teve que tirar o bebê, no horror que foi ver suas mãozinhas e seus pezinhos, seu corpo despedaçado. Trago-lhe alguma coisa para comer?, repete agora à patroa. Me traz mais café, responde a Tula enquanto acende um novo cigarro na brasa do anterior, é do que preciso para me sincronizar com a realidade, Teo, cigarros e café. Ela vai embora rápido e volta minutos depois e deixa a segunda xícara ao lado da outra, que ainda permanece intacta.

Que o Juancho vá me comprar mais uns maços, diz a ela agora. Ele está limpando a van, responde a menina. Que vá assim mesmo, a Tula lhe diz, e você comece de uma vez a preparar o café da manhã das senhoras.

Três semanas depois encontraram a Tula afogada na piscina. Os dois únicos trabalhadores do hotel chamarão a polícia, e ela estava tão alcoolizada que será difícil saber se foi uma morte provocada ou acidental. Como não podia ser de outro modo, os principais suspeitos serão justamente os que fizeram a denúncia, Juan Carlos Meneses e Teodora Wilca, porém mal o mandado de prisão é emitido, a polícia descobrirá que os dois estão foragidos, de duas uma: porque são culpados ou porque não são mas sabiam que seriam incriminados se ficassem. Quanto ao mais, nem as investigações nem os interrogatórios adiantarão muito e nunca os encontrarão. O hotel, por sua vez, ninguém vai querer comprar do Jaimito, e com os anos se tornará uma ruína incompreensível no meio da selva.

Até antes das suas respectivas mortes (umas mais calmas que outras, umas mais dolorosas que outras, umas mais solitárias que outras), as amigas recordarão com gratidão essa viagem que fizeram juntas ao Chapare, lá por 2014, não? Ou era 2015? O que mais recordarão será a tremenda farra que fizeram na primeira noite, embora também sempre estará muito presente a ida ao parque nacional. A ressaca as mantinha a meio vapor e a única coisa que fizeram durante horas foi pular na água, fofocar sobre as conhecidas, cochilar. De volta ao hotel, jantaram no terraço e naquela segunda noite ficaram jogando *loba* até as tantas. No dia seguinte, voltaram para a cidade depois do almoço, e a viagem foi bem mais silenciosa que a de ida, nem mesmo o motorista conseguiu animá-las com sua conversa (foi sonho, pensou a Ro dezenas de vezes durante o trajeto, foi um sonho e nada mais). Parece incrível, mas as três estavam sentindo falta dos maridos.

Antes de entrar na van houve beijos e abraços e risadas e a promessa de voltar. Houve além disso uma foto que no último instante a Tula insistiu em tirar. Para a posteridade, disse, ou para pendurá-la em algum lugar do terraço, mas saiu meio borrada. Tiraram mais duas, idem. Bom, não importa muito, disse a Tula às outras. Vocês estarão presentes do mesmo modo, agora que já estiveram continuarão estando, disse a elas enquanto as via partir.

Cavalos na fumaça

CAROL BENSIMON

É preciso que eu venha até aqui para estar com ela. Há um colchão de casal largado no assoalho, os cupins já devoraram a parte concreta das histórias, da janela a gente vê os fundos dos prédios sujos do centro da cidade, e os fundos dos prédios sujos são sempre mais sujos que a fachada desses mesmos prédios. A gente se debruça muito nessa única janela à noite, bebendo em canecas de acampamento uma mistura de cachaça e suco de bergamota que sem nenhum motivo aparente ela apelidou de *apenas um rapaz latino-americano*, numa referência à canção de 1976 do Belchior. Todo mundo naquele sobrado gosta muito de 1976. Todo mundo gosta do tempo em que ainda não era nascido.

Esse troço, o drinque, *apenas um rapaz latino-americano*, deixa lembranças pastosas na língua. Eu sempre acordo pensando nela. Ela é ruiva, e como se os cabelos tivessem sido picados por um psicótico a serviço de uma causa capilar de extrema complexidade, um novo desenho que deve, enfim, virar tendência daqui a vinte e cinco anos. Lívia.

Ela não está interessada em mim como eu estou interessado

nela. Lívia é tipo uma descida brusca cujo fim é bastante óbvio lá de cima. Eu estudo arquitetura, apertei a mão do Oscar Niemeyer antes de ele morrer, já passava dos cem anos e até uma coleção de tênis ele tinha assinado. Não conheço outro cara internacionalmente relevante que tenha vivido tanto tempo, quero dizer, as pessoas de mais de cem anos costumam entrar para a história porque viver mais de cem anos foi tudo o que elas fizeram na vida. Estão cercadas de filhos, netos, bisnetos, às vezes tataranetos, em pequenas cidades ou aldeias no meio do nada. A *National Geographic* passa por lá em algum momento de suas existências.

Estou falando sobre arquitetura porque isso diz muito a respeito das impossibilidades entre mim e Lívia. Sou o cara que às vezes precisa terminar uma maquete de madrugada. Eu precisava terminar uma maquete *naquela* madrugada, dez dias atrás. Olhando em retrospecto, eu não teria escolhido me debruçar sobre um conjunto habitacional hipotético se tivesse a mais leve desconfiança de que tal ato, terminar a maquete das habitações populares que nunca seriam construídas naqueles moldes, passaria a ser uma ação tão corriqueira, banal e talvez sem sentido assim que eu tivesse consciência de que outras coisas mais dramáticas e historicamente relevantes estavam em curso. Foi isto o que aconteceu: duzentos soldados da Brigada Militar gritaram, agarraram e arrastaram Lívia e seus amigos para fora das barracas onde eles dormiam havia quarenta e sete noites.

Eu não estava lá. Nunca poderei estar lá. Penso de novo naquela cena e, a cada vez que ela acontece, é mais uma vez que eu não estou lá.

Lívia me olha e não diz nada. Quando fico deitado com Lívia, me sinto tranquilo, embora não devesse. Ela continua de lado, os joelhos fazendo um ângulo agudo, as mãos unidas na altura do queixo, que é também mais ou menos até onde vai o edredom, esta sendo uma tarde fria de junho em Porto Alegre, as mulheres sendo criaturas que sentem muito mais frio que os homens, o que de maneira nenhuma impediu Lívia de dormir quarenta e sete noites numa barraca emprestada de um colega que achou melhor ficar em casa, Lívia e mais alguns garotos e mais algumas garotas, embora muito mais garotos que garotas, todos bastante firmes, íntegros e crentes de que era possível reverter o absurdo processo de duplicação da avenida Edvaldo Pereira Paiva, poupar as árvores, construir uma cidade melhor para todos nós.

Ela se vira. Gosta de admirar o teto, no qual não há nada além de antigos detalhes em gesso, fósseis de outro centro da cidade. Eu me aproximo e movo um pouco, e de propósito, o edredom, de maneira que tenho agora a visão dos ombros de Lívia, dos peitos de Lívia escorados pela borda da coberta, uma obra-prima mais do design que da engenharia com dois perfeitos postos de observação onde terminam as curvas improváveis como naquela igreja de Le Corbusier em Ronchamp. Mas parece que algo está diferente. A alguns centímetros do seio esquerdo, encontro uma pequena cicatriz. Ela lembra um arco, uma lua crescente ou um naco descartado de unha.

Lívia, começo a dizer, a gente ainda não se conhece muito bem, mas eu acho que eu já teria percebido essa sua cicatriz (eu rio), você *fez* uma cicatriz?

Então fico em dúvida se modulei a voz com certa repulsa ou se tentei parecer o cara engraçado que não sou. A segunda seria eu tentando deixar o ar menos rarefeito. Lívia dá uma risada quase infantil. Eu mandei fazer, diz, virando-se de novo para mim, sabe aquele tatuador da João Telles? Aquele que tem uma bicicleta laranja com o guidom assim. Ela se mexe na cama, simula o guidom, do tipo que se segura com os braços bem abertos, aparentemente Lívia está bem e nós estamos bem e eu não devia me preocupar tanto.

Você não pode escolher uma cicatriz na porra de um catálogo, eu digo a ela.

Lívia me encara por alguns segundos. Parece que ela está passando por um daqueles instantes muito breves em que a gente entende um milhão de coisas. Talvez tenha a ver comigo, talvez não.

Como assim?, ela pergunta, ele não tem um catálogo pra esse tipo de coisa. Sobe um pouco o edredom, mas a cicatriz continua exposta. Parte de mim quer abraçá-la, enquanto a outra quer continuar discutindo. Digo a ela que cicatrizes são marcas aleatórias, por definição. O resultado aparente e definitivo de uma queda, um choque, uma briga, um descuido, a parte concreta das histórias que terminam mal, o inesperado tanto no tempo (quando chega?) quanto na forma (o queloide deixa possibilidades de interpretação, similaridades, um coelho, um coração, um carro, como todas as nuvens que estão aí), e por isso não parece lógico, ou melhor, parece lógico *demais* decidir que se quer uma cicatriz, de que tipo se quer, e em que parte do corpo ela se encaixa melhor, quando a "regra", enfim, deveria ser a do desencaixe.

Agora Lívia olha para a marca rosada como se dissesse que, entre mim e a pequena lua, ela precisa definitivamente escolher a lua. Então me olha, sem rancor, e diz que parte do que eu falei faz sentido. Põe o dedo sobre a novidade. Mas e se eu tivesse passado por esse trauma, prossegue Lívia, essa queda, esse choque, e isso não deixasse nenhuma marca visível, você acha que eu não tenho o direito, a liberdade, talvez o *dever* de transformar minha dor numa parte definitiva do meu corpo?

Nessa altura, fico sem saber o que responder. Quando mulheres começam a falar em corpo, em *seu* corpo, é um sinal claro de que a conversa deu uma guinada e passou do registro individual para o coletivo; paira no ar o feminismo, a repressão, o "ser mulher", e não se pode, nem se deve, lutar contra isso. Melhor esperar que passe. Lívia levanta e, nua, se debruça na janela.

Parece que o toque de recolher funcionou, ela diz. Você já viu, quer dizer, já *ouviu* a cidade assim? Respondo que não, nunca ouvi a cidade tão quieta, e no centro com certeza o silêncio é maior que em qualquer outra parte. Eles têm medo de que o centro nunca mais seja o mesmo depois desta noite.

O que me lembra que estou atrasado. Me visto com pressa e pego minha mochila, com os pincéis atômicos, as cartolinas, minha bandana vermelha, a garrafa de vinagre. Naquele mesmo canto onde deixei minhas coisas, vejo a barraca que Lívia pegou emprestada com o colega de faculdade. Lívia estava dormindo quando duzentos PMs chegaram às quatro da manhã. Ela foi arrastada pelos cabelos. Alguns tinham sangue nos olhos e uma .12 na mão e chamavam as garotas de vagabundas. As marcas das algemas desapareceram logo. Fiz Lívia prometer que ficaria em casa esta noite.

Quando chego na rua, vejo que todo o comércio baixou as grades. Os carros também sumiram, deixando para trás uma ideia clara de que a cidade seria muito melhor sem eles. Há um resto de luminosidade bastante tênue e azulada sobre os telhados dos prédios velhos. Começo a descer a rua enquanto fecho os botões da jaqueta jeans pensando que o centro é a porra de um brete, basta a polícia querer nos acuar, usar de alguma inteligência e fim da história, a água do Guaíba já nos cerca por três lados. Eu me lembro de visitar meu avô e ouvi-lo falar sobre a enchente de 1941. A guerra estava muito longe daqui, de forma que a preocupação mais palpável era com a água que em abril começou a entrar por debaixo da porta e depois por todos os lados. Muita gente perdeu a casa. Meu avô andou de canoa no largo em frente ao mercado público. Nunca tinha chovido tanto em Porto Alegre e, segundo os especialistas, a combinação de fatores que levou à enchente de 1941 só deve se repetir a cada trezentos e setenta anos. O ano 2311 parece um bocado longe até para mim, mas isso não impediu que o filho da puta do prefeito Thompson Flores, empossado pelos militares na década de 1970, resolvesse erguer um muro ao longo de *parte* da orla do Guaíba, criando um corredor devastado de trânsito intenso e grafites de mau gosto. Em termos urbanísticos, é um desastre que ainda está aí.

Passo em frente à sede do Instituto dos Arquitetos do Brasil. Versos de um poeta popular enfeitam os tapumes de uma eterna restauração. *Faço parte dessa gente que pensa que a rua é a parte principal da cidade.* Esse mesmo prédio sediou o Dops durante um período da ditadura militar, o que quer dizer gente espancada e torturada onde hoje nós discutimos mobilidade urbana, e ninguém mais nos dá ouvidos ou ousa mudar, exatamente como naquele tempo. Estou pensando em Lívia, tentando ajustar Lívia na minha cabeça, quando três caras mais ou menos da minha idade passam pela calçada oposta. Em São Paulo vai ser muito pior, um deles diz aos outros. Todos usam barba e eles me olham, me reconhecem como um igual e sorriem. Eu não estou a fim de sorrir, mas o faço por obrigação, depois sigo meu caminho. Descendo descendo descendo. Passando pela frente dos quartéis com pracinhas nervosos nas esquinas. Sentindo que podemos mudar o país hoje e depois quinta-feira e depois segunda de novo.

Na madrugada em que a polícia invadiu o acampamento onde Lívia e outros idealistas dormiam havia quarenta e sete noites, eu estava recortando uma cartolina e muito preocupado com a fachada norte de minhas casinhas populares, mas perdia a concentração toda vez que pensava naquela enrascada, porque o acampamento não era outra coisa senão uma enrascada, uma derrota escrita desde a primeira noite, não há o que segure quando a língua de asfalto quer passar, a empreiteira financia campanhas políticas e depois você sabe o que acontece. Sabia que a própria empresa de engenharia *oferece* à prefeitura o projeto da obra que vai executar?, eu disse a Lívia e aos seus amigos do acampamento certa noite, e um desses caras que carregava sempre uma gaita de boca no bolso me olhou com um sorriso de quem infelizmente precisava ser sincero comigo e perguntou: e então por que você faz arquitetura e *urbanismo*?

De nada adianta dizer que o mundo inteiro está derrubando viadutos, que o carro é o vilão da década, aqui no Brasil a gente vai descobrir isso, com sorte, daqui a cinquenta anos. Naquela madrugada, de qualquer maneira, a derrota parecia algo para dali a um ou dois dias, se iam responder pacificamente ao mandado de reintegração de posse, que lhes dava setenta e duas horas a contar daquela tarde, isso Lívia e os outros decidiriam no dia seguinte, por enquanto bebiam vinho e tocavam no violão os sucessos do Bob Dylan, do Belchior e aquela canção do Geraldo Vandré, *Pra não dizer que não falei das flores*, de forma que ninguém deu muita bola quando o carinha zapatista, ao pé da fogueira, começou a falar sobre táticas de defesa.

Alguém que estava lá não devia estar. O infiltrado, o P2, o traidor avisou ao comando que os integrantes do acampamento, a gurizada de dezoito e vinte anos que já não acredita em partidos políticos, mais alguns moradores de rua que tinham sido acolhidos pelo grupo, todos estavam bêbados, chapados, abatidos, sonolentos. Era a hora, portanto, de pôr a operação em marcha. De forma que um cara conhecido como Frank, três dias depois, ia me dizer, dando socos na mesa de um bar, que praticamente tudo naquela operação policial havia acontecido à margem da lei. Frank é um funcionário público e sabe do que está falando. Tentando manter a discrição no bar, depois de ter percebido que os tais socos na mesa eram um exagero, ele baixou o tom de voz, chegou mais perto de mim e pôs-se a enumerar as coisas que entendia por, em suas palavras, a postura criminosa do poder público: 1) as ações de reintegração de posse devem acontecer entre as oito da manhã e as oito da noite; 2) os brigadianos não tinham nenhuma razão para abordar os manifestantes portando armas de fogo; 3) soldados homens não podem revistar mulheres; 4) é ilegal cortar árvores às cinco da manhã; 5) o processo que tratava do corte das cento e catorze árvores junto à orla do Guaíba estava, naquela noite, sobre a mesa de um desembargador, pois o Ministério Público, embora tivesse perdido em primeira instância, ainda tinha prazo para recorrer em favor dos vegetais e contra a obra viária.

Mas agora ninguém pode recolocar a porra das árvores no lugar onde estavam.

Quando chego na praça da Alfândega, já posso ouvir a massa compacta de tambores, urros e aplausos. Caminho mais um pouco e então estou diante da prefeitura, passando pelas pequenas brechas da multidão e sendo toda vez expelido ao estilo bola prateada de pinball. Perco algum tempo na busca por rostos familiares, mas é um trabalho ingrato; sinto-me folheando um catálogo analógico dos possíveis suspeitos de um crime que não me diz respeito algum. Encontro um lugar mais respirável, abro a mochila, tiro de lá uma cartolina e dois pincéis atômicos. Meu cartaz faz um sucesso imediato com uma garota baixinha de *dreads* e roupas excessivamente estampadas (acho que são naves espaciais no casaco feito de um tecido impermeável qualquer). Que frase massa, meu, ela diz. Pega pra você, respondo. Ela fica em dúvida se estou falando sério, eu sorrio para confirmar a oferta, ela estica as mãos, agarra o cartaz e sai, juntando-se a um canto que acaba de começar nas primeiras filas. À minha direita, um piá com um soco-inglês tira uma foto de si mesmo para pôr nas redes sociais.

Depois desaparece. Dou um giro de trezentos e sessenta graus e tenho a impressão de que caí sem querer no meio de um grupo de sindicalistas. Suas bandeiras vermelhas tremulam e recebem o repúdio de uma boa fatia dos manifestantes, os quais gritam com muita vontade, talvez mais vontade do que quando gritam contra as obras para a Copa do Mundo ou contra o aumento da passagem de ônibus, *Sem partido! Sem partido! Sem partido!* Um bate-boca começa e eu resolvo migrar para uma zona sem tantos idiotas.

Há uma câmera me olhando. Está presa num poste e eu sou provavelmente o idiota parado mais próximo a ela. Eu me lembro de repente do que Frank me disse. Sinto um verme asqueroso rastejar por minha espinha e penso na bandana que eu não estou usando para cobrir o rosto e na porcaria de meus olhinhos azuis, nariz pontudo, cabelo de combatente da Primeira Guerra. O Frank disse, na noite dos soquinhos na mesa, que essas câmeras são capazes de fazer reconhecimento facial. Nós nem sabemos se ele se chama Frank (provavelmente não), mas acreditamos em tudo que ele conta. Frank foi pego numa dessas câmeras. No dia seguinte, chamaram-no à sala do chefe. Pelos vidros que não abriam, podiam ver o Guaíba lá embaixo, um arremedo de atração turística e receptor de esgoto num dia especialmente encoberto. Você participou da manifestação ontem? Sim, senhor. Por quê? Porque eu tenho certos ideais, senhor. Que ideais são esses, Frank, eles têm alguma relação com quebrar vidros de banco e revendas de moto? Eu não fiz isso, senhor. Mas você estava lá. Estava. Se você estava lá, você concorda com o que fizeram.

No fim do expediente, Frank recebe um comunicado por escrito de que sua transferência para São Luiz Gonzaga está sendo providenciada. Só há uma coisa que Frank detesta mais que caras de direita: cidades pequenas fodidas a seis horas da capital.

De qualquer forma, meu pânico com o reconhecimento

facial começa a parecer meio injustificado, até que se transforme num forte motivo para eu rir de mim mesmo. Eu sou apenas um estudante de arquitetura e urbanismo, sem dinheiro no banco, sem parentes importantes.

A multidão começa a andar. A princípio, o deslocamento é confuso e hesitante, lembrando o comportamento de um líquido viscoso; a democracia facebookiana determinou a inexistência de líderes, portanto não há ninguém habilitado a puxar a marcha. Isso me dá uma má impressão. Talvez a gente não possa mudar o país. Se não conseguimos nem mesmo escolher um trajeto, como fazer? Então o líquido viscoso, em sua visível falta de lógica, passa a escorrer mais para os lados da avenida Mauá. Em poucos minutos, nós ajustamos os passos, e todos assim no mesmo ritmo é uma coisa muito bonita de se ver, eu estou andando por mim e pelos meus, muito próximo à cavalaria que nos acompanha pelos lados com os cavalos dando uns trancos às vezes, eu não quero ser esmagado por um cavalo que não sabe o que está acontecendo aqui, eu ando por meu avô caixeiro-viajante e diabético aos dezoito anos, eu ando por meu pai que foi fichado no Dops, por minha mãe que tinha LPs de soft rock, e por Lívia, a garota das tipuanas e das quarenta e sete noites.

O vento sopra do Guaíba na velocidade de um carrinho compacto. Quando passamos diante de um dos portões do cais do porto, uma única lufada de ar frio vinda do pampa — e antes da Patagônia, e antes do polo Sul — dobra nossos cartazes feitos à mão. Alguns caem e são pisoteados em segundos (a marcha não pode parar). Um garoto joga uma baforada adocicada de maconha no focinho de um cavalo. Eu revejo a menina dos *dreads*, mas ela está com as mãos livres agora. Alguém começa a gritar que, em Brasília, uma multidão invadiu o Congresso Nacional.

Não quero ser esmagado por um cavalo que não sabe o que está acontecendo.

Ainda assim, insisto em ficar na beirada, no limite entra a massa e a repressão da massa. Fico pensando se existe polícia montada em outras partes do mundo e, em todo o caso, se é aconselhável usá-la para tomar conta de uma multidão. Tudo bem se no Canadá mandarem um carinha e seu cavalo cuidarem de um naco de floresta e de uma cachoeira, isso parece uma coisa civilizada. A cavalaria com espadas na bainha no meio de uma manifestação popular, por outro lado, significa a vitória suprema da barbárie. O trecho sublinhado de um relatório sobre um país terceiro-mundista. Será que esses caras são os mesmos que, na madrugada da invasão ao acampamento, foram colocados para obstruir as rotas de fuga? Eu não estava lá, mas o fato de eu não estar lá me fez querer saber em todos os detalhes o que havia acontecido de fato, de maneira que agora eu sei a soma do que sabem Lívia, o zapatista, os gêmeos, João Francisco, Zeca, Duran, Alice, Pedro Moraes e Pedro Weinmann, Loló (o morador de rua), Frank (saiu uma hora antes de a polícia chegar), Marina e o cara da bicicleta de bambu. De certo modo, podemos dizer que um estilhaço de memória acrescido de outro estilhaço de memória acrescido de outro estilhaço, e assim sucessivamente, formam um retrato mais completo do que quando se leva em consideração um único ponto de vista.

Devemos ser umas dez mil pessoas. Tambores e gritos de foda-se a Copa do Mundo. Estamos agora passando em frente à Usina do Gasômetro, uma antiga fábrica convertida em centro cultural. A chaminé sobe sobe sobe e dá recados para o frio. Daqui seria possível ver as águas do Guaíba, se não fosse noite, ou se a iluminação noturna estivesse interessada em nos oferecer água e vegetação ciliar em vez dessa sensação de fim do cenário. Começo a caminhar um pouco mais rápido, como se quisesse alcançar o início da marcha, e, à medida que avanço, sinto que o clima vai passando da euforia de uma festa universitária à tensão da batalha iminente. Há mais gente de balaclava e bandana cobrindo o rosto por aqui. Parecem do tipo que estariam juntando do chão qualquer coisa pontuda ou pesada o suficiente para causar algum estrago, mas esse pedaço da cidade é fraco em mobiliário urbano, residências ou estabelecimentos comerciais, sobrando só essa via inóspita que ficará ainda mais inóspita depois da duplicação. Eu paro por um instante e sou ultrapassado por centenas, de maneira que, ao me virar, já posso ver de novo os cavalos trotando meio de lado. Então corro os olhos pelo estacionamento completamente vazio à beira do Guaíba e vejo um cara ser derrubado.

Ele está muito distante e muito pequeno, mas é um cara todo vestido de preto que agora virou um troço amarrotado no chão enquanto dois outros sujeitos esquecem qualquer senso de honra e justiça e o chutam sem parar. Puta merda. Eu espero uns dois segundos talvez acreditando que alguém, alguém que não sou eu, vai correr até lá e evitar uma tragédia maior. O herói do dia. Mas nenhuma pessoa daquela multidão toda parece sequer ter percebido a grande merda que acontece no estacionamento vazio. De modo que logo sou eu quem está correndo naquela direção. Sou eu quem abana os braços freneticamente, de um jeito muito parecido com aquele treinamento que você recebe em folders de parques nacionais do hemisfério norte sobre como agir ao se ver frente a frente com um lobo ou um urso pardo. Alguma coisa dessa coreografia selvagem, por sorte, acaba funcionando; só uns vinte metros me separam da pancadaria quando a dupla de agressores resolve cair fora, traçando uma diagonal que tem tudo para desembocar no lugar onde antes havia o acampamento.

O cara está de costas, encolhido, um montinho de carne. Ele tosse três vezes enquanto eu recolho a bandana vermelha manchada de sangue. Tenta se levantar, encontrando um relativo equilíbrio ao apoiar os joelhos e as palmas das mãos no concreto. Fico meio perturbado em ver uma pessoa tão fodida assim. Uma gota bordô do tamanho de uma piscina infantil pinga do nariz dele. Eu ouço a multidão ao longe como um apito soprado bem forte junto ao meu ouvido. Então o cara vira o rosto em minha direção. É o Zeca, do acampamento. Puta merda mil vezes.

E aí, Lucas.

Caralho, meu.

Tem álcool ali na minha mochila, pega pra mim.

Eu olho em volta, com alguma dificuldade em encontrar a tal da mochila, depois finalmente a localizo perto de uma árvore raquítica. Puxo o fecho do bolso maior e lá está uma garrafa de álcool de cozinha. Tem duas latas de spray também, uns panos sujos que eu não entendo muito bem para que poderiam servir, e daí eu paro de examinar o interior da mochila porque o Zeca está me chamando e perguntando se eu encontrei o álcool.

Ele abre a garrafa, despeja um pouco do líquido na bandana vermelha, daí começa com umas encostadas de leve perto da boca e do nariz. O rosto inchado se contrai de dor. Eu olho para a rua e tenho a impressão de que os manifestantes pararam de avançar e estão diante da Câmara de Vereadores. Zeca continua limpando a cara, mas a coisa não está ficando muito melhor.

Finalmente eu pergunto quem eram aqueles dois. Zeca tosse, está sentado no chão agora. Zeca era bom em imitar Bob Dylan nas noites ao redor da fogueira.

Tinha um cara perto de mim na marcha fotografando sem parar, ele diz, esfregando com força a bandana na região entre o nariz e os lábios. Certo que era P2.

Esse cara era um dos que partiu pra cima de você?, eu pergunto, e Zeca dá uma risada inexplicável e responde que não, mas a questão é que todos os três, segundo ele, eram P2, ou seja, policiais militares à paisana e inseridos na massa, provavelmente de olho nele, Zeca, e em outros ex-integrantes do acampamento, e também anarquistas, líderes estudantis, participantes de movimentos sociais e toda essa cambada de subversivos.

Eu, para falar a verdade, não sei muito bem o que pensar. Desde que tinha começado a sair com Lívia, e que portanto havia conhecido todo tipo de idealista, pessoas da extrema esquerda que usavam indiscriminadamente o termo *burguês* e *capital*, anarco-punks vivendo em squats, estudantes que não imaginavam outra coisa de suas férias que não fosse sair pedindo carona em países muito pobres da América do Sul, eu também entrara em contato com os níveis mais altos e preocupantes de paranoia a rondar o tempo todo a cabeça dessa gente; a qualquer um que tinha um comportamento ligeiramente destoante, ou que "prejudicava o movimento" por alguma atitude imatura, eles davam o nome genérico de *infiltrado*. Os infiltrados se contavam às dezenas, talvez às centenas, e eram mutáveis, quer dizer, o infiltrado de ontem podia ser considerado apenas um rapaz cheio de boas intenções amanhã, embora os equívocos nunca fossem admitidos e não se pedissem as necessárias desculpas por eles. De maneira que, quando Zeca me fala em P2, e ele era um dos mais paranoicos com isso, enxergando P2 nas praças desertas, nas esquinas movimentadas, na saída da faculdade, eu duvido de novo, sem dizer nada, que nossa polícia seja assim tão inteligente.

Zeca olha para a multidão. É, todos tinham parado mesmo diante da Câmara de Vereadores. Ele se levanta com minha ajuda, testa as pernas e descobre que pode caminhar, com passos curtos e bastante lentos, mas pode. Diz que quer ir para lá com os outros, o que de início me parece uma loucura tremenda, depois um capricho idiota, mas não quero bancar o covarde ou coisa que o valha, de maneira que não digo nada. Eu tenho um rosto sem nenhum arranhão e minhas pernas estão boas.

Por que você trouxe álcool de cozinha, Zeca?

Ele me encara, mas não responde.

Nem dá tempo. Primeiro, há uma explosão. Depois, uma nuvem espessa de gás lacrimogêneo se expande por todas as direções, e o que já não era muito nítido parece se transformar num verdadeiro pesadelo para os cinco sentidos. A turma do fundo, que até agora cantava musiquinhas pedindo mais saúde e mais educação, tosse, pede socorro, grita, enquanto evolui como uma onda descontrolada à procura de um pedaço de terra. Minha garganta começa a arder. Eu tateio minha mochila à procura da garrafa de vinagre e do lenço. Zeca está cobrindo o rosto com as mãos.

Você tem vinagre?, pergunta.

Aguenta aí.

Eu encontro a garrafinha, encharco as duas bandanas, e nós ficamos respirando aquele cheiro de salada dos colonos italianos da serra. Ainda que a gente esteja um pouco longe, é difícil manter os olhos abertos; eu nao paro de lacrimejar e tenho vontade de rir de toda aquela palhaçada. Tento abri-los de novo. A sensação é de que estou numa competição de descascadores de cebola, mas, ainda assim, através de uma camada espessa de choro, consigo dessa vez captar o clima geral do cenário; boa parte da multidão dispersou, provavelmente subindo na direção do centro (se não for encurralada pela cavalaria, não é nada). Enquanto isso, o pessoal da linha de frente, agora com mais espaço, faz aquela coreografia tonta, raivosa e magoada, ensaiando uma aproximação, mas recuando na última hora. Alguns amarraram as camisetas no rosto com toda a porra do frio que está fazendo aqui, outros ainda se sentem estimulados e confiantes o suficiente para gritar *Recua, polícia, recua, é o poder popular que tá na rua.*

A polícia não recua, é claro. A Tropa de Choque fez um cordão de isolamento a alguns metros da grade que circunda a Câmara de Vereadores. Com o vento que corre do Guaíba, o gás lacrimogêneo se dissipa em alguns minutos, então paramos de cheirar aquele vinagre horroroso, a solução caseira que todo o Brasil está usando para inibir os efeitos do gás. Eu olho para o Zeca e sinto muita pena, que é uma coisa que, por respeito ao outro, eu detesto sentir, mas a cara toda detonada do Zeca não me deixa muita alternativa.

Meu, vai para casa, eu digo, você está com uma aparência horrível.

Tá louco, velho, se eu não sou bonito nunca, por que eu ia querer ser agora? A gente cai na gargalhada. Depois, sentindo que é totalmente inadequado rir numa hora dessas, começamos a caminhar no ritmo ferido-de-guerra, tentando fazer o contorno do campo de batalha que se tornou as imediações da Câmara de Vereadores. Alguns manifestantes estão atirando pedras agora e, volta e meia, ouço a brigada revidar com balas de borracha. Sobre nossas cabeças, eu vejo a estrutura suspensa do aeromóvel. Aquele vagãozinho apodrecendo ali em cima, os trilhos que param de repente — eu nunca soube por que pararam, por que mudaram de ideia sobre aquele transporte sustentável antes que *sustentável* fosse a palavra do momento, ou talvez por isso mesmo — me dão uma tristeza colossal. O cenário, naturalmente, já é meio apocalíptico, mas hoje à noite muito mais, com o gás lacrimogêneo, o ruído das sirenes, as autoridades sádicas com aqueles escudos, talvez não o apocalipse em si, mas um apocalipse construído e moderno, um apocalipse de filme dos anos 80.

Acho que alguma coisa começou a pegar fogo. Para onde será que foram os cavalos? Penso em ligar para Lívia e contar um pouco do que está acontecendo por aqui, talvez ela possa me dar notícias sobre o resto do país também, se a PM do Rio está mais truculenta que a nossa, se mais alguém da imprensa foi agredido sem razão em São Paulo, e quantos vinagres apreendidos, quantos vidros de banco quebrados, quantos pequenos comerciantes perdendo o que têm, quantos milhares de pessoas em todo o país sentindo aquela adrenalina, o gigante acordou e blá-blá-blá, a Copa do Mundo vai pontilhar o Brasil de elefantes brancos, e é verdade que invadiram o Congresso Nacional?, que aliás é uma obra do Oscar Niemeyer, como toda aquela cidade, o futuro do passado, o passado sem futuro, que eu não sei se amo ou se odeio. Desisto de ligar para Lívia.

Enquanto isso, a fumaça preta, ainda um pouco distante, parece ter ganhado corpo. Um monte de gente está no meio da rua. Perguntam uns aos outros o que fazer, para onde ir, como reunir todo mundo, ou ao menos quem sobrou de todo mundo, e de repente direcionar a marcha dos remanescentes até o Palácio Piratini, a sede do governo do Estado, afinal os excessos da Brigada Militar são culpa do governador, não do prefeito, porque a Brigada Militar responde ao governador, não ao prefeito, e ainda que o governador seja de esquerda, e não o prefeito, e muita gente ali simpatize com as ideias da esquerda, simplesmente acontece de ela chegar ao poder e fazer tudo muito parecido com a direita, formando alianças espúrias com partidos evangélicos e tendo que dizer não ao aborto, e você vê nos olhos dela que a presidente Dilma Rousseff não pode ser contra o aborto, mas ela precisa dizer isso num pronunciamento público para construir uma base de governo, de maneira que, toda vez que eu penso por muito tempo em política, sinto como se um tonel de merda estivesse escorrendo pela minha cabeça.

Estou pensando em política quando, de repente, Zeca dá um grito: olha ali o Frank!

Eu achava que Frank tinha sido transferido para São Luiz Gonzaga, mas pelo jeito ele continua aqui, ou então veio a Porto Alegre apenas para participar da manifestação. Ele nos reconhece, sorri, depois abre a boca espantado. Puta merda, que houve com você?, pergunta, obviamente, ao Zeca. Então nós vamos os três caminhando na direção da Cidade Baixa, que é também a direção do fogo, enquanto Zeca explica a agressão com uma riqueza absurda de detalhes. Quando ele termina de descrever as roupas da dupla, a altura, os cabelos (sem cabelo), o nariz, o formato dos rostos, o tipo de boca e o modo como os dentes se acomodam quando ela está em repouso, Frank põe a mão direita sobre a testa e diz: cara, eu sei exatamente de quem você tá falando. Daí conta que esses dois são skinheads conhecidos, será que Zeca se esqueceu de ver justamente as tatuagens? O mais velho, pra gente ter uma ideia, mantém no seu apartamento duas espingardas de cano serrado sempre carregadas, um feto de bezerro dentro de um vidro de formol, além de um gato cinza de pelo espesso e cara achatada preso numa coleira.

Como eu sei disso é outra história, continua Frank, mas a questão é que esse cara é pirado, loucaço, movido a ódio e delírios de autodefesa e táticas de guerra, o cara fala sobre isso para quem quiser ouvir todas as quintas-feiras no Bambu's, na última mesa à esquerda, mastigando um xis-coração acompanhado de fritas reluzentes e depois terminando o jantar, invariavelmente, com três pequenas cebolas em conserva.

Eu diria que Zeca está muito decepcionado agora que temos quase certeza de que sua agressão foi gratuita, boba, aleatória, que ele simplesmente se tornou uma presa fácil quando se afastou um pouco da massa, que talvez tenha feições de árabe, judeu, nordestino, quem sabe algum trejeito de homossexual, embora não seja nem judeu, nem árabe, nem nordestino, nem homossexual. Zeca insiste um pouco mais na teoria dos infiltrados, mas a coisa toda já não se sustenta.

Então o ar começa a trazer pequenas partículas de fuligem. Além da fumaça preta, que sobe sólida como um cogumelo atômico, enxergamos agora as chamas. É um ônibus. Está jogado no meio da pista, e a essa altura se parece mais com o esboço de um ônibus hipotético, como se os contornos fossem a última coisa a desaparecer. Lá estão os cavalos, alinhados a uma certa distância. Os cavalos intoxicados com a fumaça, sem saber o que diabos está acontecendo por aqui. Frank e Zeca olham um para o outro e abrem sorrisos de propaganda de banco.

Pego meu celular e tento ligar para Lívia, mas ela não atende. Uma vez. Duas vezes. Três vezes. Nada. Começo a tossir bastante, e no entanto continuo parado no mesmo lugar. Um policial e seu cavalo deixam o alinhamento, vêm na minha direção, ele olha para baixo e me pede para sair dali. Gentilmente. O cavalo é branco, o único cavalo branco de todos aqueles, o que me deixa muito impressionado. Ando uns passos para trás e só então percebo que Frank e Zeca não estão mais comigo. Pra onde poderiam ter ido? Por que não avisaram? A partir daí, tudo parece ficar muito complicado. Tipo beber oito doses de cachaça e querer ter uma discussão séria sobre transporte público. As pessoas estão tirando fotos do ônibus em chamas com seus celulares. Uma equipe de televisão também filma a ação a uma certa distância. Os incendiários, uns cinco ou seis, se movimentam ao redor do ônibus, não exatamente dançando, mas às vezes tenho a impressão de que sim, como se houvesse uma certa coreografia no caos. Toda aquela fumaça e o amarelo das chamas deixa suas silhuetas mais lentas, dramáticas e seguras de si. Fico hipnotizado por uma das pessoas mascaradas em especial porque ela tem um jeito de menina que faltou a todas as aulas de balé, mas que não perdeu nenhuma oportunidade de dançar na rua, no quarto, no telhado, principalmente no telhado, inventando pequenos saltos e rodopios para ninguém e depois dizendo a si mesma que nunca se divertiu tanto quanto naquela noite. Então essa linda incendiária põe a mão no bolso traseiro da calça, olha para o visor do celular e disca. Ela fica esperando com o aparelho no ouvido enquanto eu ouço minha mochila vibrando. Antes que eu possa atender, alguma coisa dentro do ônibus estala e explode. É aí que os policiais se agitam. Ninguém fica tão assustado quanto eu.

Biografias dos autores

ALEJANDRO ZAMBRA nasceu em Santiago, no Chile, em 1975. Publicou a coletânea de contos *Meus documentos*, os romances *Bonsai*, *A vida privada das árvores*, *Formas de voltar para casa* e *Múltipla escolha*. Escreveu também dois volumes de poesia, *Bahía inútil* e *Mudanza*, além da coletânea de ensaios *No leer*. Eleito pela revista britânica *Granta* um dos vinte e dois melhores jovens escritores hispano-americanos, Zambra é também crítico e professor de literatura.

ANDRÉS FELIPE SOLANO, nascido em 1977, em Bogotá, Colômbia, é autor dos livros *Sálvame, Joe Louis*, *Los Hermanos Cuervo*, *Salario mínimo: Vivir con nada*, entre outros. Seus textos foram publicados na *New York Magazine* e na *Words Without Borders*, entre outras. Foi selecionado como um dos melhores jovens narradores de língua espanhola pela revista *Granta*.

ANDRÉS RESSIA COLINO é autor dos romances *Palcante* e *Parir*, ambos premiados pelo Ministério da Educação e Cultura uruguaio. Em 2010, foi selecionado um dos melhores jovens narradores em língua espanhola pela revista *Granta*. Nasceu em 1977 em Montevidéu, onde vive até hoje.

BERNARDO CARVALHO nasceu no Rio de Janeiro, em 1960. É romancista, jornalista e dramaturgo. Estreou com *Aberração*, uma coletânea de contos, e desde então tem se destacado como um dos melhores escritores contemporâneos brasileiros. Escreveu onze romances, sendo o último *Simpatia pelo demônio*. Seus livros foram traduzidos para mais de dez idiomas.

CAROL BENSIMON nasceu em Porto Alegre, em 1982. Estreou com as narrativas de *Pó de parede* (2008). Pela Companhia das Letras, publicou os romances *Sinuca embaixo d'água* (2009), *Todos nós adorávamos caubóis* (2013) e *O Clube dos Jardineiros de Fumaça* (a ser lançado em 2017). Defendeu mestrado em escrita criativa pela PUC-RS. É uma das integrantes da edição "Os melhores jovens escritores brasileiros", da revista inglesa *Granta*.

DANIEL GALERA nasceu em 1979, em São Paulo. Filho de gaúchos, passou a maior parte da vida em Porto Alegre. Escritor e tradutor de literatura contemporânea de língua inglesa, foi um dos criadores da editora *Livros do Mal*, por onde lançou seu livro de estreia, *Dentes guardados*, e a primeira edição de *Até o dia em que o cão morreu*, adaptado para o cinema por Beto Brant e Renato Ciasca como *Cão sem dono*. Entre seus principais romances estão *Barba ensopada de sangue*, *Mãos de cavalo* e *Meia-noite e vinte*, todos publicados pela Companhia das Letras.

JOCA REINERS TERRON é romancista, poeta e dramaturgo. Nasceu em Cuiabá, Mato Grosso, e atualmente vive em São Paulo. Entre seus romances estão *Não há nada lá*, *Hotel Hell*, *Do fundo do poço se vê a lua* (laureado pela Academia Brasileira de Letras com o prêmio Machado de Assis de melhor romance de 2010), *A tristeza extraordinária do leopardo-das-neves* e *Noite dentro da noite*. Também publicou um romance gráfico, *Guia de ruas sem saída*, ilustrado por André Ducci.

JORGE ENRIQUE LAGE é escritor e editor nascido em Havana, Cuba, em 1979. Publicou cinco coletâneas de contos: *Yo fui un adolescente ladrón de tumbas*, *Fragmentos encontrados en La Rampa*, *Los ojos de fuego verde*, *El color de la sangre diluida* e *Vultureffect*. É também autor dos romances *Carbono 14: Una novela de culto*, *La autopsia: The movie* e *Archivo*.

JUAN PABLO VILLALOBOS nasceu em 1973, no México, e atualmente vive em Barcelona. Depois dos aclamados *Festa no covil* e *Se vivêssemos em um lugar normal*, *Te vendo um cachorro* completa sua trilogia sobre o México. Sua obra foi traduzida para mais de quinze idiomas.

MARIANA ENRIQUEZ nasceu em Buenos Aires, em 1973. É formada em jornalismo e comunicação social pela Universidade Nacional de La Plata e editora de *Radar*, o suplemento cultural do jornal argentino *Página/12*. Aclamada pela crítica, é autora de sete livros, entre eles a coletânea de contos *As coisas que perdemos no fogo*.

RODRIGO BLANCO CALDERÓN nasceu em Caracas, Venezuela, em 1981. É autor de três coletâneas de contos: *Una larga fila de hombres*, *Los invencibles* e, mais recentemente, *Las rayas*. Em 2007, Blanco Calderón participou do Hay Festival de Bogotá, como um dos trinta e nove melhores jovens escritores latino-americanos de menos de trinta e nove anos. É fundador da editora e livraria Lugar Común, e ensina literatura na Universidade Central da Venezuela.

RODRIGO HASBÚN, nascido em Cochabamba, na Bolívia, em 1981, publicou dois livros de contos, *Cinco días* e *Los días más felices*, e dois romances, *El lugar del cuerpo* e *Os afetos*. Foi laureado com o prêmio Unión Latina, e suas histórias foram adaptadas nos filmes *Rojo* e *Los Viejos*, para os quais concebeu os roteiros. Em 2010, foi selecionado um dos melhores jovens narradores de língua espanhola pela revista *Granta*.

RODRIGO REY ROSA nasceu na Guatemala, em 1958. Depois de terminar os estudos em seu país, morou em Nova York e, mais tarde, em Tanger, Marrocos. Rey Rosa traduziu vários livros de Paul Bowles para o castelhano, assim como de Norman Lewis, Paul Léaultaud e François Augiéras. É autor de vários romances e coletâneas de contos, entre eles: *El cuchillo del mendigo*, *Cárcel de árboles*, *El cojo bueno*, *Severina* e *Los sordos*.

SANTIAGO RONCAGLIOLO nasceu em Lima, no Peru, em 1975. Em 2006, tornou-se o autor mais jovem a receber o prêmio Alfaguara, concedido anualmente a autores de língua espanhola, com seu livro *Abril vermelho*. É autor do livro de contos *Crecer es un oficio triste* e dos romances *El príncipe de los caimanes*, *Pudor*, que recentemente ganhou uma versão para o cinema, entre outros. Roteirista, dramaturgo, tradutor literário e jornalista, Roncagliolo vive atualmente em Barcelona e é colaborador do jornal *El País*, além de diversos periódicos da América Latina.

ESTA OBRA FOI COMPOSTA EM ELECTRA PELO ESTÚDIO O.L.M./ FLAVIO PERALTA
E IMPRESSA EM OFSETE PELA GEOGRÁFICA SOBRE PAPEL PÓLEN SOFT
DA SUZANO PAPEL E CELULOSE PARA A EDITORA SCHWARCZ EM AGOSTO DE 2017

FSC
www.fsc.org
MISTO
Papel produzido a partir de fontes responsáveis
FSC® C019498

A marca FSC® é a garantia de que a madeira utilizada na fabricação do papel deste livro provém de florestas que foram gerenciadas de maneira ambientalmente correta, socialmente justa e economicamente viável, além de outras fontes de origem controlada.